熹妃傳

第一部

三

解語 著

熹妃傳
目錄

第一百二十一章 心思

是夜，胤禛來看凌若，帶來了杏仁酥，他捏了一塊遞到凌若嘴邊。「前幾日聽妳念及在額娘宮裡吃的杏仁酥，所以特意讓御膳房照著做了一份帶回來。來，趁著新鮮趕緊吃一點。」

凌若望著他殷切的目光，忍了一日的淚毫無徵兆地落了下來，如斷了線的珍珠滴落塵埃。

胤禛一驚，忙放下手裡的杏仁酥道：「好端端的怎麼哭起來了？可是有什麼不開心的事？」

「不是。」搖頭，笑意在淚光中浮現，她握住胤禛寬厚的手放在頰邊。「妾身是太高興了，四爺有那麼多事要忙，卻能將妾身隨口所說的話記在心裡，妾身心裡歡喜得不得了，所以才忍不住掉下淚來。」

「傻丫頭。」胤禛笑著捏了捏她的鼻子。「妳懷著孩子，我多關心妳一些也是應該的。倒是妳，都快要做額娘的人了，還動不動就掉眼淚，小心將來孩子生出來也與妳一般，是個愛哭鬼。」

感受著頰邊真切的溫暖，徬徨許久的心，在這一刻無比安定。為了胤禛待自己的那份情誼，為了腹中的孩子，她縱然再不願也必須得爭下去，直至生命的最後一刻……

當凌若邀請瓜爾佳氏一敘時，不需要問，她就知道這個女子已與昨日不同。她做出了最正確的選擇，不是屈服於命運，而是努力去掌握自己的命運。

在示意李衛等人退下後，凌若親自為瓜爾佳氏斟上一碗茶，曼聲道：「這是用夏枯草、菊花、雞骨草、金錢草再加上蜂蜜一道熬煮而成的涼茶，可消暑化痰止咳，最適合夏日飲用，姊姊嘗嘗。」

「妹妹有話要說？」瓜爾佳氏接過茶卻沒有喝，目光落在凌若精緻無瑕的臉上，似要看穿其心中所想。

「昨日多謝姊姊指點迷津，讓我知道究竟是誰在暗中加害我，實在令妹妹感激不已。這茶，是我謝姊姊的。」她言，緋色瓔珞在烏黑如雲的髮絲間若隱若現。

聽得她這麼說，瓜爾佳氏目光微微一鬆，輕笑道：「既然答應了妳的交易，我自然會遵守諾言。妹妹該不會到現在還懷疑我說的話吧？」

「自然不是。」凌若低頭一笑，機鋒在這笑意中一點點顯露。「不過即使沒有我提出的交易，姊姊遲早也會將此事告訴我。」

她撫著袖間的海棠花，起身道：「那拉氏下毒害妳，妳恨她入骨，但是又懼她，即使解了身上的噬心，以妳一己之力也根本無法對付她。所以，從妳踏足淨思居的那一刻，便已經打好了算盤，要將我綁在妳對付那拉氏的船上。之所以一開始不肯供出那拉氏，不過是在等一個合適的時機罷了；而我提出的交易正中妳下懷，既達成了目的，又不會惹我疑心。姊姊這個算盤打得可真是響。」

「我不知道妹妹在說什麼，若要與妹妹共進退，只需直接告訴妳真相即可，何須弄得如此麻煩。」瓜爾佳氏抬頭，牢牢攫住凌若瘦弱但堅韌的身影。

「一點都不麻煩，因為……」凌若雙眼微瞇，長長的睫毛似蝴蝶垂落的翅膀。「姊姊要的不是共進退的盟友，而是棋子。唯有讓我相信妳是迫於無奈才與我結盟，才會對妳掉以輕心，被妳利用而不知。」

隨著這句話的出口，瓜爾佳氏終於變了臉色，不過也只是一瞬間罷了。很快的，她便若無其事地起身拍手道：「妹妹可真是長了一副玲瓏剔透的心肝，什麼事都瞞不過妳，讓我這個做姊姊的好生汗顏。」見凌若不說話，她又道：「罷了，此事確實是我有錯在先，我在這裡向妹妹認個錯，希望妹妹大人有大量，原諒姊姊這一回。不管怎樣，我們都有一個共同的敵人要對付。我答應妳，從今往後，咱們姊妹兩人共同進退，無分彼此，可好？」

凌若沉吟不語。依著她的想法，瓜爾佳氏為人工於心計，絕不是一個可以信任之人，但是眼下這種境地，想要對付那拉氏，她無疑是最好的盟友；想來她心中也是存著同樣的心思，否則不會如此擺低姿態。

「希望姊姊這一次說的是真話。」思量許久，凌若終是點下了頭。

「自然。」瓜爾佳氏含笑道。雖然沒能算計到凌若有些可惜，但這一切與對付那拉氏比起來算得了什麼。

噬心！那拉氏，我一定不會放過妳，即便要死，我也要拉妳陪葬！

夏日隨著蒹葭池中的蓮花一道逝去，容遠始終沒有找到克制噬心毒的辦法。與之相對的，是瓜爾佳氏流鼻血的次數正在不斷增多，從七、八日一次到四、五日一次，情況越來越不容樂觀。

其中那拉氏暗中派翡翠來問過瓜爾佳氏，為何凌若的胎兒遲遲不見出問題，每一次瓜爾佳氏都推說是容遠看得太緊，尋不得機會下手；至於蓮花中的麝香，她為免被發現不敢下得太多。

夜色沉沉，瞧不見一絲星月之光，那拉氏站在窗前靜靜地聽完翡翠轉述與前幾次一般無二的回話，頭也不回地道：「妳相信嗎？」

翡翠明白她問的是什麼，想一想道：「奴婢覺得雲福晉有事隱瞞。」

那拉氏幽幽地吐了口氣，轉過身來道：「瓜爾佳雲悅當初能夠想到在銀炭之上動手腳，足見其心思之縝密。若當真要下手，一個徐太醫未必攔得住。」

「可是要說她背叛主子似乎又不太可能，主子可是在她身上下了噬心之毒，她不可能不顧及性命，除非……」

「除非她知道這毒至此已無藥可解，所以存了背叛之心！」那拉氏冷冷吐出這句話。與此同時，一道閃電照亮天際，緊跟著是轟隆隆的雷聲滾過，大有風雨欲來之勢。

翡翠神色一凜，小聲道：「那要不要提早除了她，以絕後患？」

風，平地而起，吹得簷頭鐵馬（註1）「叮叮」作響。那拉氏抬一抬手道：「不急，我留著她還有用，暫時死不得。」

「主子，您為何不直接在鈕祜祿氏飲食中下藥，如此不是更直接嗎？」對於此事，翡翠一直心懷不解。

恨意在那拉氏眼中浮現，然未及盛時便被她強行壓了下去，冷言道：「妳以為我不想嗎？只是王爺現在心思全在她身上，她又有孕在身，一旦被人查出她中了毒，王爺一怒之下必會徹查整府，難保不會查到我身上來。但是瓜爾佳氏不同，莫說王爺對她的恩寵素來寡淡，又無子嗣可倚，就憑她之前害鈕祜祿氏一事，便足以令她即便知道自己身中劇毒也不敢講出去。」正因有這十足的把握，所以才容她再多活幾日。

註1　風鈴。

「再說……」那拉氏笑，眸光一片冰冷。「她尚未嘗過失子之痛，我怎容她就這樣死去！」

翡翠心中一凜，忙恭聲道：「主子深謀遠慮，倒是奴婢過於心急了。」

風漸大，亂了她素來整齊的鬢髮，那拉氏彷彿未覺，只是一味望著深重黑暗的天際。

不斷有驚雷滾過，轟轟作響，震得耳際一陣陣發麻，連近在咫尺的話都聽不清。

翡翠上前將窗門關起。「看來夜間又會是一場大雨。主子身子不好，雖然現在天熱，但也要少吹風才是。」

她話音剛落，便聽得外面傳來雨打樹葉的聲音。初時還只是窸窸窣窣，片刻後，天地間只剩下一片滂沱的雨聲，猶如傾盆倒落。

「不礙事。」那拉氏走至鋪有織金團花桌布的紫檀桌前，隨著小指上的嵌金珠玳瑁護甲輕輕劃過，一道細若髮絲的金線應手而起，在暗紅燭光下閃耀著幽冷的光芒。「讓妳辦的事辦妥了嗎？」

翡翠忙躬身道：「已經辦妥，只待主子吩咐便可。」

「很好。」那拉氏啟脣一笑，手指微一用力，看金線在指尖繃斷成兩截的樣子，毫不在意地一拍手道：「讓人明兒個把這張桌布換掉。」

留下喜歡的，拋去不喜歡的，一切就這麼簡單。只是以前的她太過愚蠢，連這麼簡單的事都想不明白，所以才失去許多。不過不要緊，現在她要將曾經失去的，一樣樣奪回來！

嫡福晉之位、世子之位，誰都不允許染指，只屬她一人！

夏季在一場場雷雨中，徹底隨著蒹葭池蓮花的凋零而逝去。七月入秋，茉莉、文珠蘭、鳳尾蘭等花依次盛開，奼紫嫣紅，極是好看。

這日，凌若與溫如言一道在屋中刺繡打發時間。阿意捧了一束鳳尾蘭進來插在臨窗的粉彩花瓶中。

待她出去後，溫如言比了比手中的絲線道：「我聽聞葉秀昨日在花園中突然暈倒，把跟她一道的宋氏嚇得不輕，忙不迭請了大夫來看，結果妳猜是怎麼一回事？」

「我可不知，不過想來應該不是患病所致，否則姊姊也不會讓我猜了。」凌若取過銀鉸子小心地剪斷繡完的絲線，然後取過另一根重新穿上。

「她不是患病，卻是節食。」說到此處，溫如言微微一笑道：「自生下時阿哥後，葉秀的體型便一直未曾恢復，贅肉頗多。王爺雖然沒說什麼，但對於她的寵愛到底是淡了下來，這麼多日都未曾召過她侍寢，即便去流雲閣也多是為了瞧時阿哥，她豈能不心急如焚？再說，過幾日新一批的官女子就要入府了，一個紅玉，始終當不得大用。」

官女子即是宮女，多是沒有官職的包衣（註2）之女，每隔兩年選一次，選中者或入後宮或分指給諸位皇子。這些官女子雖然身分低賤，不列在九品之內，即便被皇帝看中寵幸也不過是封一個答應、常在之流；但世事無絕對，脫穎而出的並非沒有。譬如德妃，她就是官女子出身，一步一步走到今日四妃之位。

註2　奴隸、奴僕。清末入關前，凡所獲各部落俘虜，均編為包衣，分屬八旗。

第一百二十二章　有所思

在這雍郡王府中，也有幾位官女子出身的格格。葉氏唯恐新人入府，令胤禛對她本就不多的恩寵越發淡薄，所以迫不及待想要恢復往日的身形，以求重獲胤禛青睞。

「她也算是貪心不足了，膝下有兒尚且不夠，還非要盯著側福晉的位置，殊不知爬得越高，跌下來時就會越痛。這樣大的野心，只怕那位不會容她。」說到此處，溫如言眸光一沉道：「若非妳親口說出，我斷斷不會相信嫡福晉竟是一個如此狠毒卑鄙之人。入府數年，竟如瞎子一般被她蒙在鼓裡，真是想想都可怕。」

凌若放下手中針線，接過墨玉遞來的軟巾拭手。「現在知道為時未晚，姊姊往後小心一些，切莫要得罪了她。」

「我知道。相較之下，我反而更擔心妳。那拉氏固然可怕，但瓜爾佳氏也絕不是什麼善與之輩，單看她之前百般算計妳就知道。雖然現在看似與妳站在同一條陣線上，但我總覺得是一個禍患。」溫如言頓一頓，眸中閃過一絲厲色。「依我之見，她身上的毒不解也罷！」

凌若瞧著庭院中阿意忙碌的身影，淡淡道：「只是想對付那拉氏，單憑我一己之力遠遠不夠，所以她現在暫時還不能死。」見溫如言憂心忡忡，遂安慰道：「姊姊放心，我會提防她的。」

瓜爾佳氏是在利用她，她何嘗又不是在利用瓜爾佳氏。所謂合作，所謂盟友，歸根結柢不過四個字：相互利用。

又說了幾句後，話題轉到胤祥身上。再過數日便是胤祥大婚之日，他指了要凌若去，那這禮自是少不得的。可是凌若想了許久都未想到合適的禮，實在煩惱，讓溫如言幫著一道想想。

溫如言道：「我聽聞兆佳氏酷愛音律，妹妹這裡不是有一支極好的碧玉簫嗎？不如就將這個當成賀禮。」

「我也想，只是那碧玉簫是我為秀女時皇上親賜的，怎能轉賜於人。」不過溫如言的話倒是提醒了她，既然兆佳氏喜愛音律那便好辦了。前幾日胤禛怕她孕中發悶，讓人送來一張宋代的七弦瑤琴，似乎還是名家所製。

她當下就要讓墨玉去將那張琴搬來，可是連著叫了好幾聲都不見墨玉答應，回頭一見，這丫頭神色恍惚地站在那裡，不知想些什麼。連凌若伸出五指在她面前晃也沒反應，直至被拍一下腦袋，她才驚醒過來。

瞧著低頭認錯的墨玉，凌若沒好氣地道：「妳這丫頭怎麼了，這些日子總是一副恍恍惚惚的樣子。去，洗把臉好好醒一醒神，然後將王爺賜的琴搬來。」

「是。」墨玉答應一聲，待退到外面後她輕出一口氣，用力拍拍自己的臉頰。正當她準備從水缸中舀水洗臉的時候，突然驚叫一聲，整個人跳了起來。

她這舉動將在不遠處幹活的李衛引了過來。「怎麼了，一驚一乍的？不知道的人還以為妳大白天撞鬼了呢。」

「小衛子！小衛子！」墨玉看到他，眼睛一亮，將他拉到一邊神祕兮兮地道：「我問你，有沒有一種病會讓人不斷產生幻覺，看到同一個人？」

「有！」李衛放下手裡的掃帚認真道：「相思病。」

墨玉本來滿懷期待地看著他，待聽到「相思病」這三個字時，圓圓的小臉頓時皺了起來，嘀咕道：「這是什麼病啊，我怎麼從來沒聽說過？」

「傻瓜，怎麼連這也不明白。就是妳心裡喜歡一個人，然後就會相思成病，不論看什麼都是心裡想的那個人。」李衛拿手肘撞了她一下，笑嘻嘻道：「快說，妳喜歡誰了？」

「胡說！」墨玉像被踩了尾巴的貓一樣，氣急敗壞地脫口：「我怎麼可能喜歡那個胡攪蠻纏又愛捉弄人的十三爺！」

「哦！哦！哦」李衛指著緊緊捂住嘴巴的墨玉，露出恍然大悟之色。「原來妳喜歡十三爺！」

「我都說沒有了。」墨玉跺一跺腳道：「他那個人又粗魯又野蠻，還老欺負我，誰會喜歡他。」在說這句話的時候，墨玉從臉到脖子已經一片通紅，偏她還在那裡硬撐。

「那妳幹麼老想十三爺？」

一句話堵得墨玉半晌說不出話來，許久才撫著滾燙的臉頰，支支吾吾道：「是……是他老打我頭，我被他打糊塗了……所以……所以才會出現幻覺。」

「還嘴硬！」李衛屈指在她腦袋上彈了一下，沒好氣地道：「那我以後也天天打妳，看妳會不會出現幻覺，看什麼都覺得像我。」

墨玉不服氣地想要反駁，可始終想不出什麼話來，洩氣地捧了臉，沒精打采地道：「難道我真的喜歡上十三爺了？」

「不是難道，而是一定！」李衛睨了她一眼道：「妳這丫頭真是糊塗，連心裡喜歡了人也不知道。」

墨玉蹲在那裡百思不得其解。明明每一次遇見胤祥，他不是打自己就是戲弄自己，每每都嫌他煩人，恨不得他快點走，可是為什麼看不到的時候又會覺得心裡好像缺了什麼，空落落的。在胤祥將破了的錢袋送給自己後，這種感覺尤為明顯。仔細想想，又覺得胤祥雖然煩了點，但人挺好的，從不端阿哥的架子，嬉笑怒罵隨心，甚至還拿錢給自己辦嫁妝。想到這裡，她取出一個湖藍底色繡有祥雲金龍的錢袋。上回她聽胤祥說要換一個錢袋，鬼使神差地竟然用上回凌若賞自己的料子偷偷做了一個新的錢袋，還繡上了祥雲金龍。可是繡好後一直沒膽子送出去，反而先等來了胤祥要迎娶福晉的消息，她心裡悶悶的，而且總是魂不守舍。

李衛拿過錢袋翻看了一眼道：「做得挺精細，想不到妳這丫頭女紅還挺好，是準備送給十三爺的吧？」

「你若喜歡，拿去就是了。」墨玉有氣無力地道。

「妳又不喜歡我，我要來做什麼。」李衛像捧了個燙手山芋一樣飛快地往墨玉懷裡一扔。「是不是因為十三爺要納福晉了，所以妳這幾天一直悶悶不樂？」

「沒有。」這一次沒等李衛說什麼，她就使勁拍一拍臉頰站起來。「沒什麼好不開心，十三爺納福晉是一件大喜事，咱們應該替他高興才是。至於我……」脣角一揚，露出一抹動人的笑容。「還是我，淨思居的丫頭。」

李衛張了張嘴，想說什麼，最終化作一聲嘆息。難得墨玉這丫頭能想得如此明白，十三爺是高高在上的天潢貴胄，要納的嫡福晉乃至側福晉、庶福晉自然都是大家閨秀，系出名門，怎麼也輪不到她一個小小的丫頭。

至於格格……想來墨玉心中也是有傲氣的吧。何況一切只是她自己一廂情願，十三爺或許根本不曾在意過這個小小的丫頭。

「對了，妳來這裡做什麼？」

李衛的一句話提醒了墨玉。糟了，她怎麼把正事忘記了。顧不得再說話，忙不迭跑去取琴。

胤祥本就長得極是英挺，再加上常年習武，身上自然而然有一種武者之氣，如今穿了這一身吉服，更加顯得英姿勃發。跟在後面的墨玉瞧得一陣目眩神迷，心裡更有種酸溜溜的感覺。

在胤禛等人送上禮後，凌若取出那張七弦瑤琴笑道：「沒什麼好東西，僅以此琴恭祝十三爺與十三福晉琴瑟和諧，百年好合！」

「多謝……凌福晉。」胤祥朝凌若擠擠眼，及時改了將要脫口的稱呼。

這時門口有人高喊：「廉親王，廉福晉到！」

廉福晉！這三個字就像是魔咒一般，令胤禛渾身僵硬，直勾勾盯著那個漸次走來的身影。

胤祥無奈地看了看他，就知道免不了要碰面。唉，希望四哥沒事，瞧四哥的樣，他實在擔心。

這是凌若第二次見到這位朝中上下皆稱讚有加的八賢王，其母良妃乃辛者庫出身，是康熙所有妃嬪當中出身最低賤者，至康熙三十九年方才冊嬪。因其出身之故，胤禩甫一出生便交由大阿哥生母惠妃撫養，與惠妃感情甚深。

胤禩在朝中向來八面玲瓏，逢人便示三分好，連當今皇帝之兄裕親王生前都在他面前讚胤禩不務矜誇、聰明能幹、品行端正，乃儲君之料。是以他一進來，便有許多官員笑容滿面地迎上去說話，不像適才胤禛進來時，只是行個禮便罷。

在與每個官員一一打招呼後，胤禩握了納蘭湄兒的手朝胤禛走來，頷首喚了聲：「四哥、四嫂。」

那拉氏忙還禮，而胤禛卻如得了失魂症的人一般，怔怔望著納蘭湄兒嬌美如花的臉龐。朝思暮想的容顏近在咫尺，可是……目光落在她微隆的腹部，他心情劇烈地一蕩，下意識道：「妳懷孕了？」

「是啊，已經有四個月了。」納蘭湄兒輕輕撫著腹部，臉上有將為人母的喜悅。

「恭喜妳！」胤禛生硬地吐出這三個字。這本該是意料之中的事，可為何真知道了，心依然難受得緊，他始終放不下嗎？

「謝謝四哥，你……還好嗎？」納蘭湄兒問，眼中有關切之色。畢竟一起長大，胤禛又對她素來百依百順，到底有幾分情在。

「很好。」胤禛努力擠出一絲笑容。

那拉氏瞧出氣氛不對勁，忙笑著打岔：「真是好巧，只比凌妹妹早了一個多月呢，看來皇阿瑪要一下子添兩個皇孫了。」

胤祥忙跟著道：「對對對，到時候可要熱鬧了呢。四哥、八哥，你們都別站著說話了，快坐。」

「行了，不用招呼我們，十三弟你去忙吧，今兒個你可是新郎官啊。」胤禩笑著說道。

就在這時候，又有朝官趕到，胤祥唯有告罪一聲離去。墨玉捏了捏拿在手裡的錢袋，終是沒喊出來。她原是想將這錢袋當作賀禮送給胤祥的，權當他賞自己那袋金瓜子的答謝，可真到這一刻卻又沒了勇氣。何況滿屋子的賓客，哪一個送的禮都價格不菲，她越發不敢拿出來了。

胤禎整個人渾渾噩噩，眼中除了那張臉再容不下其他。這樣的異常莫說那拉氏、年氏，縱是伊蘭也瞧出不對勁來，扯了扯凌若的袖子小聲道：「姊姊，四爺好怪啊，他是不是認識那位八福晉？」

「不要多問。」悄聲說了伊蘭一句後，凌若擔憂地瞧著胤禎。唉，這個心魔究竟要到何年何月才能消失。

自古以來，皆是情關難過，連原本睿智冷靜的胤禎也逃不脫這一關。

年氏握著腕間的翠玉鐲子輕笑道：「聽聞八福晉自小在宮中長大，不知是否為真？」

納蘭湄兒頷首道：「我年幼時阿瑪、額娘就去世了，幸得皇阿瑪垂憐，收養在宮中，視作親女。」

年氏聞言微微一笑，未再言語。這事，她早就知道，只是想再確認一下罷了。

胤禎的異常果然與納蘭湄兒有關，哼。

第一百二十四章　酒意

恰時，有下人端了一盤洗淨的葡萄上來。年氏挑了一個青色的葡萄仔細將皮剝淨後，遞到胤禛嘴邊，柔聲道：「王爺嘗嘗這葡萄味道如何。」

胤禛側目與那雙微微揚起的丹鳳眼相對，那雙眼連他見了都覺得極美。這一刻，似水溫柔在她眼中流轉，令他不自覺張開嘴。片刻，他皺起雙眉，吐出幾顆籽道：「好酸。」

年氏笑而未語，手裡重新剝著一個葡萄，這一次卻是絳紫。她的手指本就極細長，又塗了粉色的蔻丹，使得她一舉一動都透著一種極致的嫵媚。

嘴裡那股久久不曾散去的酸意，令胤禛的頭腦清醒了幾分，強迫自己將目光從納蘭湄兒臉上移開。已失去所有，那麼至少，保留一些尊嚴吧。

不多時，太子胤礽、胤禟、胤䄉等人相繼來到，同坐一起，倒是將那種尷尬的氣氛沖淡許多。

又過一陣子，德妃亦到了。胤祥生母早亡，德妃便是他的額娘。

正在見禮的時候，外頭突然熱鬧起來，鞭炮聲劈里啪啦響個不停，一身紅衣的喜娘跑進來朝胤祥行了個禮，歡天喜地地道：「十三福晉到了，請十三爺踢轎門。」

儘管這樁婚事不是自己所願，但胤祥生性豁達，又得凌若多番開解，倒是能坦然接受。請德妃上座之後，他與喜娘一道出去踢了轎門，隨後喜娘扶了紅帕蓋頭的新娘子出來。這花轎到的時辰還有行禮的時辰，禮部都是專門算過的，是以在踢轎門、跨火盆、跨馬鞍、走棕墊（註3）之後，剛剛好是行禮的吉時。

德妃代康熙受過禮、喝過茶，將一柄羊脂玉如意賜給兆佳氏，寓意他們夫婦吉祥如意、和睦美滿。

「本宮還有些事，先走了，明兒個記得入宮給你們皇阿瑪請安。」在叮嚀了胤祥二人後，德妃先行離開。眾人皆跪地相送，盡顯四妃之尊榮。

兆佳氏被送入新房，而胤祥則留下來陪眾人飲酒。無數下人穿梭其中，美酒、佳餚更是流水一般的送上筵席。

席宴之中，胤禩不時夾菜到納蘭湄兒碗中，囑咐她多吃一些。他們這樣的鶼鰈情深於胤禛而言卻是莫大的諷刺，面對滿桌的山珍海味，全無動筷的欲望，只是不停地喝著酒。

註3　用九塊棕色的麻袋墊在新娘行進的路上，直到新娘走完這段路。這叫倒麻袋，寓意傳宗接代。

凌若將這一切看在眼中，斂袖舀了一碗百合秋梨銀耳羹遞給胤禛。那拉氏與年氏亦各自夾了菜放在胤禛碗中，氣氛一下子變得極為詭異。

那拉氏第一個收回筷子，輕笑道：「倒是與兩位妹妹想到一塊去了。這美酒雖好，但王爺也不能光喝酒，還得吃些菜才好。」

伊蘭聽到後心思一轉，捧了自己一直未曾動過的蛋羹，跳下座椅跑到胤禛跟前，不顧眾人詫異的目光，嬌聲道：「四爺，蘭兒請您吃。」她的聲音嬌嫩中帶有一絲軟糯，極為悅耳。

胤禛正待接過，忽見平整光滑的蛋羹上擺了兩顆龍眼乾及一棵青菜，被她巧妙地擺成一張笑臉。胤禛一下子便明白她的心意，沒想到連一個小丫頭也瞧出了自己的苦悶，看來自己還真是失態。他笑著搖搖頭接過蛋羹。「妳這古靈精怪的丫頭。」頓一頓，又指了蛋羹上的笑臉問：「為什麼它的嘴是青色的？」

伊蘭用手戳了戳粉嫩的臉頰，為難地道：「蘭兒找不到更好的東西代替，只能委屈四爺了，改明兒再做一張更好看的笑臉給四爺瞧。」

「好。」她天真可愛的表情令胤禛心情為之好轉，不再看對面的納蘭湄兒，伸手抱起伊蘭坐在自己腿上。「想吃什麼，我夾給妳。」

這是除了自己被抱下馬車之外，伊蘭頭一回與胤禛這般親密。聞著鼻間無處不在的男子氣息，伊蘭的心「撲通撲通」跳個不停，像是要從喉嚨中蹦出來似的。

這個男人，她一定要得到！一定要！手悄悄握緊胤禛的衣裳，面上卻是笑意如初，指著遠處那盤青魚跳水道：「蘭兒想吃那個。」一次又一次的試探中，她知道，他喜歡這樣天真無邪的笑容。

胤禛笑了笑，夾了一筷魚肉，仔細瞧過沒刺後方才放到小臉紅通通的伊蘭碗中，看她小口小口地吃著。

瞧著這一幕，年氏冷笑著對坐在她下首的凌若道：「想不到凌福晉的妹妹這麼小便會討王爺歡心，果真是有其姊必有其妹。」

凌若微微一笑，靜聲道：「伊蘭也是一片好意，想令四爺開心。姊姊不會是連一個小孩子都瞧不過眼吧？」

年氏冷哼一聲，別過頭不再理會。

胤祥是新郎官，自免不了被灌酒；且今日來的有不少是他在兵部帶過的人，武將出身，酒量自是極好，一個個皆大碗飲酒，縱使胤祥酒量再好，這樣下來亦是滿臉通紅、酒意上頭。

「呼！」胤祥好不容易尋到個空隙，離開筵席到花園中坐著歇息一會兒，正用力揉著太陽穴，忽地聽到有人叫他。他睜開眼睛，隱約瞧見自己面前站了個人，待仔細一看，不由得笑道：「小墨玉，妳怎麼在這裡？」

「奴婢……」早就想好的說詞在這一刻變得極是艱難，怎麼也說不出口，手心更是一個勁地出汗。

「妳到底想說什麼啊？」胤祥掙扎著想起來，無奈酒喝多了沒個準頭，險些一個踉蹌摔倒在地。

墨玉慌得趕緊過去扶住他道：「十三爺您小心點。」

胤祥咧嘴一笑，屈指在墨玉額頭上彈了一下，有些含糊地道：「還是小墨玉的額頭彈起來最舒服。」

這個熟悉的動作令墨玉的心一下子揪了起來，忍不住道：「您是舒服了，可是您知道奴婢多疼嗎？」

胤祥左瞧右瞧地看著她，撫著那個微紅的印子道：「真的很疼嗎？那我往後彈輕點就是了。說吧，找爺什麼事？」

他縱是再可親、再沒架子，始終是大清國的十三阿哥。墨玉強迫自己認清這個現實，唯有這樣，她才可以死心。

她努力將眼底的淚逼回去，露出一個沒心沒肺的笑容。「沒事，就是您上次賞奴婢那麼多金瓜子，奴婢還沒謝謝您呢。知道您要娶福晉，奴婢也替您高興，所以特意做了一個新錢袋送給十三爺您，盼您別嫌棄。」

「難得小墨玉這麼有心，爺怎麼會嫌棄呢。」胤祥搖搖晃晃地接過墨玉遞來的錢袋，瞧也沒瞧便往懷裡一塞道：「好了，爺該過去了，不然那邊該鬧騰了。」

「那您先過去，奴婢這就來。」待他走後，墨玉終於忍不住掉下淚來。自己熬了幾個通宵的錢袋，他連看都沒看一眼……

第一百二十五章　心魔

「唉！」伴著這聲嘆息，一隻手輕輕落在墨玉抽搐的肩頭。「妳日日跟在我身邊，我竟沒看出來妳對十三爺動了情。」

聽到這個聲音，墨玉連忙回頭，於通明的燈火中看到凌若站在自己身後，想來已將剛才的一幕盡收眼底，囁嚅著不知該說什麼好。

凌若如何會看不出胤祥對墨玉根本無意，一切只是這丫頭單相思罷了。她撫著墨玉的臉道：「為何不告訴他？」

見墨玉不說話，她又嘆了口氣道：「若妳真的喜歡他，我可以替妳向十三爺說——」

「不要！」墨玉驟然打斷凌若的話，抹去臉上殘留的淚痕道：「奴婢不想造成十三爺的困擾，不是每一份喜歡都要有結果。對奴婢來說，喜歡過就好，奴婢會把這份喜歡永遠永遠放在這裡。」她指指自己的胸口，臉上帶著分不清是哭是笑的表情。

「妳這傻ㄚ頭。」凌若心疼地撫著她冰涼的臉頰。落花有意隨流水，流水無心戀落花。

「主子不用擔心，奴婢沒事。更何況……」墨玉歪頭嘻嘻一笑道：「奴婢還等著主子給奴婢指個好人家呢！」

她笑，那雙彎彎的眼在燈火下亮極了。

在一次胤祥偕新福晉至雍王府的時候，凌若見到了兆佳氏。的確是一個端莊美麗的女子，還多才多藝，想必在日久天長中，胤祥會漸漸喜歡上她吧。至於墨玉……唉，只當是做了一場夢吧。

夢醒後雖然心痛，但至少，她懂了何謂歡喜，何謂愛……

人生本就不能盡如人意，眾生皆只是在紅塵中苦苦掙扎罷了。墨玉如是，她如是；縱是胤禛，也如是……

日子就這樣在無聲無息中逝去，八月秋意漸盛，早晚帶了一絲涼意。凌若的腹部亦隨著胎兒的長大逐漸隆起，彷彿每一日都有新的變化，令凌若的心情總是歡喜而期待，盼著明年柳枝搖曳、百花吐蕊時，能親手抱著自己的孩子。

凌若有孕在身，不便侍寢，是以這月餘時間，除去胤禛獨自歇息的日子，侍寢冊子上有一大半都是年氏的名字，其次便是溫如言與紅玉，各有三、四日，餘下的人便只有零星一、兩日。

相對於紅玉綻放在外的新鮮嬌豔，溫如言的美則要內斂許多，卻可以在不知不覺中讓人的目光停留。

府裡有人猜測，胤禛是否會在兩人中擇一人立為庶福晉。

容遠依舊日日入府為凌若請脈，至於瓜爾佳氏體內的毒，容遠翻遍醫書，終於找到一個可行之法：以毒攻毒。

每日讓瓜爾佳氏服用少量毒物，服用時再以針灸之法護住她心脈，並引導服食進體內的毒物與噬心毒相抗，藉此壓制乃至消磨毒性。只是到底能有多大效果，又或者解不解得了噬心之毒，容遠沒有把握。

不論底下是否暗潮洶湧，至少表面的雍郡王府寧靜平和。

八月初十，官女子入府的日子，今年有十名被分到雍郡王府。這本不是什麼大事，她們入府也僅是下人，老太監在將她們交給高福後便告辭離去，任由高福將她們分配至各處做事。

然而當一名分配至鏤雲開月館的官女子將泡好的茶奉與胤禛時，一切都變了……

胤禛怔怔地望著那名官女子，連茶也忘了接。怎麼會？天底下怎麼會有如此相像的人，是真？抑或是他日思夜想的幻覺？

女子不知道出了什麼事，依舊半垂著頭恭謹地保持著遞茶的姿勢，哪怕滾燙的茶水已經隔著瓷盞燙疼了她細嫩的手指。

「妳叫什麼名字？」他聽似冷靜的聲音裡有一絲不易察覺的顫抖。

女子小心地抬起眼，發現胤禛正目光炯炯地盯著自己，嚇了一跳，趕緊垂下眼道：「奴婢叫梨落，佟佳梨落。」

佟佳梨落……在心底唸了一遍這個名字後，胤禛命她抬起頭來。當那張臉自陰影中完整無缺地呈現出來時，胤禛聽到了自己倒吸涼氣的聲音。

像！這女子當真像極了湄兒。那眼、那眉，幾乎一模一樣，整張臉少說也有七、八分相像。只是氣質不同，湄兒是嬌俏天真的，而眼前這個佟佳梨落則是楚楚可憐。

鏤雲開月館靜得落針可聞，直至佟佳梨落被燙得實在拿不住茶盞，失手摔落在地上。瓷盞碎裂的那一刻，她驚慌失措地跪在冷硬的地上。「奴婢該死！求王爺恕罪！」

「起來吧。」胤禛扶起佟佳梨落，手輕輕撫上那張擔驚受怕的臉龐。這是否是上天對他的補償，知道他忘不了湄兒，就將與她相似的人送到自己身邊……

「往後就跟在我身邊伺候吧。」他道，定下了佟佳梨落一生。

凌若聽聞胤禛欽點了一名官女子在身邊伺候，並不在意，直至一次狗兒來看阿意時說，胤禛許那名官女子入書房，方才留上了心。

書房是府中重地，府中諸多女眷，唯自己可以自由出入，即便是年氏也只是出入了那麼幾回後，胤禛便不再允許。那官女子是何許人，竟得胤禛如此眷顧？

一日，趁胤禛來看她時，她裝作無意中問起。胤禛笑容一斂，撫著她披散在身後的頭髮長久未語。

安靜，有時亦是一種煎熬。許久，她終是聽到了胤禛的聲音——

「什麼時候，若兒對我身邊的女子這麼關心了？」

凌若心頭一沉，臉上卻是若無其事地笑著。「妾身對四爺何曾不關心過？若是四爺覺得妾身問多了，那妾身往後都不問就是了。」

「只是一名官女子罷了，沒什麼。若兒有孕在身，該好好靜養才是，莫要多費心。」他這樣說著，對之前的問題避而不答，凌若雖心中有如貓爪在撓也只得作罷。

這樣的疑慮直至凌若在書房外遠遠看到佟佳梨落時方才解開，原來如此……真相就是這麼簡單而殘酷。因為那張臉，所以佟佳梨落可以輕而易舉得到自己珍惜的東西，出入書房的權利以及……胤禛的喜愛……

她淒然一笑，轉身離去。

那是他的心魔，她的夢魘。

第一百二十六章 佟佳梨落

那只是一名宮女子罷了，沒什麼。

言猶在耳，可是胤禛卻下令封佟佳梨落為格格，並因為她喜愛蘭花，所以特意開了東院的蘭馨館給她居住。

剛封格格便賜居，如此榮寵，縱是當時的凌若亦有所不及。而這僅僅是個開始，一月之後，胤禛便晉其為庶福晉，許以與凌若等人並列的榮耀。

胤禛素來是說一不二的，連年氏亦不敢出聲，那拉氏更是不言語。唯有宋氏不開眼，說了幾句，被胤禛罰了半年月例。

這異乎尋常的喜歡令所有人都心驚，甚至擔心是否在不久之後，這新庶福晉就要越過唯一有子嗣的葉氏登上側福晉寶座。

佟佳梨落對這突如其來的恩寵似乎很不習慣，不論面對何人都是膽小怯怯的模樣，哪怕被人故意針對，亦從不敢反抗；然瞧在有些人眼中，卻成了裝模作樣的狐媚子，對她的恨意越發深重，對凌若的關注倒是少了許多。

翻開侍寢冊子，上面密密麻麻幾乎都是佟佳梨落的名字，她的風光掩蓋了雍郡王府裡的所有人。一枝獨秀，無人可及。

這日，秋陽明媚似金，凌若撫著將近五個月的肚子坐在櫻花樹間的鞦韆上。李衛和小路子一邊一個緊張地注視她，唯恐她從那搖晃的鞦韆上摔落下來。

胤禛依舊有來淨思居，但次數卻少了許多，很多時候都是坐一陣子便走了。她這裡都如此，更不需說旁人，一個佟佳梨落不知要讓多少人坐立難安。聽聞佟佳梨落晉庶福晉那日，年氏在朝雲閣內大發脾氣，翌日高福領人將朝雲閣所有擺設幾乎統統換了個新。她正自入神之際，一個聲音忽地在耳邊響起——

「想得這樣入神，怕是連有人在後面推妳都不知道。」

凌若抬頭，在滿目浮光中看到了瓜爾佳氏，淡淡道：「那麼第一個想推我的是否就是姊姊？」

瓜爾佳氏驀然一笑，撫著頰邊的青色流蘇在石凳上坐下道：「我與妹妹情如姊妹，怎會做此殘忍之事，何況我還等著妹妹的孩子出來叫我一聲雲額娘呢。」目光在掃過凌若的腹部時有片刻的失神。

聽著猶如涼風一般拂過耳邊的言語，凌若低頭一笑並未說什麼。然彼此卻是清楚的，有些話說過便罷，當不得真。

「姊姊今日來得早了呢，徐太醫並未到。」

「我來找妳。」她瞧著清冽似碧的茶水，一字一句道：「那拉氏……只怕已經對我起疑了。」

原來那拉氏之前每隔數日就會遣翡翠來問其進展如何，而今卻有十數日不見，是以瓜爾佳氏推斷那拉氏對她起了疑心。可是說來奇怪，那拉氏竟對她不聞不問，好似已經忘了她這個人。

「她既不再信任我，那麼必會尋其他法子來對付妳，妳自己小心些。不過眼下佟佳氏盛寵，倒是能替妳分散一些她的精力。」瓜爾佳氏取出帕子拭一拭沾在脣邊的水漬，又道：「話說回來，王爺於女色並不太過熱衷，我尚是頭一回見王爺如此寵信一個人，佟佳氏到底是何方神聖？」

凌若睨了她一眼，冷冷道：「姊姊有疑問，應該自己去問王爺才是。」

見心思被她道破，瓜爾佳氏也不在意，撫了袖口的滾邊待要說話，墨玉走了進來，一臉古怪地行了個禮道：「主子，佟福晉來了。」

真是說曹操曹操就到，只是……她來做什麼？在這樣的疑問中，凌若見到了佟佳氏。她穿著一身湖綠雲雁挑絲旗裝，盤起的髮髻上除了垂落的流蘇與幾支銀藍點翠的珠花外再無其他，這樣的裝扮於她庶福晉的身分來說，未免素了些。

見到兩人，佟佳氏似乎很是緊張，不斷絞著帕子，屈膝行禮道：「梨落見過二位姊姊，姊姊萬福。」

「妳我位分相同，妹妹無須多禮。」凌若抬手虛扶。「不知妹妹來有何事？」

佟佳氏深吸一口氣，讓自己瞧起來沒那麼緊張。「沒什麼事，是我知道姊姊懷孕了，所以特意來看看姊姊。」說到這裡，她指了侍女捧在手裡的錦緞道：「頭一次來瞧姊姊不知該帶什麼好，想來想去只有這幾匹緞子尚拿得出手，可以給孩子做幾身衣裳，希望姊姊不要嫌棄。」

凌若還沒說話，瓜爾佳氏已經走過去，戴著素銀鑲藍寶石戒指的手指在那緞子上輕輕撫過，驚嘆道：「這幾匹浣花蜀錦何止是拿得出手，簡直是珍貴無比。」

聽得「浣花蜀錦」四個字，凌若眼皮子微微一跳，目光不自覺轉向侍女手中在秋陽下精美華彩的錦緞上。蜀錦出自四川一帶，因織法繁複，所以一年才得十數匹，比其他錦緞乃至素錦都要珍貴幾分，素有寸錦寸金之說。尋遍整座雍郡王府，亦找不出幾匹來，尋常府中女子連見一見也不易；而浣花蜀錦更是當中的珍品，有落花流水錦之稱。眼下佟佳氏一下子捧了數匹來，這說明什麼？說明庫房中的蜀錦盡賞了她。

胤禛……他將佟佳梨落當成了納蘭湄兒的替身，所以對她的恩寵凌駕於任何人之上，這讓其他女子情何以堪？這還只是一個替身而已，若是真正的納蘭湄兒，只怕府裡早已沒了自己等人的立足之地。這樣想著，她胸口一陣陣煩悶，直欲嘔吐，強忍了翻湧上來的難受道：「蜀錦這般珍貴，一個小孩子如何受用得起，妹妹還是留著自己用吧。至於妹妹的心意，我已經知道了。」

「姊姊不喜歡嗎？」佟佳氏手足無措地問。

「不是。」枯葉隨風，飄零直下，落在掌間是揮之不去的落寞。她閉目道：「我累了，妹妹回去吧。」

聽得她這麼說，佟佳氏越發不知該怎麼是好，急得直掉淚，那些蜀錦說什麼也不肯拿回去。見她這樣，凌若不由得心頭一軟，點頭道：「罷了，妳既這麼堅決，那就先留下吧。」

「謝謝姊姊。」佟佳氏這才破涕為笑，怯怯道：「梨落剛入府，有很多事都不懂，往後若有不是之處還要請二位姊姊教誨。」

瓜爾佳氏微微一笑，自那些光滑的蜀錦上移開了手道：「都是自家姊妹，哪裡用得上教誨二字，妹妹實在太見外了。」

佟佳氏拘謹地笑著，又站了一會兒方才離去。

在她走後，瓜爾佳氏揭了茶蓋輕輕撥弄著浮在茶湯上的嫩葉，聲音從氤氳的水氣中傳來：「妳猜她是真心來看妳，還是存心示威？」

「姊姊有時間關心這些，倒不如想想自己身上的毒該怎麼解更好。」扔下這句話後，凌若逕自起身回屋。

就在房門關上的一瞬間，她彎腰劇烈地嘔吐起來，剛吃下去的東西悉數吐出來的同時，淚亦徐徐自眼中滴落。

心，始終是會疼……

第一百二十七章　委屈

不知是否因為心中鬱結難解，凌若的脈象出現不穩之象，容遠一再叮嚀她要放寬心態，否則只會害了自己與孩子。

五個月大的孩子，已經能感覺到他在肚子裡動了，東頂一下、西踢一下，調皮可愛。凌若是萬萬捨不得他出事的，是以強迫自己哪怕心裡再不舒服，為了這個孩子也要咬牙撐下去。

儘管如此，情況依然不容樂觀。每每把脈，依然是虛浮不穩，容遠曾懷疑有人暗中動手腳，可是將所用、所食之物皆檢查了遍，卻一無所獲，這令他百思不得其解。溫如言亦曾懷疑過瓜爾佳氏，但仔細想過後又覺得不太可能，畢竟她還要靠著容遠解毒，現在對付凌若並不是個好選擇。

這日，凌若迷迷糊糊從午睡中醒來，隱約聽得外面有人說話，遂喚水秀進來問話。

「適才王爺來過，問主子醒了沒有。得知主子尚在午睡後，王爺說他晚些過來。」水秀一邊回話，一邊蹲下身替她將花盆底鞋穿上，見凌若不說話，她又小聲道：「依奴婢看，王爺心裡其實還是很在意主子的，您就莫生王爺的氣了。」

「生氣？」凌若失笑地搖搖頭。她如何敢生胤禛的氣，只是恨自己如此在意他罷了。

夜間，溫如言來看她，帶了厚厚一疊小衣、小褲，從裡到外一應俱全，還有一塊繡有如意長壽紋的襁褓，與一雙虎頭小鞋。全是她親手所做，針腳細密，所用的料子雖不及素錦那般名貴，但也是上等綢緞，柔軟如絲。

凌若撫著那些小衣裳嘆道：「姊姊的手藝比那些繡娘還要好。」

「妳喜歡就好。還有一些衣裳正做著，待好了我再拿過來。」溫如言握住凌若冰涼的手，心疼地道：「妳啊，聽姊姊一句話，心一定要放寬，好好將孩子生下來。唯有如此，才有與佟佳氏去爭的資格。只要妳不輸給自己，姊姊相信，沒人能贏妳。在府裡起起落落是常有的事，笑到最後的那一個才是真正的贏家，現在一切尚為時過早。」

「我知道。」凌若笑笑，示意她放心。

正說著話，卻見胤禛走進來，溫如言連忙起身見禮。凌若剛要起身便被胤禛按住了肩膀，他語氣溫和地道：「妳有孕在身，坐著就是了。」

溫如言在一旁執帕笑道：「還是王爺最關心妹妹。」話音剛落，她忽地「咦」

了一聲：「王爺身上是什麼香氣，甚是好聞。」從胤禛一進來，她便聞到一陣清雅甘馥的香氣。

「香氣？」胤禛一怔，他素來沒有薰香的習慣怎會有香氣？旋即回過神來，指了腰間的四角垂香囊道：「想是從這裡傳出來的。梨落前些日子做的，在裡面放了香料，說是有助於提神醒腦，我瞧著不錯便帶在身上了，蓮意見了也說甚好。」

那香囊凌若是見過的，胤禛來看她時總帶在身上，原來竟是佟佳氏所做。

「佟佳妹妹的東西自是極好的。」溫如言面色微微一黯。她原也做過一些東西，只是並不見胤禛用。即使是一樣的東西，送的人不同，東西自然也就不同了。

她又笑道：「原是怕妹妹煩悶所以來與她聊聊天，順道帶幾件做給孩子的衣裳來。既是王爺來了，那妾身就先告退了。」

胤禛也瞧見了那疊衣裳，目光一軟道：「這些料子彷彿是我上回賞妳的，皆做了孩子的衣裳嗎？」

溫如言忙道：「妾身穿什麼都不打緊，倒是小孩子肌膚嬌嫩，最是刺不得，自然得用好的料子。」

胤禛點點頭，對狗兒道：「明兒個去庫房拿幾匹雲錦送過去，不要忘了。」頓一頓又補充：「含元居和流雲閣那邊也同樣送些。」

「奴才記下了。」狗兒答應一聲，見胤禛揮手立即與溫如言還有墨玉等人一道退出去，留下胤禛與凌若兩人單獨在屋中。

「孩子還好嗎？」他這樣問，顯是得了容遠的回稟，所以特意來看凌若。

「徐太醫說略有些不穩，需要安養。」她答，眉眼低垂。清冷的秋夜令她的聲音亦帶上一絲涼意。

胤禛伸手，強迫她抬起眼睛看著自己，當與那雙迷離的美眸相對時，心微微一抽。「妳是在怪我嗎？」

「妾身不敢。」她不敢眨眼，唯恐驚落了眼中的透明。手落在隆起的腹部上，輕輕道：「只是妾身很想四爺，孩子很想阿瑪。」

胤禛默然，將手覆在她的手上，靜靜感受著腹中幼小的新生命。許是知道阿瑪正看著自己，孩子在裡面用力地動了一下。這是胤禛第一次感受到孩子在動，不知為何，竟覺得很感動，看向凌若的目光溫軟許多。「我並不曾忘記你們母子。」

他說的是事實，即使有佟佳梨落，他依然隔幾日便來淨思居瞧瞧，問上幾句。只是胤禛不明白，女人心是最細膩的，稍一變化就能感覺得到，何況是近乎翻天覆地的變化。

縱人在，心漸遠……

可是這一切凌若不能說，她只能想方設法將胤禛的心拉回來。「是妾身貪心了，總私心盼著能多見見四爺。妾身知道不該，可是妾身克制不住。」忍了許久的淚在最後一字落下時沉沉墜落，在半空中劃出一道絢麗的痕跡，滴在胤禛手背。

那種似要滲進皮膚裡的灼熱令胤禛的手顫了一下。隱約想起，他雖依然常來看凌若，但心底卻總念著梨落，每每在淨思居待不了多久便走，已有許久未陪她過夜。如此想著，他不覺有些內疚，吻了吻那雙秋水長睫道：「莫哭了，我不喜歡妳哭的樣子，往後我會多抽些時間陪妳與孩子。」

「嗯！」凌若含淚點頭，將頭偎在他肩上緩緩閉上眼，將那絲心酸深藏進眼底。這樣的她無疑是委屈的，可是為了孩子，為了保住在府裡、在胤禛心裡的一席之地，唯有如此。

不論佟佳氏是何等人，心機深重抑或是膽小懦弱，單憑那張臉都足以令胤禛魂牽夢縈、榮寵有加。其他人終將生活在佟佳氏的陰影下……

這日之後，胤禛果然常去陪凌若，且不再如以前那般匆忙，經常陪她一道用過飯再走，偶爾還會留宿淨思居。

只是其他人便沒那麼幸運了，夜夜盼而不得的怨令她們恨極了佟佳氏，客氣的表面之下是惡罵乃至詛咒。

集寵一身便等於集怨一身，這個道理凌若懂得，所以她規避；可是官女子出身的佟佳氏不懂，抑或者她懂，但是不知從何避起。

第一百二十八章　天花

九月，秋季的最後一個月，過了此月就要入冬了。佟佳氏經常來淨思居，帶來一堆胤禛賞賜的珍品。或許是因為府中女子多不喜歡她，所以她每一次都是怯怯的，像一隻容易受驚的小鹿，且身子似乎也不太好。一回曾見她在外頭小聲地咳著，讓她進來又不肯，說是怕將傷風傳染給凌若。

儘管凌若不喜她，但總歸不是鐵石心腸，久了，倒也願意與她說幾句話。這樣一個小小的轉變，令佟佳氏欣喜非常，態度更加殷勤小心。

從清晨起便淅瀝瀝地下著秋雨，斜風令這雨無孔不入。容遠一路自宮中來到雍郡王府，雖撐了傘，依舊溼了衣衫。入得淨思居，接過水秀遞來的軟巾隨意拭了拭臉後，便取出軟墊，開始替凌若搭脈。比他早一步過來的瓜爾佳氏便在旁邊瞧著。

容遠收回手，低了頭不知在想些什麼，許久後方才問：「凌福晉最近覺得身子如何，是否有不適之處？」

聽得他這麼問，凌若隱隱有不祥的預感，仔細回想了一下。「這幾日晨起覺著有些腰痠，小腹偶爾會隱隱有下墜之感。徐太醫，是否孩子有不妥？」

容遠緊緊皺了雙眉，神色凝重地道：「凌福晉的脈象比前些日子還要差些，微臣所開的安胎藥竟似全無效果。」

雖有所感，但從容遠口中得到證實依然令凌若大大吃一驚，迭聲道：「為何會這樣？這些日子我都依著你的話盡量保持心境平和，不憂不悲，那安胎藥更是每日都在喝。」

「這一點微臣也是百思不得其解。」容遠沉吟半晌道：「福晉會出現這等小產之症，最有可能的就是聞了麝香等物。微臣已經將淨思居都檢查了一遍，理應不會有麝香才對，為何還會這樣……」

瓜爾佳氏彈彈指甲，似漫不經心地道：「那麼……會不會是紅花？廚房畢竟人多手雜，若有人在裡面偷偷下藥也不稀奇，當初葉氏就是服了紅花才險些小產。」

水秀在一旁道：「主子每日吃的東西還有服的藥，從廚房到淨思居都有水月還有小路子看著，應該不會有機會被人動手腳才是。」

容遠亦道：「紅花藥性猛烈，若是下在食物當中，不應到現在還只是腰痠、小腹有下墜之感而已。微臣始終懷疑是麝香，可是這麝香究竟從何而來，實在令微臣不解。若不能盡快找到根源，只怕……」

後面的話他沒有說下去，但已足夠讓人明白。凌若身子微微一抖，顧不得應該與否，一把抓住容遠的袖子，以從未有過的厲色道：「孩子絕對不可以有事，你一定要替我保住他，一定要！」

若孩子沒了……

凌若不敢想像這一幕，只是想想她便覺得自己要發瘋。

那一刻，容遠的心突然很痛。他分不清凌若究竟是在緊張孩子，還是……緊張她與胤禛的孩子……

他閉一閉目，壓下那股椎心之痛，輕聲安慰道：「凌福晉放心，微臣一定會盡自己所能替您保住這個孩子。另外，您想想最近有沒有遇到什麼較為特別的事或人，也許能得出線索也說不定。」

那拉氏無疑是最可疑的，可是凌若除了每日的晨昏定省之外，並未與她接觸太多。何況心中有戒備，含元居的東西是從不入口的，她應該沒有機會下手才是。至於……凌若心情複雜地睨了若有所思的瓜爾佳氏一眼，意有所指地道：「姊姊曾說只要徐太醫替妳祛毒，妳就會保我十月平安。眼下看來，姊姊似乎食言了。」

瓜爾佳氏不以為然地啜了一小口茶，緩緩道：「一來，徐太醫至今未替我祛除噬心之毒；二來，妹妹也並未出事。要說食言，似乎言之過早。」將茶盞往桌上一放，抬了眼皮子道：「我知道妳想說什麼，不過此事確實與我無關。信也好，不信也罷，我只這一句。」

說罷，她竟當真不再出聲，倒令凌若分不清真假。水秀忽地在一旁道：「主子，佟福晉最近常來咱們這裡，還經常帶東西過來。奴婢記得她上回拿來一幅觀音送子圖，主子瞧著喜歡便沒收入庫房，是否這裡面有鬼？」

容遠連忙讓她去將畫取來，隨後將畫像從頭至尾仔細檢查一遍，並無發現異常之處。畫雖有香，卻與麝香截然不同。

「這也不是，那也不是，到底問題出在哪裡？」凌若重重地拍了一下桌子，心亂如麻。若讓她知道是誰在謀害自己的孩子，必要他以命相還！

這還是凌若頭一次對一個人起了如此濃烈的殺心！

容遠斟酌著又開了一張安胎方子，加重了其中幾味藥，雖然治標不治本，但至少能穩一穩，給他些時間想辦法。

他收拾藥箱正待出去，阿意急匆匆地跑進來，行了個禮道：「主子，奴婢的哥哥來了，說是要見徐太醫。」

狗兒？他不在胤禛身邊當差，來這裡做什麼，還指名要見容遠？

「讓他進來。」

凌若話音落下沒多久，便見一臉急色的狗兒進來，朝她與瓜爾佳氏打了個千道：「四爺知道徐太醫眼下在凌福晉這裡，所以特意讓奴才來請徐太醫過去一趟。」

「四爺病了嗎？」凌若憂心地問。

「不是四爺，是時阿哥！」狗兒起了身道：「剛才葉福晉身邊的丫頭來求見四爺，說時阿哥突然發高燒，渾身燙得像個火爐，還伴有嘔吐及驚厥。四爺已經過去了，想起徐太醫每天這個時辰會來替凌福晉請脈，所以讓奴才趕緊過來。」

聽聞性命攸關，凌若不敢耽擱，讓容遠趕緊過去。之後想想不放心，她又讓李衛去流雲閣打聽，一有消息就立刻回稟。

瓜爾佳氏閒來無事，便乾脆留在淨思居等李衛回來，也好知道弘時是得了什麼病。李衛一直沒有回來，倒是外頭開始變得嘈雜，不時有人匆匆忙忙奔過，令人不自覺地緊張起來。

直到入夜時分，方才見李衛回來，他一進屋便神色凝重地道：「主子，出事了，時阿哥得的是天花。」

第一百二十九章　病源

「天花？」凌若倏然起身，眉眼間盡是震驚之色。

另一邊的瓜爾佳氏亦駭聲道：「時阿哥一直在王府中，怎會染上天花？」

天花又名痘瘡，是一種極為可怕且傳染性很強的疾病，無藥可治，一旦身染天花，能活下的機率極小，就算僥倖活下來也會終身留有醜陋的痘疤。當年順治皇帝便是因天花駕崩，至於當今皇帝康熙也曾身染天花，所幸活了下來，但臉上至今留有疤痕。

面對瓜爾佳氏的疑問，李衛搖頭道：「這個奴才不知，但徐太醫已經確認，料想是不會錯的。葉福晉哭昏過去好幾次了。四爺已經派周庸連夜入宮去請太醫，與徐太醫一道救治時阿哥。嫡福晉也過去了。流雲閣亂成一團，裡面的人此刻已經悉數被隔離，以免身染天花而不知，害了他人。」

弘時尚在襁褓，此時染上天花，幾乎必死無疑，難怪葉氏傷心欲絕。凌若一想，起身道：「走，咱們去看看。」

「萬萬不可！」李衛慌得連忙攔住她。「主子您現在懷著身孕，這種地方如何去得？萬一被染上可怎麼得了。您即便不顧自己，也要顧顧小阿哥。」

「天花要經接觸才能傳染，我只是在外頭而已，不礙事。何況府中出了這麼大的事，若不去也不太好。」還有一點凌若沒說，這事令她有種不祥的預感，所以非得親自去一趟不可。

見凌若執意如此，李衛只得依從，讓墨玉取來藕合色披風披在凌若身上。虧得現在雨停了，否則還要更麻煩。

在將要跨出門的時候，她瞧了瓜爾佳氏一眼道：「姊姊有沒有興趣同去？」瓜爾佳氏點點頭，放下手裡把玩的茶蓋，拂裙起身淡淡道：「左右無事，去瞧瞧也好。」

兩人結伴同行，還未到流雲閣便看到那裡燈火通明、人影重重，不時可見奔進奔出的人，忙碌不已。

胤禛此刻正坐在流雲閣正堂當中，聽著幾位太醫商議的結果，不只那拉氏來了，年氏亦到了，還有宋氏、佟佳氏等人，此事已經驚動所有人。

瞧見凌若進來，胤禛愣了一下，快步走到她面前輕斥：「妳不在淨思居待著，到這裡來做什麼？真是胡鬧，快回去。」

「妾身沒事。」凌若安撫了一句，續道：「妾身聽說時阿哥染了天花，放心不下，所以特意來看看。如何，太醫有辦法了嗎？」

「沒有。」說到這裡，胤禛神色一黯，沉聲道：「天花乃是無藥可救之症，幾位太醫都說藥石效果不大，只能看弘時自己能否熬得過這一關。」

那拉氏在一旁聽到這話，不由得抹淚道：「時阿哥這麼小一個人，如何受得病痛折磨？適才我進去瞧的時候，他燒得不住抽搐，真是可憐。」

「可知時阿哥是從何處染得的天花？」瓜爾佳氏問道。

那拉氏幽幽睨了她一眼，搖頭道：「尚不知曉。徐太醫正在檢查弘時用過的東西，希望能有線索。」

如此，等了一陣子，方見容遠挑簾自內堂出來。見凌若也在，他不由得怔了一下，趕緊將手裡的東西交給隨他一道出來的小廝，自己則取熱水淨過手後方才上前道：「凌福晉如何過來了，快些回去，要是不慎染了惡疾，可怎生是好。」他盡量讓自己的語氣聽起來只是一個醫者對他人的關心。

「徐太醫放心，我亦略通一些醫理，知曉只要不與病患接觸便不會傳染。」

聽到這句話的時候，容遠目光微微一黯。凌若的醫理便是他所教，那時候的歡樂無憂，已經一去不復返。

「徐太醫可有查到什麼？」年氏在一旁問，素來精緻絕美的容顏略微有些憔悴。

容遠聞言，神色一正，道：「適才微臣在檢查時阿哥用過的東西時，發現其中一件貼身小衣的領口與背襟相連處，有一個不起眼的汁漬，微臣心中懷疑，所以特意請幾位同僚一道看看。」

說罷，他讓眾人捂上口鼻，然後著小廝將手中的小衣拿與諸位太醫同看。在仔細查看後，眾太醫皆確認這衣上的汙漬，就是天花患者身上痘包破裂後的膿液。

弘時的衣裳皆是新製，斷不可能染上天花，如此便只有一個可能：有人故意要害弘時。

想到此處，眾人心頭皆狠狠跳了一下，面面相覷，哪個也不敢先出聲。胤禛臉色陰得如能滴出水來，手狠狠在桌上一拍，震得茶盞跳起老高。他瞧也不瞧濺了一桌子的水，冷聲吩咐狗兒：「去查清楚這件衣裳是誰做的，經過哪些人的手，一個都不許遺漏！」

就在狗兒領命小心地拿了那件衣裳準備下去的時候，向來很少說話的戴佳氏突然「咦」了一聲，雖然很輕，但還是被人聽到。

佟佳氏小聲道：「姊姊難道認得這件小衣？」

另一邊的瓜爾佳氏已經抿緊了脣，盯著那件衣裳，眼睛一眨不眨，冷汗不住自額間滴落。

「這……」戴佳氏遲疑地道：「這件小衣彷彿是前陣子雲姊姊送來的，那時我正好也在。因雲姊姊說做衣裳的料子是年前四爺賞的素錦，素錦少見，所以我還特意拿在手裡瞧過。這小衣的袖子翻捲處有一朵薔薇花。」

翻開小衣，果如她所言，一朵粉色薔薇栩栩如生。

她話音剛落，胤禛陰冷的目光已經落在瓜爾佳氏身上。「雲悅，是真的嗎？」

「妳一定要救我！」瓜爾佳氏飛快地朝凌若說完這句話後，屈膝跪在胤禛面前，冷汗涔涔。「回王爺的話，妾身確實送過幾件小衣給時阿哥，可是每一件妾身都仔細檢查過，絕對沒有汙漬，更不可能染有天花，請王爺明鑑！」

「若是心中無鬼，何必急著下跪？」年氏瞇了狹長的鳳眼道：「再說，這件小衣出自妳之手，又是妳親自送到流雲閣的，不是妳還能是誰？難不成是葉福晉她自己害自己的兒子？」

第一百三十章 追查

瓜爾佳氏未料到年氏會突然發難，且話語刁鑽得令人不知該從何接起，臉上不由得青一陣、白一陣，不知該如何辯解。

倒是那拉氏在一旁溫聲道：「王爺，妾身相信雲妹妹斷然不會做出此等大逆不道之事，裡面應是有誤會才是。」

年氏冷笑，毫不留情地道：「姊姊自然是菩薩心腸，可是知人知面不知心，姊姊如何敢保證旁人也與妳一般？若查出來此事確為瓜爾佳氏所為，姊姊是否與她一同擔這個罪？」

這番話堵得那拉氏啞口無言，臉上訕訕的，有些下不了臺，許久才憋出一句：「一切還是等查明真相再說。」

對於這一切，胤禛只有一個字：「查！」

周庸與狗兒的效率極高，很快就調來流雲閣的起居冊，果然八月二十二日記有瓜爾佳氏送來小衣五件、小鞋兩雙；同一日，戴佳氏送來福祿壽三星報喜錦被一床、小襪、小鞋各三雙。

之後又傳問專門伺候弘時的下人還有乳娘，並無可疑之處。天花潛伏的日子約有十天，在這段日子他們並不曾出府，即便有心加害，也無處尋得天花病源。

聽著狗兒他們的回稟，胤禛臉色越發陰沉，額間青筋交錯，顯然心中怒極。

那拉氏在一旁不住搖頭，痛心疾首地道：「妹妹妳好糊塗！我知妳因入府多年膝下無子而一直心存遺憾，可即便如此也不該遷怒於人。弘時不過是一個襁褓小兒，妳如何下得去手！」

其實天花一事並未有定論，但那拉氏一番話卻在無意之中下了定論。

「妾身當真沒有。」瓜爾佳氏不理會她，只一味望著胤禛，神色哀慟，髮間珠翠在磕頭時碰到堅硬的青石地，叮叮作響。本該清脆悅耳的聲音，在這一刻聽來卻淒冷悲涼，猶如不知為誰而鳴的喪鐘……

她心中清楚，這件事是有人精心布的局。一直以來她都覺得奇怪，那拉氏明知她存了叛心卻不聞不問，初時只道是對方曉得她命不久矣懶得過問，而今卻是明白了，那拉氏從未打算放過她，只是在等一個更為適合的機會罷了！

一箭雙鵰，這才是那拉氏的目的。

可恨她無聲無息就布下了局，等自己察覺時已經無處可逃。即便現在當眾指責那拉氏害她，也不會有人相信，反而會認為她得了失心瘋，惡意中傷。

「她無子，自然不想別人膝下有子。」年氏不屑地一笑，轉眸對胤禛道：「王爺，此事已經明瞭，瓜爾佳氏心腸歹毒，蓄意謀害皇嗣，理當奪其位分，然後圈禁宗人府。」

「豈止啊，依妾身說，瓜爾佳氏做下如此狠毒之事，縱是一死亦難贖其罪過。」宋氏在一旁加油添醋。

「不要！」瓜爾佳氏滿面惶恐，膝行到胤禛面前抓住他的袍角，哀泣道：「王爺，妾身對天發誓絕對不曾害過時阿哥，是有人故意陷害，求您相信妾身。」

胤禛低頭，眼裡有令瓜爾佳氏絕望的冷意。「事到如今，妳還口口聲聲冤枉，全無一絲悔意。雲悅，妳太讓我失望了。」說到此處，強行抑制的怒意在一瞬間洶湧而出，一腳踹開瓜爾佳氏。

他正待發落下去，目光一直落在小衣上的凌若忽地開口：「王爺，能否讓妾身仔細瞧一瞧那件小衣？」

「萬萬不可！」容遠第一個反對。「小衣染有天花，福晉萬萬碰觸不得，否則母子俱危。」

「凡事皆有規避之法，否則遇到天花的大夫豈非皆死路一條？」說完這句後，凌若朝胤禛懇切地道：「求王爺應允。」

「若兒認為此事尚有疑點？」胤禛若有所思地問。

她目光在瓜爾佳氏身上掃過，複雜莫名。「妾身不知是否有疑，但此事關係重大，容不得一絲錯誤，仔細一些總是沒錯的。」

「也罷。」胤禛沉吟半晌，答應了她的要求，同時讓容遠務必保凌若安然無恙。

小衣被遠遠放在桌上，凌若在滿是烈酒的盆中淨過手，以絹帕覆鼻走至小衣前，小心地避過領口汙漬處，輕輕捻著柔軟光滑的衣角，果然……心中的猜測在這一刻得到證實，只怕連始作俑者都沒注意到這個微不可察的紕漏。

見她退回，早已等得不耐煩的年氏揚眉冷笑道：「不知妹妹從那衣上瞧出了什麼名堂？」

凌若將滿是酒味的絹帕遞給墨玉，微微一笑道：「我大清在江南共設有三個織造衙門，分別是江寧織造、蘇州織造、杭州織造。」

「那又如何？」年氏對她的話不以為然，唯有那拉氏微微皺了雙眉，隱約察覺她接下去要說什麼。

凌若望著胤禛道：「這三府所織的素錦雖大致相同，但還是能看出細微的差別。其中杭州織造所織素錦，比其他兩府都要軟一些，可亮度略有不及。妾身若沒記錯的話，王爺賜給妾身們的多是江寧、蘇州兩府的素錦，但是這件小衣所用的素錦，卻是出自杭州織造之手。」

胤禛略微一怔，他倒是不曾注意這些，當下命狗兒去將高福喚來。高福是府裡的大管家，府中所用之物他那裡皆有詳細記載，只要將錄冊調出來一閱即可見分曉。

據錄冊記載，年前賞給瓜爾佳氏的素錦乃出自江寧織造府，與小衣所用的料子並不相符。最近一次有杭州素錦入府還是在三年前，是宮裡賞下來給那拉氏的，瓜爾佳氏並不曾有。

聽到這句話，跪在地上的瓜爾佳氏長出一口氣。她知道，自己身上的嫌疑算是洗脫了大半……

見胤禛望過來，那拉氏連忙跪下道：「那些素錦妾身早在數月前便讓翡翠悉數送來了流雲閣，含元居中並無剩餘！」

她的話很快得到流雲閣下人的證實。在示意那拉氏起來後，胤禛將目光轉向瓜爾佳氏，帶了幾分歉疚道：「妳也起來。」

第一百三十一章　巫術

「多謝王爺。」瓜爾佳氏感激地磕了個頭。因跪了許久，她起身時腿有些不聽使喚，險些摔倒，幸而邊上有人扶了一把，卻是凌若。

「多謝，這個恩情我定會還妳！」站穩後，她低低地說了一句，神色極是複雜。先前出言讓凌若救自己的時候，她心中其實並未抱多少希望。說到底，自己與她不過是相互利用，並無真心可言，不落井下石就算對得起自己了，未曾想她竟真的會救自己於危局。

瓜爾佳氏不是傻瓜，看得出凌若剛才是冒了多大的危險，固然有太醫護持，可那畢竟是談之色變的天花。

凌若神情疏淡地道：「不必，我只是不願事事遂她之意罷了。」

今夜之事一波三折，到此刻卻是大致清楚了。有人用素錦做了一件與瓜爾佳氏所送一模一樣的小衣，試圖栽贓嫁禍，若非凌若細心，只怕現在瓜爾佳氏已被定罪。

「既要栽贓，為何不直接用雲姊姊送來的那件，而是要重新仿製？不嫌多此一舉嗎？」佟佳氏不解地道。

「佟妹妹認為天花好尋嗎？」凌若突然這樣問。

佟佳氏側頭認真想了一陣子，搖頭道：「天花這般可怕，一般人見了避之唯恐不及，應是不好尋。」

凌若頷首道：「不錯，天花可怕，沒有人願意染上天花，所以當有人想要反其道而行的時候，便成了一件極難的事。一個人縱使十天半月也未必能尋得到，但若是有許多人呢？」

「妳的意思是，有人製了許多件同樣的小衣，然後四處尋找天花？」年氏緊緊皺著眉，儘管覺得匪夷所思，但這種可能確實存在。

「一切只是妾身的猜測，未必是真。」凌若撫著無一絲褶皺的領襟，對一直擰眉不語的胤禛道：「既然杭州織造呈送的素錦府中只得流雲閣有，若是將流雲閣仔細搜尋一遍，興許會有發現。」

胤禛微微點頭，示意周庸領人上上下下仔細搜尋。

這個時候哭昏過去的葉氏也醒了，聽聞弘時得天花並非偶然，而是有人故意陷害時，立刻跪在胤禛面前泣不成聲，直求胤禛為他們母子做主。自懷孕起到現在，她一直磕磕絆絆，先是險些小產，之後女兒被人害死，兒子被人搶走，好不容易奪回來，以為從此可以平安無事，哪知弘時又被人陷害患上天花，生死未卜。

想到這個兒子多舛的命途，胤禛心裡也極不好受，不知該說什麼好。

還是那拉氏扶起身形尚有些臃腫的葉氏，安慰道：「妳放心，王爺一定會將此事查個水落石出，絕不讓害弘時的人逍遙法外。」

聽得這句話，凌若在心底一陣冷笑。明明是策劃了一切的罪魁禍首，卻說得那麼義正詞嚴，將所有人哄得團團轉，真是諷刺。

搜完流雲閣已將近三更，周庸在葉氏貼身侍女冬梅的房中搜到與小衣料子相同的碎布。葉氏發狂一般抓住面如土色的冬梅，劈頭蓋臉好一頓毒打；冬梅不敢還手，正不停地求饒，有一抹細微的銀光從她衣袖間掉落，恰巧被凌若看到。

就在這個時候，周庸將一個渾身插滿銀針的布娃娃呈到胤禛面前。一見到這個布娃娃，葉氏頓時如遭雷擊，渾身僵硬，連打人也忘記了。披頭散髮的冬梅趁著這個機會趕緊手腳並用地逃開幾步。

佟佳氏就站在胤禛旁邊，見到這個布娃娃頓時倒吸一口涼氣。不為其他，只因為布娃娃胸口貼著一張紙，紙上只有四個被銀針戳得千瘡百孔的字——佟佳梨落！

「妳竟敢以巫術咒其他福晉！」胤禛的臉色已不能用難看來形容。佟佳氏在一旁嚶嚶地哭泣著。

「妾身……妾身……」葉氏一心只想著找到害弘時的凶手，卻忘了自己同樣有見不得人的祕密，慌亂得不知該如何是好。許久，她目光倏地一亮，指著被她打得披頭散髮的冬梅大聲道：「是她！妾身是受了這個賤人的慫恿才會一時糊塗！」

「如此說來，妳是承認自己詛咒梨落了？」

這一刻，胤禛的聲音竟然出奇地平靜，令葉氏燃起一絲希望，以為他肯原諒自己，連連磕頭道：「妾身知罪！妾身知罪！求王爺饒了妾身這一回，妾身再也不敢了！」

「妳既已知罪，我又如何饒妳！」

胤禛的聲音再次傳來，這一回葉氏聽清楚了，平靜冷漠，彷彿……是在與死人說話。

葉氏嚇得魂飛魄散，身子顫抖不止。

不等她再次求饒，胤禛已起身漠然道：「葉氏身為庶福晉不思感恩，反而心懷嫉妒，以巫術謀害他人，即日起廢除庶福晉身分，廢為庶人，幽禁無華閣，終身不得踏出一步！」

無華閣是府中專門用來關押被廢黜的福晉與格格之處，有剝去一身榮華、終身不得起復之意，被幽禁無華閣的人，僅比死人多那麼一口氣。

以巫術詛咒他人，在皇室中乃是大忌，輕則廢除位分，重則賜死。看在弘時的面上，胤禛給葉氏留了一條活路，亦沒有將她移交宗人府圈禁。

「不要！」即使這樣，葉氏依然嚇得尖叫，死死抱住胤禛的腿，涕淚橫流。「王爺！妾身知錯了，求您再給妾身一個改過的機會，求求您！」

見無論怎麼求胤禛都不理會自己，葉氏又膝行到佟佳氏面前哀求：「妹妹，都是我不好，是我一時鬼迷心竅，嫉妒妹妹得王爺寵愛，聽信冬梅這個賤人的挑撥，是我該死！可是弘時此刻生死未卜，我這個做額娘的怎麼能夠離他而去？求妹妹看在弘時的分上，看在我們姊妹一場的分上，替我向王爺求情，我必一輩子感念妹妹的大恩大德！」

佟佳氏原恨她以布偶詛咒自己，可是此刻見到她這副悽慘的樣子，不由動了惻隱之心，對胤禛道：「王爺，既然姊姊有心改過，而且妾身又沒事，不如這一回就算了？」

「沒有人可以傷害妳。」胤禛目光從佟佳氏姣好的臉龐上移開，溫柔瞬間化為森冷，令葉氏不自覺打了一個冷顫。

第一百三十二章 定罪

「正是因為看在弘時的分上，所以我饒妳不死；妳若再求，我必殺了妳！」

胤禛無情的話語徹底滅絕了葉氏最後一絲希望，她無力地癱軟在地上。

眼見葉氏被人粗魯地拖下去，眾人心頭並不見得有多少喜悅，反而閃過一絲濃重的不安。佟佳梨落……

在葉氏被定罪不久，冬梅亦承認因為葉氏一直以來待她嚴苛，稍有不如意就是一頓打罵，所以懷恨在心，偷取素錦照著瓜爾佳氏送來的小衣仿製，然後讓人四處去尋天花患者，以圖謀害弘時。

最終，冬梅被亂棍打死，流雲閣上上下下皆被罰去做苦役。

一夕之間，曾經榮華的流雲閣天翻地覆。

最可憐的是弘時，他並不知道自己失去了額娘，依舊苦苦與死神相爭。

太醫說，天花雖是不治之症，但若有人在一旁精心照料，再輔以藥石減低毒性，還是有一定機率活下來的。只是他現在染的是天花，哪個願意冒著染上天花的危險去照顧他？

正為難之時，那拉氏突然朝胤禛端端正正施了一禮，神色懇切地道：「妾身是弘時的嫡額娘，眼下弘時身患重病，額娘又不在身邊，妾身理當照顧他。」

胤禛眼中掠過一絲驚訝，神色溫和地道：「弘時得的是天花，妳不怕嗎？」

「怕。」那拉氏輕輕吐出這個字，旋即道：「可是妾身更怕因為沒人照料，而讓王爺失去弘時，失子之痛……有過一次就足夠了。」

說到最後，那拉氏一臉黯然。胤禛知她必是想起了弘暉，正待安慰幾句，忽地心中一動，感懷道：「若弘時這一次能夠死裡逃生，就讓他養在妳的膝下吧。有妳教導他，我也放心。」

「可以嗎？」那拉氏欣然抬頭，眸中盡是歡喜。

胤禛點一點頭道：「自然，再說弘時沒了親娘，由妳這個嫡額娘撫養也是合情合理的事，現在只看他自己是否有這個福氣。」

在那拉氏的謝恩聲中，凌若的心一點一點沉了下去。

上天似乎有意要還那拉氏一個兒子，在她的精心照料下，弘時竟然真的漸漸好轉。不過半歲的人兒卻彷彿能聽得懂話，每次餵藥時都乖乖張開嘴，不哭不鬧，晶亮的眼眸一直盯著那拉氏，偶爾還會咧開剛長了兩顆小牙的嘴笑。

半個月後，幾位太醫確認弘時身上的天花已經消退，儘管臉上留下了醜陋的痘疤，但命卻是保住了，算是不幸中的大幸。病好的同一天，弘時被帶到了含元居，從此以後正式歸養在那拉氏膝下，由庶長子一躍成為嫡長子。儘管胤禛並沒有冊其為世子的意思，但這樣的改變足夠令許多人坐臥不寧。

也就在這一天，那拉氏告訴胤禛，她在照顧弘時的時候在他身上發現許多青紫痕跡，像是被人掐出來的，下手極重，過了半個餘月依然有瘀痕。胤禛檢查之後發現果然如此，心中又驚又怒，當著那拉氏的面沒說什麼，但回到書房後卻是狠狠一掌擊在桌案上。

弘時是王府阿哥，身分尊貴，下人絕對不可能有如此大的膽子加害，且每日要擦身，不可能沒人發現。那麼唯一有膽子、有能力這麼做的，唯有葉氏一人，底下人即便看到了也不敢出聲。

前些日子葉氏經常派人來說弘時啼哭不休，請他過去瞧瞧，但當他去了流雲閣，弘時便不哭不鬧……敢情這一切都是她鬧騰出來的？為了讓他過去，不惜動手掐自己的親生骨肉。好一個葉氏，竟將他蒙在鼓裡！

胤禛越想越氣，揮手掃落狗兒奉上的碧螺春，如此猶不解氣，眸光森森地盯著正蹲在地上收拾碎片的狗兒，道：「你們一個個是否都有事瞞著我？」

狗兒嚇得連忙跪下，磕頭如搗蒜，連聲喊：「四爺這話當真冤煞奴才，奴才對四爺一片忠心，天地可鑒。奴才就是瞞親爹、親娘也不敢對四爺有一絲隱瞞，如有虛言，讓奴才天打雷劈，橫屍……」

「行了行了，別整那些虛的。」胤禛不耐煩地揮揮手，阻止狗兒再說下去，疲憊地在椅中坐下。這些日子事情層出不窮，先是凌若胎象不穩，繼而弘時又染了天花，更牽扯出葉氏以巫術咒梨落一事，眼下又……朝中也是事情一堆，太子對自己和老十三多有不滿，每每見面總是不歡而散，使得自己在朝中越發受阻，想做些實事難比登天。

「狗兒，你入府到現在有幾年了？」胤禛突然這樣問。

狗兒小心地看他一眼，不敢起身，依舊跪了答：「回四爺的話，已有近十年。」

「十年……那就是近十歲時入的府。」胤禛對狗兒的年紀倒是記得清楚，歇一歇又道：「在家中時，你父母待你如何？」

狗兒目光一爍，小聲道：「奴才家中雖然貧苦，但父母待奴才很好，有好吃、好用的都留給奴才。有時父親出去勞作回來，會帶支竹蜻蜓或是草編的蚱蜢給奴才。那時奴才最喜歡吃的是家裡做出來的豆花，香滑可口，不過那是要用來賣錢的，只能偶爾吃上一回，不過奴才依舊很開心。到後來，家中實在撐不下去，無奈之下唯有將奴才賣了。也是奴才命好，可以遇到四爺您這麼一個好主子，四爺對奴才的恩德，奴才未有一日忘記，縱死也要報四爺大恩。」

整段話下來，他隻字未提自己還有一個妹妹的事。

「起來吧。」胤禛仰一仰頭，不無失望地道：「目不識丁的平民百姓尚知愛護子女，不使他們受委屈。葉氏身為福晉，享盡榮華，卻對親生骨肉全無憐惜之心，只將其作為爭寵奪愛的籌碼，她……不配為人。」

狗兒的心劇烈地跳了一下，不過他小心地沒有將這一切表露在臉上，只是試探地道：「四爺的意思是……」

胤禛將身子靠在椅背上，撫額道：「先是以巫術咒梨落，現在又虐待親兒，依著她犯下的罪，縱死一千、一萬次亦是輕的。可是我到底要顧忌她是弘時的額娘，將來弘時長大了，若問起額娘，難道我告訴他是因為虐待他而被賜死的嗎？這對弘時來說太過殘忍。」

第一百三十三章 賜死

被自己嫡親額娘遺棄是什麼滋味，胤禛最清楚不過。雖然在長春宮日日可見德妃，但德妃的心思從來不在他身上，哪怕病了、燒了，也只是遣太醫來看，自己爬起來一個人將藥喝完。他最難受的不是生病，不是喝極苦極苦的藥，而是同樣是額娘的兒子，可是額娘眼中卻沒有自己。自己受過的苦，他不願孩子再一次承受。弘時也許會得到很好的照顧，可是他若知曉自己的親額娘曾為爭寵而虐待自己，只怕會成為他心中一道永遠無法癒合的傷口，伴隨他一生。

「奴才有句話，不知當講不當講？」狗兒小心翼翼地道。

「有話就說。」胤禛依舊閉了眼，不是不願睜開，而是怕有人看到他眼中的熱意。從九歲那年責打奶娘開始，他就發誓，絕對不再讓人看到自己軟弱的樣子，他只能是冷面冷情的四阿哥。

不知為何，他突然想到凌若，想起蒹葭池那次的相遇……

狗兒並不曉得胤禛這些心思，他小心地盤算了一下，方才道：「奴才私以為，四爺何不讓時阿哥徹底忘記葉氏這個額娘？」見胤禛不說話，他又道：「時阿哥現在不過半歲，並不記事。四爺既已將他交給嫡福晉，嫡福晉心善，必會將時阿哥視若己出。既然如此，四爺何不讓時阿哥以為嫡福晉就是他的親額娘，這於時阿哥來說，並無害處。」

只要葉氏一日是弘時的額娘，四爺就會一日念及他們的母子情分，不忍將葉氏賜死。既如此，他就讓葉氏徹底失去這個兒子。

葉氏，妳的末日到了！

她毀阿意容貌，自己從未有一日忘記，隱忍不提，只為等待一個合適的時機。胤禛微微睜了眼，望著頂梁上描金的圖案久久未語，在極致寂靜後，冷漠的聲音四散垂落：「傳我命令，庶人葉氏——賜死！」

在一個正確的時候，由一個正確的人說出致命的話，一劍封喉！唯有真正忠於胤禛的人，才能得到胤禛的信任。這就是當日凌若未曾明言的真意。

暮色下，狗兒領著兩個小廝踏足無華閣，有無數細小的微塵與枯黃落葉一道隨著他們的腳步而揚起。

彼時秋意深重，夕陽漸落，冷意瀰漫在空氣中，無處不在。

穿過院子，可以看到屋中有幾個蓬頭垢面的女子或哭或笑、胡言亂語。她們都曾是享盡榮華的人，卻因犯錯而被關押在這裡，除了一日三餐有人送來之外，再無人搭理。那種與世隔絕的寂冷與絕望逼瘋了她們，除了還活著，還有一口氣，她們已與死人無異。狗兒並未在這些女子當中發現葉氏的蹤跡，他皺眉，忍著屋中難聞的味道走了進去，於一處角落看到了蜷縮在地上的葉氏。

看到狗兒，葉氏黯然的眸光驟然亮起，爬起來一把抓住他的手，滿懷期待地道：「是不是王爺讓你來接我！」不待狗兒回答，她又皺眉道：「快走，這個鬼地方我一刻也不願多待！」她沒注意到狗兒捧在手裡的東西。

狗兒低頭看著那雙枯瘦骯髒的手，嘴角緩緩翹起，露出一抹明亮的笑容。「王爺有令，庶人葉氏殘害其他福晉、虐待親兒，著賜死！」

這句話令葉氏一下子從天堂跌回地獄，在驚愕過後，她下意識地否認狗兒的話。「不可能！我是弘時的親額娘，王爺怎麼會下令賜死？定是你這個死奴才胡說！我打死你——」揚手欲摑狗兒，卻在半空中被人牢牢抓住，怎麼也放不下來。

她正待破口大罵，忽地記起剛才狗兒最後那句話。虐待親兒？這什麼意思？待得知弘時滿身皆是被掐出來的青紫痕跡時，葉氏狂亂地搖頭。「不！我沒有！弘時是我親兒子，我待他如珠如寶，連哭都捨不得讓他哭一下，怎會虐待他？一定是有人存心陷害，我要見王爺！」她發了瘋一樣地往外跑，卻被兩個小廝攔住，恨得她雙目通紅，不斷叫著：「放開我！我要見王爺，放開我！」

「沒用的。」狗兒走到她面前，冷冷道：「王爺不會想見妳。念在妳懷時阿哥十月的分上，王爺會賜妳一副薄棺裹屍，妳安心地去吧。」

他走近，葉氏如見到鬼魅一樣後退，盯著狗兒手裡的東西不住搖頭。不要！她不要死！不要死！逃！她一定要逃離這裡。只要見到胤禛，他就會知道自己根本不曾傷害過弘時一根毫毛，從而放過自己。可是她一個弱女子如何能逃得過三人？還沒跑到門口就被抓了回來。

看著被扭住胳膊、使勁掙扎的葉氏，狗兒突然問：「妳還記得阿意嗎？」

葉氏早已忘了那個被自己打得半死的小丫頭，隨口道：「我不知道你在說什麼。」話音剛落，她的下頷就被狗兒用力抓住，他一臉凶狠地道：「妳將她打個半死，還拿茶水潑她，毀了她的容，居然告訴我不記得！」

葉氏有了一點模糊的印象。「那又如何！」

「她是我妹妹！」狗兒大聲吼著，面目是從未有過的猙獰可怕，一個字一個字地從森冷的牙縫間蹦出：「葉秀，妳害了我妹妹一輩子，我要妳拿這條命來償還！」

那個死丫頭是狗兒的妹妹？葉氏一怔，旋即大笑起來。也不知從哪裡來的力氣，她竟然掙脫了那兩名小廝的束縛，用力揮開狗兒的手，冷冷朝地上啐了一口道：「要我替那個賤丫頭賠命？憑她也配！你這個賤奴才，定是想找我報復，所以趁我如今落魄便假傳王爺的命令將我賜死。你好大的狗膽，我若死了，王爺追究起來，你也休想活命！」

第一百三十四章　算盤

狗兒突然大笑起來，令葉氏原本篤定的心再次不安，厲喝：「狗奴才你笑什麼？」

狗兒緩緩斂去笑意，冷聲道：「我笑葉福晉妳枉活了這麼多年，竟然天真到這步田地。若無王爺的命令，我如何會來這裡？賜死妳的從來就是王爺，沒有旁人。想要我的命……」他湊到葉氏近前，輕輕吐出一句話：「妳不配！」

「我不信！我不信！」葉氏近乎崩潰地大叫：「我沒有傷害弘時，我沒有！」

「是與不是，現在都已經不重要了。」扔下這句話，狗兒拿起托盤中的白瓷小瓶，轉過頭對兩名小廝道：「送葉福晉上路。」

兩人答應一聲，不理會驚恐欲死的葉氏，逕自抓住並掰開她的嘴。葉氏無處可逃，甚至連閉嘴也不能，只能眼睜睜看著狗兒將那瓶毒藥灌進嘴裡，直至自己被迫嚥下去後，他們方才放開她。

葉氏將手指伸進喉嚨，想要將喝下去的毒藥吐出來，然狗兒的一句話卻讓她渾身冰涼——

「沒用的，這是鶴頂紅，只要一滴就足以致命！」

葉氏抓起地上的雜物用力朝狗兒擲過去，聲嘶力竭地大叫：「你這個狗奴才，我要你不得好死！」

狗兒側目，拂去沾在身上的灰塵。「葉福晉有時間，還不如多欣賞一下這夕陽美景，過了今日，便再沒有機會了。」說到此處，他忽地一笑，殘忍無情。「時阿哥已交給嫡福晉撫養，從今以後他只會知道嫡福晉這個額娘，不會知道妳葉福晉。」

「我殺了你！」葉氏發狂地大叫。命沒了，連兒子也沒了，她努力一輩子，到最後竟什麼也沒有，她不甘！不甘啊！

聲音漸漸小了下去，鶴頂紅毒發，她口吐白沫，痛苦地摔倒在地上不停抽搐著，再也沒有力氣罵人。狗兒冷漠的目光始終落在她身上，直至葉秀在劇烈的痛苦中嚥下最後一口氣。

妹妹，哥哥終於替妳報仇了！

狗兒輕吁一口氣，轉身去向胤禛覆命，葉氏的屍體自然有人會收拾。胤禛得知葉氏的死訊，什麼也沒說，只是揮手示意他要一個人靜靜。

從書房出來，狗兒遲疑了一下，往淨思居走去。

凌若正與溫如言一道用晚膳，見他進來便讓人賜坐，旋即又對墨玉道：「快去將阿意叫來，就說她哥哥來看她了。」

溫如言抿唇笑道：「咱們還沒恭喜狗兒你得償所願呢。」胤禛下令賜死葉氏一事，府中已經人盡皆知。當初葉氏這樣對待阿意，如今狗兒奉命賜死她，也算是一報還一報了。

「謝謝溫格格。」狗兒謝過後，叫住正準備走的墨玉，遲疑著道：「不用去叫阿意，奴才今日來，是有些話想與福晉說。」

他朝左右看了一眼，凌若明白他的意思，輕聲道：「不礙事，說吧。」

「其實奴才也不知這件事是否要緊，只是覺得有些奇怪。」狗兒理了理思路道：「奴才今兒個奉四爺之命去無華閣賜死葉氏，但臨死前，葉氏口口聲聲說自己不曾虐待過時阿哥，是有人陷害她。所謂人之將死，其言也善。奴才認為葉氏沒必要再撒謊，所以奴才懷疑時阿哥的事……另有蹊蹺，福晉要多加小心。」小心什麼，狗兒沒有明言，他相信凌若能明白自己的意思。

因為阿意的關係，他與淨思居無形中連在了一起，不說一榮俱榮，卻也差不多了。他自然不希望淨思居出事，是以特意過來提醒她小心。

待狗兒離開後，凌若放下手裡的銀勺子，若有所思地道：「其實我對此也是一直心存疑慮。葉氏固然狠毒，當不至於對親兒下此狠手。那日在含元居時，葉氏對弘時的緊張，咱們可都是看在眼裡的，不似作假。」

「我知道妳懷疑是那拉氏做的手腳，畢竟葉氏一死，得益最大的人她。可是弘時前陣子常常啼哭是事實，非得王爺去了才安靜。如果不是葉氏殘害孩子，那他何以會這樣啼哭？」溫如言徐徐說出心中的疑惑。

「還記得那個冬梅嗎？」凌若瞧著外頭濃重的夜色，沉聲問道。

溫如言眉心一動，凝聲道：「妳懷疑是她做的手腳？」不待凌若回答，她又道：「且不說冬梅不是專門負責照料弘時的下人，就說弘時身上密布的瘀傷，葉氏不可能毫無所覺。」

凌若起身望著外頭沉沉的夜色。這個季節萬木凋零，院中的兩棵櫻花樹的葉子也已掉光，只剩下光禿禿的枝椏在秋風中嗚咽。

「要讓一個不會說話的嬰兒哭且看不出傷痕，有很多辦法，譬如……針！冬梅被抓起來的時候，我曾看到一根銀針從她袖中掉出。」

在溫如言愕然的目光中，她徐徐道：「冬梅是那拉氏布下的一顆棋子。這一點毋庸置疑，否則以她一個小小的丫鬟，何來這等縝密的心思，而且還能尋到天花。這一點，只怕王爺心中也有疑惑，只是後來出了葉氏以巫術謀害佟佳氏的事，令他沒有心情再深究下去。」

溫如言仔細想了一下，皺了細細的雙眉道：「妳的意思是，早在數月之前，那拉氏就已經開始布局？」

「葉氏一心盯著世子之位，野心極大，那拉氏如何容得下她？只怕從一開始，打的就是置其於死地的算盤。至於瓜爾佳氏，頂多只是她計畫中的一小部分。」凌若拔下髮間的銀簪子，撥弄著燭臺上略微有些發暗的燭火，在盈盈燭光中繼續未完的話：「也是葉氏該死，竟然鬼迷心竅想以巫術魘鎮佟佳氏，活該倒楣。葉氏被廢，而弘時又意外熬過了天花保住小命，還養在她膝下。為免日後節外生枝，她絕對不允許葉氏這個親額娘活在世間。」

「妳的意思是，弘時身上的傷都是她掐出來的？」溫如言的額髮被冷汗濡溼一片，緊緊貼在額頭上。

「除了她，我想不到別人。只怕她當日自薦去照料弘，就是在為這一步打算。不論弘時是死是活，那身傷都足以置葉氏於死地。」

凌若的話音落下許久，溫如言方才長長出了口氣。「好一個環環相扣的計策，近乎完美。那拉氏的心機當真深不可測，我只是聽妳述說就已經一身冷汗。她計畫中唯一的紕漏，就是讓妳救下了瓜爾佳氏。」言及此處，她皺眉道：「希望經此一事，瓜爾佳氏會對妳心存感激，不再處處心存算計。」

第一百三十五章　還恩

凌若正待說話，忽地感到下腹一陣墜脹，連忙捧住小腹喚墨玉扶她坐下。約莫過了一盞茶工夫，那種墜脹的感覺才漸漸消失。

見她神色好受了一些，溫如言憂心忡忡地問：「徐太醫的藥還是沒什麼用嗎？」

凌若撫著隆起的小腹，搖頭道：「藥性已經一重再重，依然不見效果。徐太醫將淨思居上上下下都查過了，沒有發現任何可疑之處，更沒有麝香的蹤跡。他說有可能是這個孩子先天不足，初時不覺，待月分大了之後，便開始逐漸顯露。若控制不住的話，恐怕會早產。」

溫如言如何瞧不出凌若隱在眉宇間的憂心，緊緊握住她的手安慰：「別太擔心了，徐太醫一定能保你們母子平安。當初葉氏那般情況，都讓他生生保到了九個月，妳總不至於比她還嚴重吧？再說弘時早產一個月，現在不一樣健健康康的？相信我，一定會沒事的。」

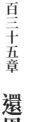

「嗯！」凌若點頭，然那縷蘊藏在眉眼間的愁緒始終不曾化去……

次日清晨，凌若正坐在銅鏡前讓墨玉梳頭，李衛忽地進來道：「主子，雲福晉來了，說有事想見您。」

墨玉一邊將一支青玉簪插在凌若盤好的髮髻上，一邊不屑地道：「現在才想到過來，不嫌太晚嗎？主子救了她一條命，她可倒好，這半個月竟是連人影也不見，簡直就是忘恩負義。」

「不許胡說。」凌若睨了她一眼，朝李衛道：「請她進來吧。」

瓜爾佳氏穿了一身湖藍繡碧藤蘿圖樣的旗裝，領口與袖口皆鑲了上好的風毛，柔軟光亮。她手上提著一個竹籃子，籃中是一株株長著大小不一橢圓形葉子的青草，粗粗一看怕是有上百株。

在凌若訝異的目光中，瓜爾佳氏將籃子往桌上一放，略有些不自在地道：「妳還是經常感覺小腹墜脹嗎？」見凌若點頭，她一指籃中的青草道：「這是我家鄉專門用來治胎動不安的草藥，叫子母草，效果極好。每次取十株，三碗水煎成一碗，連服七天，應該會對妳有所幫助。」

墨玉一臉狐疑地道：「這子母草看起來怎麼這麼像奴婢家中餵兔子的草？這草若真如此有療效，為何從來沒聽徐太醫提過？」

瓜爾佳氏一怔，旋即冷笑道：「徐太醫縱然醫術再高，也不可能遍識天下草藥與偏方，他不知道有何好奇怪。」說到此處，她掃了未出聲的凌若一眼，微不可見的怒氣在眼底若隱若現。「妳願意相信還是願意拿去餵兔子都隨妳，總之上次的恩情我已經還妳，從今日起，我與妳互不相欠，該如何依舊如何！」

她說罷拂袖就要離去，不想被凌若喚住。

「姊姊來得這樣早，想必沒用過早膳，不如就在這裡陪我一道用可好？小路子已經去廚房取膳了，很快便能回來。」隨即又對墨玉道：「將這籃子子母草拿到廚房，按雲福晉的話煎水成藥。」

墨玉愕然，瞥了同樣愕然的瓜爾佳氏一眼，有些不放心地道：「主子，不先請徐太醫看一下嗎？」她可不相信這個瓜爾佳氏會那麼好心特意拿藥來給主子保胎，以前她可沒少害主子。

凌若微微一笑，揮手道：「不用，拿下去吧。」

見她主意已定，墨玉縱是滿腹疑慮，也只得依從。

瓜爾佳氏神色複雜地看著凌若。「妳不怕我害妳嗎？」

凌若扶一扶鬢邊略有些鬆垮的珠花，說出一句瓜爾佳氏做夢也想不到的話來：「我相信姊姊。」

「天真！」一陣怔忡過後，瓜爾佳氏抑住心裡的異樣冷笑道：「看來今日我送這子母草來真是多餘了，妳這樣天真無知，縱使有神仙手段也保不住這個孩子。」

這樣的冷言冷語，聽在凌若耳中卻有淡淡的暖意。她微笑著搖頭。「不是天真，是姊姊的手告訴了我事實。」

迎著瓜爾佳氏不解的目光，她續道：「我與姊姊雖然相交不深，卻也知道姊姊是一個極為注意儀容的人，雙手從來都是修飾得齊整乾淨。可是眼下姊姊的指甲縫中卻有黑色的泥土，再聯想到剛才那些子母草，明明是新鮮得剛從泥土中拔來，可根莖卻沒有一絲泥跡，分明是有人仔細清洗過。如果姊姊當真有心害我，又何必以福晉之尊去洗殘泥？」

說到此處，她朝瓜爾佳氏艱難地彎身行了一個大禮。「我代孩兒謝姊姊如此垂憐於他。」

瓜爾佳氏沒料到凌若竟能從自己雙手未洗淨的殘泥推斷出這些，一時不知該怎麼說。自那日被凌若所救後，她心裡就一直很矛盾。從與凌若結盟的那一日起，她就存了利用算計之心。這一點，想必凌若心中也是清楚的。她根本沒料到，在那樣的情況下凌若會救她，讓她逃過近乎必死的一劫，也讓她欠下一條命，這令一直習慣在算計與被算計中過日子的她很不習慣。

思慮許久之後，她決定將這份恩情還給凌若，如此才可以擺脫這無影無形卻牢牢纏在她身上的鎖鍊，好重新做回從前的瓜爾佳雲悅，無欠無牽。

她知道凌若的胎兒一直不太穩，即便日日飲用徐太醫的安胎藥也收效甚微。想還這個恩情，最好的辦法就是替凌若保住這個孩子。

子母草，在她家鄉原本正如墨玉所言是餵兔子的草，後來有一名遊方郎中無意間發現這種草竟有極好的安胎效果，甚至比一些名貴的藥材更好，所以取名為子母草。許多窮苦人家發現胎象不穩又無錢請大夫，便採這種草藥來安胎。

她知道這種草藥，但先前卻絲毫未提及過。之前被迫因為體內的毒而答應保凌若十月平安，甚至將蓮花含麝香的事告訴她，但私心裡總是不希望她安然生下這個孩子。

自己無法出府，她便將子母草的樣子畫在紙上，讓心腹小廝長貴去京郊野外尋找。這種草喜歡長在陰冷潮溼的地方，長貴找了很久，還險些摔下山崖，才總算找到這麼一籃子。拿到手後，她又將草根上沾的泥土洗淨，方才送來淨思居。

她也想過淨思居的人不會相信，畢竟自己曾害過凌若，所以打算放下就走，沒想到凌若竟憑著她指甲縫中未洗淨的殘泥而相信她。在凌若向自己行禮的那一刻，她視線竟變得有些模糊。

第一百三十六章　毽子

一直以來，她都是孤身一人，在家時是庶女，生母早死，得不到眼中唯有嫡女的父親疼愛。大娘欺她，下人也看不起她這個名義上的三小姐，所以在很小的時候她就明白，不論想要得到什麼都要靠自己去爭取。這個世間無人可以幫她，而她也不會去信世人。

入了雍郡王府之後，女人間的爭風吃醋、爾虞我詐，令她更加堅信這一點。以心計搏恩寵，以算計搏生存，從不與人交心。

寧可我負天下人，不可天下人負我。

這是她一直牢牢記在心頭的話，可是這一刻卻有些動搖了。似乎……被人相信的感覺並不是那麼難受……

「不用謝我，我只是不願欠妳的恩罷了。」瓜爾佳氏嘴硬，然手卻不自覺地扶起了凌若。

詫異在凌若眼中一閃而逝，取而代之的是深深笑意。人心總歸是肉長的，瓜爾佳氏也不例外。她道：「是，我們兩清了。不過往後姊姊若是得空，不妨常來淨思居坐坐，孩子可還等著叫姊姊一聲乾娘。」

瓜爾佳氏目光掠過凌若隆起的腹部時有不易察覺的溫柔，然很快又化為一片黯然，低低道：「也不知是否有這個機會。」

凌若知道她是擔心身上的毒，安慰道：「徐太醫不是說噬心之毒的毒性已經被中和不少了嗎？想必在明年毒發之前，一定能徹底根除，姊姊莫要太擔心了。」說話間，腹中孩兒彷彿聽到她們的對話，用力踢了她一腳，令她不由得莞爾，撫著腹部道：「知道你著急要見乾娘，不過你還太小，得乖乖在額娘肚子裡再待上幾個月才行，不許調皮。」

「他在動嗎？」瓜爾佳氏盯著她的小腹，神色有些呆愣。她從不曾懷過孩子，根本無從體會腹中有一個小傢伙在伸手踢腿的感覺。

晨光熹微，透過簾子照在凌若姣好的側臉上，似如破水而出的青蓮。她含了一縷淺淺的笑意道：「姊姊要不要摸摸他？」

瓜爾佳氏遲疑了許久方才伸出手，就在她撫上凌若腹部的那一刻，孩子恰好在裡面踢了一下。在驚異於蓬勃新奇的生命同時，心中某一個角落正在悄悄軟化……

如此數日後，凌若的脈象終於有所穩固，胎兒的情況竟然當真開始好轉。容遠甚是驚訝，連連稱讚子母草的奇效，言道若按此情況下去，應當可以順利熬到十月臨盆之期。

而子母草在他回去後被推薦給太醫院院正，在經過仔細檢驗實踐後，這種草藥被正式收入御藥房，成為一味極重要的保胎良藥。

胤禛知道此事後一陣歡喜，對瓜爾佳氏多有褒獎，賞了她許多東西。

時光在無驚無憂中掠過，轉眼已是十一月，寒意深深，縱使身上穿了厚厚的棉襖，依然感覺冷得慌，露在外面的手指跟十根胡蘿蔔一樣又紅又腫。

墨玉掃完庭院後，正在簷下呵手，忽見李衛與小路子一道從屋裡出來，笑著將一個東西扔給她。「瞧妳那樣。喏，給妳。」

墨玉接在手裡一瞧，竟是一個以鉛錫為錢、裝有雞羽的毽子，不禁歡聲道：「你哪裡來的毽子？」

「前陣子出府，想起妳說以前在家時常踢毽子，便買了一個回來。如何，莫不是忘記怎麼踢了吧？」李衛有意笑她。

墨玉不甘示弱地揚臉道：「哼，要不咱們來比比？看誰踢得多，輸的人……」她眼珠子一轉，黠笑道：「要拿出一個月的例錢請大家吃好吃的。」

李衛與小路子對視一眼，不甘示弱地道：「好，比就比，到時候輸了可不要哭哭啼啼。」

他們在這裡說得熱鬧，把剛幹完活沒事做的水秀和水月也引了過來，聽得要踢毽子比賽，紛紛拍手叫好。凌若每日午後都要睡上一個時辰，這段時間是他們最得空的時候。

最後定下墨玉與水月一道，李衛與小路子一道，水秀則充作評判。只見水秀將毽子往墨玉的方向一扔，墨玉也不接，逕自繃直了腳尖將欲落的毽子踢向空中，隨後裡外廉、拖搶、聳膝、突肚、佛頂珠等各色踢毽法輪換，瞧得人眼花撩亂，小小一個毽子在她腳上彷彿有了生命，輕盈歡悅。

墨玉一邊踢一邊唱著以前在家中學會的歌謠：「一個毽兒踢兩半兒，打花鼓、繞花錢兒、裡踢外拐，八仙過海，九十九、一百……」

足足踢了一百五十多個也沒讓毽子著地，感覺腳有些痠後，墨玉朝水月使了個眼色。後者會意，一個轉身笑著抬腿接過毽子繼續踢，又踢了一百多個後，方才因為一個意外而讓毽子著地。她們兩個加一起，一共踢了兩百九十七個。

墨玉一臉得意地對李衛和小路子道：「怎麼樣？怕了嗎？」

「誰怕誰還不一定呢。」扔下這句，李衛接過毽子使勁地踢著，他踢得亦很靈巧，且花樣百出，不時還拿頭頂一下毽子，瞧得水秀她們在一旁不住拍手。

最後他跟小路子一道踢了兩百九十一個，只輸給墨玉她們六個。

墨玉一顆心可算是安安穩穩放回去了，她剛才還真擔心李衛他們會超過自己。她拍手，大聲歡呼不已，眼睛彎成了兩個小月牙，指了李衛和小路子道：「你們兩個可別想賴哦。」踢了這麼一陣子毽子，身子暖和多了，不再像剛才那樣縮手縮腳。

「放心，男子漢大丈夫願賭服輸。」李衛苦笑著捅了小路子一下道：「咱們兩個各出一半吧，可憐我之前看中的那個細銀鎏金鼻煙壺暫時是買不了了。」

小路子嘿嘿一笑，摸著腦袋道：「沒事，你不方便的話，都……都我來……來好了，左右……我在府裡也沒有要用錢的地方。」

「那怎麼行，咱們好兄弟不只好事要一人一半，壞事也得一起擔當才行。」扔下這一句，他將目光轉向墨玉，大方地道：「行了，想吃什麼只管說就是。」

正說著話，門「吱呀」一聲打開，伊蘭一臉不高興地從裡面走出來。「你們幾個沒事在這裡瞎吵什麼，把我和姊姊吵醒了知不知道？」其實凌若並沒有醒，依舊在裡面安睡，不過伊蘭很自然地將她撇了出來。

她最近幾乎天天都在雍郡王府裡，適才正陪著凌若一道午睡，不想被外面的吵鬧聲驚醒，出來一看卻是李衛他們幾個在踢毽子，頓時氣不打一處來。

第一百三十七章　責罰

墨玉吐吐舌頭，趕緊低頭認錯：「驚擾了主子與二小姐休息，奴婢罪該萬死，請二小姐恕罪，奴婢保證絕不再吵鬧。眼下時間尚早，二小姐不如再去休息會兒。」

「都吵醒了還睡得著嗎？」伊蘭沒好氣地斥了一句，正要回屋中，忽耳尖聽得水月在那裡小聲嘀咕——

「凶什麼凶，還真把自己當淨思居的主子了！」

「妳說什麼！」伊蘭驟然回身狠狠瞪著水月。上回的事還沒找她算帳，這次居然又當著她的面嚼舌根子。

水月沒料到隔了這麼遠她還能聽到，一時不知該怎麼回答。雖然自己對伊蘭萬分不滿，但她畢竟是主子的嫡親妹妹，而自己只是一個奴才，在背後發發牢騷可以，當面議論卻是萬萬不可的。

水秀見狀趕緊打圓場，陪笑道：「二小姐莫不是聽岔了吧，水月什麼都沒說。

外頭天寒地凍的，您還是趕緊回屋裡去吧，待會兒奴婢給您沖一碗熱熱的杏仁茶去。」

伊蘭一言不發地盯著她，那冰冷的眼神直把水秀盯得心中發毛，怎麼都想像不出居然是出自一個年僅十歲的女孩身上。

忽地，伊蘭嫣然一笑，朝她勾了勾手指，示意水秀近前。待水秀走到她面前彎下腰後，以迅雷不及掩耳之勢狠狠甩了水秀一巴掌！

這個舉動把所有人都驚著了。水月第一個跑過來，緊緊抱住被打得愣神的水秀，斥責的話脫口而出：「水秀又沒犯錯，二小姐為什麼要打她！」

「妳是什麼東西，居然敢質問我？」伊蘭的笑意消失得無影無蹤，唯有尖銳的聲音在水月她們耳畔迴盪：「不要以為我年紀小就可以隨意欺我，更不要以為姊姊給妳們幾分顏色，就真拿自己當一回事了。奴才就是奴才，永遠上不得檯面！」她將憋了許久的氣全藉著這一次撒了出來。

這番話說得極是氣人，縱是李衛亦不禁變了顏色。這些日子處下來，他們都知道這位二小姐比主子要難伺候許多，喜怒不定，初來時的平易近人早已消失；沒想到她今日突然發作，不只打了水秀，還將所有人都罵了進去。

水月最看不慣她，當即反脣譏道：「咱們自然是奴才，但卻不是二小姐的奴才，輪不到二小姐來教訓。再說若非主子顧念姊妹之情多加照拂，只怕二小姐也沒機會站在這裡耍威風。」

「妳說什麼！」這句話一下子戳到伊蘭的痛處，小臉冰冷，揚手就要打，卻在半空中被人抓住。轉頭望去，只見李衛正默然盯著自己。

不等她斥罵，李衛已換了一臉笑意道：「二小姐仔細手疼，奴才們有什麼做錯的地方，二小姐只管教訓就是，何必生這麼大的氣呢？若是因奴才而氣壞了身子，可是大大的不值。」

伊蘭冷哼一聲，甩開他的手。「我自不願與你們一般見識，可是有些人尊卑不分，欺到我頭上來，難道還要我忍氣吞聲嗎？」說到這裡，她一揚臉道：「要我不生氣也可以，你們統統去地上跪著。沒我的允許，一個都不許起來。」

「憑……」

水月剛想說「憑什麼」，水秀一把拉住她低聲道：「快別說了，還嫌鬧得不夠大嗎？這些日子主子好不容易身子舒坦些，莫再讓她心煩了。」說著拉了滿心不願的她一道跪下，緊接著小路子和墨玉、李衛亦先後跪下。

伊蘭不屑地看了齊齊跪在自己面前的幾人。賤奴才終於知道害怕了嗎？哼，不給他們幾分顏色看看，就忘了自己姓甚名誰，以為她年紀小就可以由著他們欺負，真是天真！

她也不進去休息，費力地搬了把椅子，就坐在外面看著。現在地上冷得很，她倒要看看這些奴才能堅持到什麼時候。

胤祥進來時看到的就是這幅情景。墨玉他們幾個頂著寒風跪在地上瑟瑟發抖，伊蘭則坐在簷下，一張小臉同樣凍得紅通通，神色卻是前所未有的嚴肅，隱隱還帶著一絲得意。

「唷，這都是怎麼了，一起罰跪吶？」他跟伊蘭也很熟了，走過去一把抱起她坐在自己膝上，笑嘻嘻地道：「他們怎麼惹得咱們的小伊蘭，居然這麼生氣要罰跪？」

伊蘭小嘴一撇，委屈地道：「他們不只吵我與姊姊歇息，還不將我放在眼裡，說我這個二小姐不過是沾了姊姊的光，根本沒資格教訓他們。我氣不過，所以就罰他們跪在這裡。」

「原來就這點兒事，我還以為是犯什麼大錯了。」胤祥撫著伊蘭嬌嫩如花瓣的小臉道：「好了，給十三爺一個面子，不生氣了好不好？」

伊蘭儘管依然很不甘，但好歹分得清形勢，胤祥都親自開口了，自然不好駁他的面子，鼓著腮幫子道：「那好吧，看在十三爺的面上就算了，都起來吧。」

李衛他們已經跪了快半個時辰了，凍得渾身僵硬，聽得可以起來，趕緊哆嗦著道：「多謝二小姐！多謝十三爺！」

待他們起身後，胤祥目光一轉，自然而然地落在墨玉身上，見她凍得嘴唇發紫，遂將伊蘭往椅上一放。他走上前把自己的大氅披到墨玉身上，一邊在她額頭上打了個彈指道：「妳個小墨魚，一陣子沒見也沒看妳變胖一點，是不是沒好好吃飯啊？」

「是……是……是墨……墨玉……玉！」墨玉凍得牙齒直打架，還不忘糾正胤祥的叫法。

「墨玉、墨魚反正都差不多。」

胤祥不在意地咧嘴一笑，殊不知墨玉的心正在不住抽痛，趕緊扯下大氅還給他，然後一聲不響地跑掉，倒把胤祥弄得一頭霧水。

胤祥只當她是一個小丫頭，從不知這個小丫頭已經在不知不覺中喜歡上了他。眼下他的嬉笑，對這個小丫頭來說是一種莫大的折磨。

胤祥搖搖頭，正待說話，突然見到李衛他們朝著自己身後行禮，回頭一看，只見凌若不知什麼時候扶著腰走了出來。

七個月的身孕令她行動越發不便，連走路也覺得吃力。「十三爺什麼時候來的？」

第一百三十八章　伊蘭

「姊姊。」伊蘭一聲輕呼，跑到凌若身邊，小心地扶著她，看著極是乖巧懂事，與剛才判若兩人。

「剛到沒一會兒。」

說完這句，胤祥對凌若好一陣打量，把凌若瞧得好生奇怪，摸著自己的臉道：「可是我睡得不對，臉上有印子？」

「不是。」胤祥擰眉道：「都說女子懷了孕就會變胖，可我看小嫂子除了肚子大些以外，其他地方好像沒什麼變化，臉上還是沒什麼肉。」

「人不同，自然體質也不同，哪能一概而論。」凌若笑著將胤祥請到屋中，待李衛奉上剛沏好的熱茶後，方才笑道：「今日怎麼得空過來？不用忙兵部的事嗎？」

胤祥揭了茶蓋撥撥在水中舒捲的茶葉，笑道：「事是永遠忙不完的，總要趁機歇歇才行。再說小嫂子懷的可是我未來的姪子，不多來瞧瞧，萬一他將來不認識我這個十三叔可怎麼得了。」說到這裡，他一皺眉道：「對了，小嫂子，墨玉這丫頭怎麼看到我就跑啊？」

見他一副茫然不解的樣子，凌若不禁暗自搖頭。胤祥旁的都很聰明，唯獨對感情之事遲鈍至極。她有心想要敲醒他又顧及墨玉的想法，只得道：「你啊，往後少逗墨玉，堂堂大清國的十三阿哥卻總跟一個小丫鬟鬥嘴，傳出去豈不讓人瞧輕，無端惹出話來。」

胤祥滿不在乎地道：「瞧輕我的人還嫌少嗎？嘴長在別人身上，他們愛怎麼說就怎麼說。至於我，只要自己舒服就好，管別人做什麼！」說到此處，他神色一正道：「倒是小嫂子妳最近還好嗎？」

「挺好。」話這樣說著，但凌若眉眼間始終有一縷揮之不去的愁意。

胤祥嘆了一口氣道：「我知道四哥納了一個宮女子為庶福晉，也曉得四哥為何要納她，小嫂子心裡不好受是必然的，可還是要想開一些。即使不為了自己，也要為孩子著想。終有一日，四哥會明白誰才真正值得他珍惜。」

「我知道。」凌若壓下心中的酸澀，撫著隆起的腹部道：「我現在什麼都不想，只想平平安安生下這個孩子。」

「那就好。」聽得她這麼說，胤祥頗感欣慰。他就怕凌若一時想不開鑽了牛角尖，所以才特意抽空過來瞧瞧。

又說了一陣子話，直至天近午時，胤祥方才伸了個懶腰，起身道：「該回去了，碧雲尚等著我一道用午膳。」

碧雲是兆佳氏的閨名，兩人成親數月，雖談不上恩愛，但也相敬如賓。

臨行前，他忽地想到什麼，走到伊蘭跟前，拍一拍她嬌嫩的臉頰，咧嘴道：「往後別發那麼大的火了，知道嗎？」

「哦！」伊蘭晃著小腳，有些不情願地答應。

胤祥走後，凌若不解地問伊蘭：「適才出什麼事了？」

伊蘭忙搖頭說沒事，神色略有些慌張。她知道姊姊待下人極好，從無苛責，若讓她曉得自己罰李衛等人大冬天跪在庭院中，必然不悅。

凌若哪會看不出她分明是有事瞞著自己，當下將目光移向垂手站在一旁的李衛。「你來說。」

李衛忙陪笑道：「哪有什麼大事，不過是奴才們剛才不小心做錯了事，二小姐斥了奴才們幾句罷了。」

「果真嗎？」凌若狐疑地睨了他一眼，並未盡信，讓李衛將水秀他們幾個都喚了過來，問出了何事。

其他人還好些，水月卻紅了眼，但她也是分得清輕重的人，儘管心裡憋屈難受，還是死死咬著嘴唇不出聲。殊不知她的異常早被凌若瞧在眼中。

「說！到底發生了什麼事。」她重重地拍了一下桌子，神色嚴厲地道：「是否要等我去將十三爺請回來，你們才肯說實話？」

見她動了氣，眾人連忙跪下。「請主子息怒。」

至於究竟發生了什麼事，眾人依然隻字不肯提及。

見李衛他們抵死不肯說，凌若再次將目光投向伊蘭，冷聲道：「他們不說，妳說！蘭兒，到底是怎麼一回事！」

伊蘭從未見姊姊這樣疾言厲色地與自己說話，當即有些不樂意了，從椅中跳下來，嘟嘴道：「不就是罰他們在外頭跪了一會兒嗎？用得著這般小題大做，非要問個清楚明白嗎？」

「好端端地為何要罰跪？」凌若皺眉問道。

「誰教他們那麼多人沒一個懂規矩的，明知道我與姊姊在裡頭睡覺還大聲嚷嚷，我說了他們幾句還要頂嘴，一時氣不過就罰他們在外頭跪著囉。」伊蘭抱住凌若的胳膊，淚眼汪汪地道：「姊姊，妳不知道他們說得有多過分，說我能站在這裡不過是沾了姊姊的光，名不正、言不順，根本沒資格說他們。」

見她這副模樣，凌若不由得心頭一軟，取下帕子替她拭去滾落臉頰的淚，輕聲道：「縱然如此，妳也不該罰他們跪在外頭。眼下天寒地凍的，若是凍病了怎麼辦？」

伊蘭滿不在乎地道：「病就病了，只是一群奴才罷了。」她始終不明白姊姊為何要待這群賤奴才那麼客氣。

「什麼奴才不奴才的，不許胡說。」凌若嘆了一口氣，撫著伊蘭髮間的銀藍點翠珠花道：「沒有人生來就該為奴為婢被人欺凌，李衛他們與咱們一樣都是有血有肉的人。哪一個不是爹娘所生所養，視如珍寶，只是迫於生計才將他們賣與他人為奴。身為奴僕已經夠可憐的了，咱們做主子的又何必再苛待他們。」

這番話說得李衛等人雙目通紅，感動不已，「撲通」一聲跪下，泣聲道：「主子仁厚，奴才們縱萬死亦難報萬一！」

凌若正待叫他們起來，忽地瞥見水秀臉上有一個紅紅的掌印，且瞧那手掌的大小，彷彿……她柳眉一挑，面色微沉地問著一臉不以為然的伊蘭：「妳打過水秀了？」

伊蘭心頭一跳，嘴硬地道：「打過又如何，誰教她出言不遜！」

跪在地上的水月聞言眼皮一跳，抬頭反駁：「水秀根本不曾對二小姐有過絲毫不敬，是二小姐自己不高興所以拿她撒氣。」

伊蘭沒料到她這麼大膽，當著姊姊的面指責自己不是，氣得小臉通紅，恨不得一巴掌甩過去。這個水月當真是可惡至極！她好一會兒才緩過氣，冷笑道：「水秀沒不敬，那妳總有了吧？我親耳聽到妳在背後嘀咕不休。」

凌若萬沒料到伊蘭小小年紀動手打人不說，還絲毫沒有悔意，當下冷聲道：「跪下！」

第一百三十九章　人心

伊蘭簡直不敢相信自己的耳朵。姊姊居然叫自己跪下？而理由僅僅是因為自己打了一個無關緊要的賤奴才？難道在姊姊心裡，自己還比不上一個奴才來得重要？心一下子被刺痛，她別過臉吐出兩個字：「不跪！」

「啪！」凌若一掌拍在楊木桌上，厲聲道：「妳眼中還有沒有我這個姊姊！」

「那妳眼中有沒有我這個妹妹！」伊蘭就像是一隻被踩到尾巴的小野貓一樣，張牙舞爪地道：「我是與妳流著同樣血液的親妹妹，可是妳卻因為區區幾個奴才而讓我下跪，妳別忘了妳可是我親姊姊！」

「蘭兒，妳……咳！咳咳！」一口氣不順，凌若劇烈地咳嗽起來。

李衛趕緊從地上爬起來替她揉後背，待凌若舒服些後，他才小聲道：「主子莫要再責怪二小姐了，一切都是奴才們不好，二小姐教訓奴才們那是應該的，千萬莫要因奴才們而傷了您與二小姐的和氣。」

「不用你假惺惺替我說好話！」伊蘭惡狠狠地瞪了李衛一眼，恨煞了這些人。「總之我沒做錯！」

若非那張臉再熟悉不過，凌若真要懷疑站在自己面前的並非相處了十年的妹妹。她怎麼也想不通，素來乖巧懂事的伊蘭怎會變成這副驕橫的模樣？

「跪下！」她加重語氣，然伊蘭依然倔強地站在那裡，對她的話置若罔聞。凌若氣得渾身發抖，手不自覺地就甩了過去，直至那一掌結結實實打在伊蘭臉上方才回神，面上的血色一下子褪盡。

伊蘭捂著傳來陣陣痛楚的臉頰，滿臉震驚之色。從小到大，在家中莫說責打，就是重話也不曾有過一句，可現在姊姊不只喝罵自己，還打了自己一巴掌！

見到伊蘭紅腫的臉頰，凌若心中後悔不已。縱是伊蘭再不對，都是自己的妹妹，怎麼可以動手打她？

「對不起！蘭兒，姊姊不是故意的，是……是一時生氣所以才會失了分寸，妳原諒姊姊好不好！」她慌亂地說著，伸手想要碰觸伊蘭，可是手剛伸出去就被伊蘭狠狠揮開。

「走開！」伊蘭尖聲叫著，捂臉後退，眼淚像斷了線的珍珠不斷落下。「妳打我？妳居然打我？從小到大連阿瑪、額娘都沒打過我一下，妳憑什麼打我！」

凌若亦跟著她一道落淚。「姊姊當真不是故意的，姊姊向妳道歉好不好？妳不要再生氣了。」

伊蘭一邊搖頭一邊後退，臉上有撕裂般的痛楚，大聲道：「我這輩子都不要原諒妳！鈕祜祿凌若，我恨妳！恨妳！」說完這句，她轉身就往外跑，眼淚滴落在她跑過的地方，顯然是傷心至極。

「蘭兒！蘭兒！」凌若在後面大聲喚著，無奈伊蘭根本不理她，很快就跑得不見蹤影。

凌若踉蹌一步，險些摔倒，幸好李衛與墨玉一邊一個扶住。

待她坐下後，墨玉勸道：「主子胎氣剛安穩沒多久，萬不能再傷神了。依奴婢看，二小姐只是一時生氣罷了，等她氣消就沒事了。」

「要不，奴才去把二小姐追回來？」李衛在一旁小心地問著，見凌若悵然搖頭，他嘆了口氣道：「其實主子真的沒必要因為奴才們而傷了與二小姐的情分。」

水月亦後悔不已，跪地請罪。她沒料到事情會鬧到這步田地。

凌若悵然地扶起水月道：「不怪妳，是我自己沒注意到伊蘭的變化，她……變了……」最後兩個字吐得極是艱難。

也許，她不該讓伊蘭來這裡……

伊蘭一邊哭一邊跑出淨思居，也不知要去哪裡，只是不停地跑，想著這輩子都不要回去。居然為了幾個卑賤的奴才打她，她這輩子都不要再理姊姊！

忽地她撞到一片柔軟，定睛一看，卻是佟佳氏，連忙抽噎著行了個禮。

佟佳氏止住了想要喝罵的下人，蹲下身溫柔地替她拭去臉上的淚痕，又將裹了柳綠細錦套子的暖手爐塞在依蘭冰涼的手中。「怎麼了，為何哭得這樣傷心？妳姊姊呢？」

一聽這話，伊蘭頓時大叫：「不要提她！她不是我姊姊，我再也不要理她了。」見她這樣，佟佳氏哪有不明白的理，輕笑道：「是和姊姊吵架了吧？好了好了，莫要生氣了，親姊妹哪有隔夜仇。來，我陪妳回去找姊姊。」伊蘭說什麼也不肯回去，佟佳氏沒料到她一個小孩子態度竟然如此堅決，只好道：「要不妳先去我那裡坐一會兒，總好過這麼冷的天待在外頭。若是凍著了，可怎生是好。」

伊蘭適才一門心思只顧著生氣，沒什麼感覺，現在冷靜下來才發現外頭冷得很；而她出來得匆忙，不曾披披風，寒風吹在臉上像刀割一樣，遂點點頭跟著佟佳氏去了她住的蘭馨館。

此時正是寒蘭盛開的時候，碧綠清秀的寒蘭擺滿了蘭馨館，香氣襲人。

佟佳氏在得知伊蘭如此生氣的緣由後，將一盞剛溫好的杏仁羊奶遞給她道：「此事淩福晉雖有不對的地方，但她終歸是妳的姊姊，妳總不能當真生一輩子氣吧？」見伊蘭低著頭不說話，她想一想又道：「不如這樣吧，我去與妳姊姊說說，讓她來接妳，跟妳賠個不是，好嗎？」

「她才不會呢。」伊蘭捧著羊奶悶悶道：「在姊姊心中，那些奴才比我重要多了。」

「傻丫頭，哪有這等事，快別胡思亂想。」佟佳氏撫著她柔軟的頭髮，微笑道：「快些將羊奶喝了，然後好好睡一覺，等睡醒了就什麼事都沒有了。我去找妳姊姊，若有事妳儘管吩咐下人，就將這裡當成妳姊姊那裡一般。」

「嗯。」伊蘭仰頭望著佟佳氏溫婉柔媚的臉龐，輕聲道：「佟福晉您人真好。」

「妳是淩福晉的妹妹，我自然也將妳當成自己妹妹那般看待疼惜。」說完這句，佟佳氏領了貼身侍女含香施施然往淨思居走去。

第一百四十章　落水

瞥見佟佳氏來，凌若頗有些意外，待得知她的來意後，不由得一陣苦笑。「這丫頭，真是口無遮攔，倒是讓妹妹見笑了。」

「姊妹拌嘴是很正常的事，哪有什麼好見笑的，脣與齒有時還要磕碰一下呢。」佟佳氏端起茶盞，輕輕吹了口氣道：「其實妹妹不知道多羨慕姊姊有伊蘭這麼一個可愛的妹妹，不像我只得一個年長許多的大哥，雖大哥對妹妹也很是疼愛，但到底隔閡了許多。對了，妹妹有個不情之請……」見凌若示意，她咬了咬飽滿嬌豔的紅脣道：「伊蘭冰雪可愛，很是討人喜歡，妹妹一見之下覺得甚是投緣，往後若是得空，能否讓她多去我那裡坐坐？」

「自然可以。只是伊蘭被我寵壞了，有許多地方做得不對，若是衝撞了妹妹，還望妹妹多多海涵。」

佟佳氏連稱無事，又坐了一會兒，兩人起身一道往蘭馨館走去。

在經過蒹葭池時，佟佳氏駐足觀望，只見平靜的池面不時因錦鯉游過而帶起幾道白痕。她好奇地睨著凌若笑道：「聽聞姊姊就是在這裡與四爺結下的緣分，能說與妹妹聽聽嗎？」

凌若抿了抿鬢邊的碎髮，淡淡道：「沒什麼好說的，不過是四爺當時喝醉，恰好被我碰到了而已。」頓一頓又道：「現在蓮花早謝，此處沒什麼好看的，咱們還是快些過去吧。」

佟佳氏答應一聲，正要舉步，忽地道：「姊姊的耳璫歪了，我替姊姊戴正。」不待凌若拒絕，她已伸手取下凌若右耳上那只綴有三顆夜明珠的耳璫，剛要替凌若重新戴上，忽地輕呼一聲，捂著肚子痛苦地彎下腰。

「妳怎麼了？」凌若忙讓李衛幫忙扶住她。

「不知道，突然就感覺肚子疼得很厲害。」佟佳氏虛弱地說著，只這一會兒工夫，便看到她頭上冒出了細細的汗。

含香在一旁急得不知如何是好，還是李衛冷靜，道：「這裡離蘭馨館還有一段路，佟福晉疼得這麼厲害必然走不了，不如奴才去叫人來將佟福晉抬回去，然後再請大夫來看？」

「也只能這樣了。」

凌若點點頭，正要讓李衛去，含香忽地道：「還是奴婢去請吧。勞凌福晉和李哥兒替奴婢看著主子，千萬不要讓主子有事。」

「知道了，速去速回。」李衛答應一聲，待含香離去後，他扶著佟佳氏四處張望，看哪裡能坐下來歇歇。這池邊倒是有地方坐，無奈都是硬冷的石凳子，大冬天的不墊軟墊根本不能坐。無奈之下，李衛只得一力扶著佟佳氏，不讓她軟倒在地。

如此等了許久，含香都沒回來，凌若卻是先站不住了。她已有七個多月的身孕，過來時有李衛扶著還不覺得有什麼，可眼下獨自站了許久，卻是雙腿有些痠軟，不得不倚著樹靠一會兒。

李衛心急如焚，安慰道：「主子您再忍忍，含香應該快來了。」

凌若吸了口冷凜的空氣道：「我不礙事，你扶好佟福晉就是，莫讓她摔了。」

李衛正要答應，突然覺得被人大力推了一把，繼而身子一個踉蹌失了平穩，摔倒在地上；還沒等他爬起來，突然聽到「撲通」一聲，下意識看去，只見岸邊已沒了佟佳氏的身影，而池水中一個身影正在裡面掙扎。

李衛頓時傻了眼，好端端的佟福晉怎麼會掉進水裡？

而那廂凌若已是臉色鐵青。李衛沒看到，她卻是看得一清二楚，適才分明是佟佳氏自己推開李衛跳進冰冷刺骨的池水中，她莫不是瘋了？

就在李衛脫了衣服準備下水救人時，含香領著幾個人到了。聽得池水中傳來自家主子的呼救聲，不由得大驚失色，忙不迭地對那些人道：「愣著做什麼，還不趕緊快下水將主子救起來！」

那幾人如夢初醒地將外衣一脫，縱身跳進湖中，忍著刺骨的冰寒將佟佳氏救上岸。佟佳氏被凍得說不出話來，臉色煞白，嘴脣發紫，一個勁地在那裡發抖。

含香一邊命人趕緊將佟佳氏送回蘭馨館，一邊著人去請大夫煎薑茶，安排完這些，方才有時間問李衛是怎麼一回事。可是李衛自己都不清楚，如何回答得了她。

見李衛言語含糊不明，含香更加懷疑，俏臉一板，冷笑地看著始終一言不發的凌若，毫不客氣地道：「今日之事，奴婢會原原本本向王爺稟報，想來王爺會有一個公斷。」

「主子，這事……」李衛不是笨人，相反的機靈至極，稍稍一想便明白了來龍去脈。

凌若抬手阻止李衛繼續說下去，只見天空陰雲漸聚，將本就不甚明媚的冬陽徹底遮住，沉沉似要落雨……

佟佳氏……果然之前的謹小慎微、柔弱溫和全是裝出來的。她心機重重，不只對別人狠，對自己也夠狠，竟然想出這種方法來對付自己，可是現在知道，已經太晚了！

風雨，終將到來！

蘭馨館因為佟佳氏的落水亂成一團。胤禛一得到消息便放下手中事務趕了過來，待看到躺在床上臉色煞白的佟佳氏，不由得心裡一揪，緊緊握住她露在錦被外的手，問正在開方子的賀大夫：「如何，要緊嗎？」他已經想好，只要大夫一說有何不對，就立刻派人入宮去請大醫。

賀大夫連忙起身道：「王爺放心，佟福晉雖然入了水，但所幸救得及時，所以並無大礙。只要服藥將體內的寒氣驅除，再多多注意休養就可以了。」

聞言，胤禛的一顆心總算放了下來，旋即又道：「那她為何還沒醒？」

「這是因為佟福晉喝了幾口水，又驚嚇過度，晚些時候就會醒來。」賀大夫將方子交給候在一旁的下人後告辭離去。

胤禛一直守在旁邊，直至傍晚時分，佟佳氏方才睜開眼。看到抓著自己手的胤禛，她微微一笑，虛弱地喚了聲四爺。

「噓，妳剛醒，不要說話。」胤禛神色一正，塞了一個團花抱枕在她身後，命人端上煎好後一直浸在熱水中以防涼的藥，舀了一杓細細吹涼後遞到她唇邊，溫言道：「來，把藥喝了。」

「嗯。」佟佳氏點點頭，就著他的手，一口口忍著苦澀將藥喝下。在胤禛替她將不慎沾在唇邊的藥跡拭去後，她忽地笑道：「若能得四爺親手餵藥，就是讓妾身天天落水也願意。」

第一百四十一章　大雪

「不許胡說，哪有人咒自己落水的。」胤禛握了佟佳氏的雙手，心有餘悸地道：「妳可知聽到妳落水的消息時，我有多擔心，幸好沒有大礙。」他已經失去湄兒，絕不能再失去這個與湄兒相似且性子溫和的女子。

「讓四爺擔心，妾身真是罪該萬死。」

佟佳氏低頭，閃過眉眼間的哀傷被胤禛看在眼裡。「告訴我，為何會落水？」

佟佳氏逃避他的目光，小聲道：「沒什麼，是妾身自己不小心罷了。」

「妳小時曾落過一次水，所以素來怕水，即使是去蒹葭池也總是離得遠遠的，怎麼可能會不小心？說，到底是怎麼一回事。」他問，在握緊了佟佳氏雙手的時候，發現她的左手一直緊緊握著。「裡面是什麼？」

「沒、沒什麼。」

她想要將手藏到身後，卻被胤禛一把抓住強行掰開，當他看到佟佳氏握在掌心中的那只夜明珠耳璫時，目光急劇收縮，死死地盯著耳璫，良久，才有森冷如冰雪寒霜的聲音從脣齒間迸出：「為何凌若的耳璫會在妳這裡？」

佟佳氏用力掙脫開他的手，神色痛苦地道：「四爺就不要再問了，妾身什麼都不知道。」

胤禛瞥了她一眼，轉向欲言又止的含香道：「妳主子不說，妳替她說！」不等含香答話，他又道：「若讓我聽到有一句虛言，立刻打發去做苦役！」

含香聞言慌忙跪下，將事情的緣由經過細細敘說了一遍。待她說完，胤禛的臉色已經一片鐵青，額間青筋暴跳不止，咬牙道：「當真嗎？」

「奴婢如何敢騙王爺，伊蘭小姐此刻還在蘭馨居，若王爺不信的話，可以叫她過來問問。」含香小心地道。

「不必了！」扔下這句隱含怒意的話後，胤禛勃然起身，不顧佟佳氏的勸阻拂袖離去，面帶憂色的狗兒匆匆跟在後面。

自蒹葭池回來，凌若便一直獨自一人靜坐在正廳中，不言不語，令諸人好生奇怪，而且也不見伊蘭回來。問李衛，李衛亦閉口不提，只道這一次淨思居將有大禍臨頭。

不久之後，佟佳氏落水的消息傳開，驚動了整座雍郡王府，眾人皆在暗自揣測她在這大冬天裡突然落水的原因。

當墨玉氣喘吁吁地將這消息告訴凌若時，她默然起身走至庭院中，剛立身於簷外，便感覺臉上一涼，緊接著更多的涼意撲面而來。

下雨了嗎？她仰頭望著漆黑如墨的夜空，一片片被融入黑夜中的雪花飄零直下，連綿不絕。

原來是雪……今年的雪下得那麼早……

「主子，您怎麼不披一件衣裳就出來了，萬一受涼了怎麼是好。」墨玉快步走到伸手接住雪花的凌若身後，將一件玫紅織錦大氅披在她身上。

「不要緊了……」凌若睇視著掌心未曾化去的雪花微微一笑。她不知道為何明知大禍將要到來，卻還能笑得出來。

今夜之後，自己將何去何從？

「墨玉，我記得還有一年，妳的賣身契就到期了是嗎？」凌若突然問。

墨玉一邊替她將大氅的帶子繫好，一邊隨口道：「是啊，主子不是記得嗎？奴婢就比您來早了月餘，算起來，明年九月奴婢就該出府去了。」

「明年九月……」凌若喃喃重複了一遍後，忽地道：「等會兒我讓李衛去將妳的賣身契拿來，妳明天就出府去吧。趁著年歲還少，早些尋個好人家嫁了，不要再想十三爺，安安穩穩過屬於妳的日子。銀子，我會讓李衛給妳備足，權當妳盡心盡力伺候我兩年的酬勞。」

墨玉一驚，忙跪下道：「主子，是不是奴婢做了什麼讓您不喜的事，所以您要趕奴婢走？」

「不是。」凌若扶起惶恐不安的墨玉，神色一片淒然。「我只是怕過了今夜，我就再也無法顧及你們了。」

墨玉即便再笨也感覺到事情不對勁了，追問：「主子，到底出什麼事了？」

凌若沒有回答，而是盯著淨思居的大門口，那裡不知何時站了一個人影，臉龐隱在黑暗中，令人看不清他的樣子。但是於凌若而言，已經足夠了。

看來她連今夜也過不去了，該來的，已經來了……

「什麼人？」守在滴水簷下的小路子也發現了人影，忙執風燈過去一探，待看清來者的模樣時，趕緊打了個千兒。「奴才給……給王爺請……請安！」

胤禛看都不曾看他，逕自朝凌若走來，每一步落下都沉沉若有千鈞重，眸中更有比冬夜還徹骨的寒意。

四目相對，靜默無聲，唯有周圍雪落於地的細微聲響傳入耳間。

許久，胤禛冰涼的聲音打破了這片令人窒息的靜寂：「若兒，從什麼時候起，妳開始變得這樣心狠手辣？」

明知會是這樣一個結果，可真從他嘴裡聽到這句話時，凌若的心依然狠狠抽了一下，悄悄握緊蜷在袖中的雙手默然道：「妾身從不曾變過，變的是四爺。」

「是嗎？」胤禛氣極反笑，然在笑過後，眼底最後一絲溫暖亦消失得無影無蹤，斥責之聲鋪天蓋地而來：「若不曾變，妳為何要趁蒹葭池邊無人時將梨落推下水；若不曾變，妳為何要梨落的性命？若兒，我對梨落的寵當真讓妳痛恨至斯嗎？」說到最後，他的聲音裡染上一絲心痛。

凌若睇視著他，靜靜說著從未說與胤禛聽的話：「沒有一個女子願意眼見自己的丈夫去疼愛別的女人，妾身只是一個平凡女子，如何能超脫塵俗之上？可這樣並不代表妾身會去害人。妾身可以對天發誓，絕不曾傷害過佟佳梨落一根寒毛！」不待胤禛回答，她忽地輕笑起來，絕美之中蘊藏著深切的哀傷絕望。「可是四爺不會相信，對嗎？」

一輩子，永不疑……

這句話，終將淪為一句笑話，又或者從一開始她就不應該相信。天家，何來不疑二字。

「當時在蒹葭池邊的唯有妳與梨落還有李衛三人，李衛是個奴才，自然聽命於妳。妳告訴我，除了妳還有誰？難不成是梨落自己跳下水的嗎？」胤禛說到最後，是難以抑制的怒氣，似驚濤駭浪，要將凌若淹沒其中。

凌若深吸一口氣，藉此減輕心中的痛楚。「事實上佟佳梨落就是自己落水來冤枉妾身，可四爺一來就興師問罪，根本不曾問過妾身，亦不曾給過妾身解釋的機會。」

第一百四十二章　忍辱

「梨落不是這樣的人！」

「那麼妾身就是這樣的人嗎？」

胤禛的話音剛落，凌若便即時接了上來，一時間兩人盡皆無語。

夜雪飛落，紛紛揚揚，落在各自的衣間、髮上，似揮之不去的哀傷。

許久，胤禛的聲音再一次響起，帶著深深的失望：「曾經不是，但現在我不知道，我只知道鈕祜祿凌若已不再是我所認識的那個溫婉嫻靜的女子。」

「那麼王爺想要怎樣處置妾身？」她漠然，連心中的最後一絲希望也漸漸冷卻成灰。

她的漠然看在他眼中卻成了默認，理智在這一刻化為虛無，伸手狠狠掐住凌若細嫩的脖子，眸底一片血紅，一字一句道：「我會殺了妳！」

感覺到脖子將要被掐斷的疼痛，凌若終於忍不住落下了淚。在胤禛心中，哪怕僅是一個納蘭湄兒的替身也比她重要百倍、千倍，她的情、她的愛，盡皆隨那句話成了笑話。

這一刻，心死如灰。

若就此死去也好，只是可憐了她的孩子，自在腹中就飽受折磨。好不容易熬到七個月，卻沒有機會來世上看一眼。

不過，不要緊了，碧落抑或黃泉，她都會陪在孩子身邊，絕不讓他孤單一人。

就在她生念漸斷時，掐在脖子上的手卻鬆了。她睜眼，只見胤禛踉蹌後退，凝視著手背上散開的淚滴，眸中有無盡的痛意與掙扎。

那一刻，他真的動了殺心，可是手背上的灼熱卻令他一下子清醒。於她，始終有所不忍，何況她腹中尚懷著自己的孩子……

「原本，我想等妳生下孩子後就封妳為側福晉，可現在說什麼都晚了。」在漫長的停頓後，他轉身離去，沉沉的聲音隨夜風傳入耳中：「從今往後，我不想再見到妳，孩子生下後妳亦不再是他的額娘。」

曾經，他親手接起了他們的緣分；而今日，他亦親手斬斷了他們的緣分。一切繁華榮寵，終在今日歸於虛無。

「不要！」胤禛的最後一句令凌若惶恐。她可以接受任何處置，唯獨這個不行，她跌跌撞撞地跑去抓住胤禛的衣角，放下所有尊嚴，只求他不要將她的孩子奪走。可是胤禛接下來的一句話，將她徹底打入萬丈深淵。

「跟著妳這樣一個不擇手段的額娘只會害了他。妳放心，他同樣是我的孩子，我自然不會薄待他。」

「王爺！啊！」她還待要追，卻不慎跌倒在地。

胤禛聽到了她跌倒的聲音，然僅僅是停滯了片刻便再次大步離去。如他所言——再不相見！

一直跟在胤禛後面的狗兒輕嘆了口氣，搖搖頭扶起痛哭不已的凌若，勸道：「事已至此，凌福晉還是小心身子吧。等往後四爺氣順些了，奴才再試著幫您勸勸。」

凌若只得含淚答應。然就在狗兒將她交給李衛扶著之後沒多久，凌若忽然開始腹痛。起初尚只是隱隱作痛，原想著坐一會兒就好，哪知隨著時間的推移，不只沒有好轉，反而不斷加劇，痛得她額頭直冒冷汗，連說話也困難。

淨思居一眾人等皆慌了神，唯有李衛尚算清醒，知道主子必是動了胎氣，忙吩咐墨玉等人看好主子，自己則跑去找胤禛，讓他派人入宮請徐太醫。自家主子的脈一向是徐太醫在請，只有他最清楚主子的胎兒出了什麼情況。

李衛一路快跑到鏤雲開月館，卻得知胤禛並沒有回來，他又去了蘭馨館，這一回胤禛倒是在，可是蘭馨館的人攔在外面，根本不肯讓他入內，也不肯代為通傳。

僵持不下之時，含香走了出來，一臉不悅地喊：「誰在外面嚷嚷，驚擾了王爺和主子擔待得起嗎？」待藉著燈光看清是李衛時，頓時冷笑道：「我道是誰，原來是李哥兒，不在淨思居待著來這裡做什麼？」

李衛一見到她便想起佟佳氏的所作所為，氣不打一處來，強忍著破口大罵的衝動道：「我要見王爺，妳讓他們讓開！」

「大膽！」含香將臉一板，冷聲道：「你不過是一個奴才罷了，王爺是你想見就見的嗎？」

「我有極重要的事要面見王爺。」李衛不斷在心裡告訴自己要冷靜，千萬不要逞一時口舌之快而耽誤了主子的事。

含香不屑地道：「妳家主子已經被王爺厭棄，若非顧著肚子裡的那個，恐怕此刻已經被押入無華閣甚至是宗人府，還能有什麼要緊事？識相的話就快走，否則休怪我不客氣。」

「我家主子動了胎氣！不得以之下才來求見王爺，望能延請徐太醫入府醫治！」

「原來是這樣。」含香做出恍然大悟之狀，眼珠子微微一轉道：「好吧，我也不是不通情理之人，只要你能跪下來磕三個響頭，叫我三聲姑奶奶，我就替你去通傳。」

「妳！」李衛沒想到含香竟然如此無恥，趁機要脅他，氣得滿臉通紅，垂在身側的雙手不斷握緊鬆開。

含香把玩著耳下的琉璃墜子，漫不經心地道：「跪或不跪，隨你。不過你主子要是有個三長兩短，你可千萬別怪我哦！」

瞪著含香那張小人得志的臉，李衛雙目通紅，恨得幾乎要嘔出血來，忍！他一定要忍住！為了主子，哪怕再委屈、再難過也一定要忍住！

雙膝重重地磕在堅硬的石板地上，李衛嘗著嘴裡被咬出來的血腥，朝含香磕頭，每磕一次就叫一聲「姑奶奶」。待得三個響頭磕完後，染了塵灰的額頭已是紅腫不堪。「求含香姑娘替我通稟王爺！」

含香咯咯一笑，掩脣嬌聲道：「真是乖，不過……」話鋒一轉，說出令李衛出奇憤怒的話：「主子一早就吩咐了，淨思居的人一概不見，更不得放進一個。我只是個小小的奴婢，焉敢違背主子的話？所以，你這頭是白磕了！」

第一百四十三章 早產

「妳耍我！」李衛從地上跳了起來，指著含香的鼻子怒斥。

「耍你又怎樣！」含香一把拍掉他的手，冷聲道：「今時不同往日，鈕祜祿氏已經被王爺厭棄，即便生下孩子也與她無關。我就是將你耍死在這裡，也沒人會說什麼。你若識相，就此離去，我便當什麼都沒發生過，否則……」

含香還在那裡得意洋洋時，李衛已經用盡全力朝她臉上打了一拳，當即打得含香摔倒在地上。含香捂著迅速腫起的臉愣了半天，待清醒過來後立時像殺豬一樣大聲尖叫起來：「你敢打我！」

李衛被她氣得失了理智，紅著眼衝過去照著那張神憎鬼厭的臉又是一拳，口中大叫：「打妳又怎樣，我還要殺了妳！」

含香被他瘋狂的樣子嚇到了，衝愣在那裡的兩個小廝大叫：「還愣著幹什麼，趕緊把他抓起來！」

那兩人才如夢初醒似地衝上來抓住李衛，然只是這一會兒工夫，含香臉上已經又挨了好幾下，整張臉腫得跟豬頭一般。她跌跌撞撞地爬起來，張嘴吐了口混著血沫與斷牙的口水，氣得幾乎要瘋掉，指著李衛顫聲道：「你！你敢打我！」

李衛咧嘴衝她一笑，在含香還沒反應過來時一口咬住她指著自己的食指。十指連心，突遭這一下，含香痛得大叫不止，手指更被咬得鮮血直流，兩個小廝費了九牛二虎之力才將她的手指從李衛嘴裡弄出來。

「瘋子！你是個瘋子！」含香捂著痛徹心扉的手指，氣急敗壞地叫：「給我打！狠狠地打！我要他知道得罪本姑娘的下場！」

兩個小廝答應一聲，一個抓住李衛，一個拳腳相加，往死裡打。李衛從頭到尾都沒有哼過一聲，只冷冷盯著含香，猶如在看一個死人！

這種眼神換來的是含香的恐懼以及更加瘋狂的毆打，在痛昏過去前，李衛的最後一個念頭是：不要死！不要死！他一定要活著將這個仇連本帶利地報回來！

且說淨思居那邊等了許久都不見李衛回來，墨玉心中升起不好的預感，讓小路子趕緊出去打探。不多時，只見小路子慌慌張張地扶了滿臉鮮血的李衛回來。在回來的路上，李衛曾短暫清醒過一會兒，告訴小路子，胤禛在蘭馨館，但他見不到，蘭馨館的人存心要置主子於死地。

胤禛見不到，那拉氏居心叵測，年氏又與淩若素來有過節，這……這可如何是好？眾人急得團團轉，而淩若的情況卻越來越不好，臉色煞白，而且下腹開始出血。

既然太醫請不來，那唯有請外面的大夫來看看了。墨玉讓水秀去通知溫如言，自己則一跺腳去了悅錦樓。溫如言始終是一個格格，大半夜門房未必肯放行，希望瓜爾佳氏能夠念在主子曾救過她一命的分上，發發慈悲幫主子度過這一劫。

溫如言與瓜爾佳氏幾乎是前後腳一起趕到了淨思居，顧不得說話，先奔到內堂去看淩若。

「妹妹！」看到躺在床上、面色慘白的淩若，溫如言痛呼一聲，上前緊緊握住她冰涼的手。「怎麼樣了？痛得厲害嗎？」

淩若勉強睜開眼，痛楚令她看不清眼前的事物，只能從聲音上聽出是溫如言，費力地吐出幾個字：「姊姊，我好痛！好怕！」

「我已經讓素雲去請大夫了，不會有事的，一定不會有事的！」手覆上淩若冰涼的臉頰，溫如言努力安慰著她。

瓜爾佳氏稍稍掀開覆在淩若身上的錦被，待看到錦被下逐漸被血色染紅的裙裾時，面色緩緩沉了下來。出這樣多的血，只怕即便是太醫來了，也難以保住胎兒……

正在這時，被溫如言遣去請大夫的素雲跑了回來，焦急地道：「姑娘，門房不肯讓奴婢出去，這可如何是好？」

不待溫如言說話，瓜爾佳氏拂袖冷聲道：「這群不開眼的奴才。走！我與妳一道去。」

素雲有些遲疑地看了溫如言一眼，卻見自家姑娘道：「還不快隨雲福晉去！」說到此處，溫如言望著瓜爾佳氏的身影低低地道：「多謝妹妹。」

瓜爾佳氏腳步一滯，神色複雜地側目看了她與凌若一眼，無言的嘆息從唇畔逸出，旋即與素雲一道快步沒入越來越大的夜雪中。

時間在煎熬中一分一秒過去，短短半個時辰，對淨思居上下來說猶如過了數年一般漫長，好不容易，終於等到茫茫夜色中出現了幾道身影。

瓜爾佳氏走得極快，花盆底鞋踩在青石板上「登登」急響。在她身後，素雲拉著一個身背藥箱的大夫，正是在京中薄有幾分名氣的沈大夫。頭髮花白的沈大夫被素雲一路拉來，直跑得上氣不接下氣。

人命關天，沈大夫不敢怠慢，稍稍喘了口氣後便坐在床沿替凌若把脈，眉頭幾乎在手指搭上腕脈的一瞬間便皺了起來。之後他又掀被看了一眼她流血的情況，搖頭說出令眾人絕望的話：「恕老朽醫術淺薄，福晉出血這般嚴重，胎兒只怕是保不住了。」

凌若仰頭，艱難地問著溫如言：「為什麼不是徐太醫？還有……還有王爺人呢？為什麼他不來？」儘管兩人已經誤會重重，可這畢竟是他的孩子，難道他真狠心到連孩子都不管不顧嗎？

溫如言避開她的眸光，面露不忍之色。凌若見狀，心中一痛，死死抓著錦被道：「王爺他人呢？告訴我！」

見凌若執意要問，溫如言只得將實情相告：「王爺在蘭馨館，小衛子去過，但是蘭馨館的人不讓他進去也不肯代為通傳。等天亮後我再派人去請。放心吧，王爺要是知道妳出事了的話，一定會過來的。」

凌若木然望著頂上的紗幔，在手鬆開的同時，目光亦漸漸渙散，口中喃喃道：「他不會來，他說過一輩子都不願見我。」她將一切皆給了胤禛，原以為即便換不來永生永世的愛，至少可以換他一世信任，可是原來連這也是奢想。對胤禛而言，她與孩子什麼都不是，連相見亦成了多餘。

溫熱的液體潺潺從體內流出，帶走身體的溫度，讓她的指尖越來越冰冷，眼皮沉重得隨時會闔上。

第一百四十四章　生命

瓜爾佳氏見凌若情況不對，忙對沈大夫道：「大夫，能否再想想辦法，七個月的孩子差不多都可以活了。」

「七個月……」沈大夫撫了與頭髮一般花白的鬍鬚道：「如果幾位福晉同意的話，老朽可以設法為凌福晉催產，這樣孩子當有一線生機，只是過程會很凶險。」

聽到他的回答，瓜爾佳氏心中一喜，用力抓著凌若單薄的肩膀大聲道：「聽到了嗎？大夫說妳的孩子有機會活下來！」這個時候，唯有孩子才能喚起她生的欲望。

原本已經渙散的目光因這句話再次凝聚，凌若愣愣地看著瓜爾佳氏，許久，有麻木的聲音從嘴裡逸出：「真的嗎？」

「自然是真！」瓜爾佳氏知道自己的話起了作用，輕吁一口氣道：「沈大夫一定能保你們母子平安，所以，妳千萬千萬要撐住，不可以睡過去。」

凌若點頭，在那一陣陣令人昏死的疼痛中努力堅持著，痛楚在被灌下催產藥後達到了最盛，每一次陣痛襲來都如欲將她撕裂一般，而且極是密集，連緩氣的時間也沒有。待到最後，她感覺到腹中的孩子在用力往外鑽，耳邊則響起瓜爾佳氏的聲音，讓她憋氣向下用力。

用力抓著錦被的指節泛起了白色，她聽不到自己的呼吸與心跳，只是在無休止的疼痛中用著僅剩的力量，神思不只一次地想要昏厥過去，都被她生生拉了回來。不能睡，為了孩子，她絕對不能睡！

如此，不知過了多久，突然覺得身子一鬆，痛楚如潮水般在一瞬間退去。她知道必是孩子生了下來，可是為什麼她沒聽到孩子在哭？儘管累得連動一下手指都難，但她還是努力睜開沉重的眼皮。「孩子……他怎麼樣了……」

「生下來了，是個女兒。」瓜爾佳氏的笑容有些勉強。因為一時半會兒請不到穩婆，所以適才是瓜爾佳氏在替凌若接生。按著簾外沈大夫的指示，用燒過的銀剪子將臍帶剪斷後，將孩子裹在舊棉衣中又替凌若蓋好被子，方才挑簾讓心急如焚的溫如言還有沈大夫進來。

「沈大夫，你看……」瓜爾佳氏面有憂色地將孩子遞到沈大夫面前。

凌若看不到孩子，但心卻在等待中一點點下沉。

沈大夫仔細看了一下後，沉沉嘆了口氣搖頭道：「七個月的孩子始終是太小了，內臟都不曾發育完全，何況之前又在腹中憋得太久，沒救了。」

這句話猶如巨石一般，將淩若砸得暈暈沉沉，也不知哪裡來的力氣，掙扎著從床上爬了起來要去抱孩子。只是她腳剛一踩到地面，便因沒力氣而重重摔倒在地上，下身皆是怵目驚心的鮮血。她顧不得自己身上的疼痛，只是將手伸向瓜爾佳氏，啞聲道：「孩子，把孩子給我！」

溫如言連忙扶起她，瓜爾佳氏在稍一猶豫後，將孩子遞給她。淩若忙不迭接過，只見棉衣中裹著一個好小好小的孩子，閉著眼睛蜷在那裡，稀稀幾根胎髮貼在頭上，像小貓兒一樣，好可愛，讓人忍不住想親親她。可是為什麼她的臉是青紫色的，而且一直都不見她哭？不是說孩子一生下來都會哭嗎？為什麼自己的孩子不會哭？為什麼？

她惶恐地問著沈大夫，對溫如言的安慰置若罔聞，只死死盯著沈大夫等他回答。

沈大夫盡量放緩了語氣道：「福晉的孩子在腹中發育得就不是很好，七月的孩子彷彿與六月一般，應當是有過滑胎之象而被藥物強行保住。若一直如此，保到十月臨盆，孩子還是有很大機率活下來的。只是眼下才七個月，孩子又發育遲緩，內臟皆不曾完善，不會自主呼吸，所以一離開母體便因窒息而亡。」頓一頓又安慰道：「福晉不要太過傷心了，以您的年紀，只要好好調養，將來自然還會有孩子——」

「你胡說！」淩若尖銳地打斷沈大夫的話。「我的孩子明明就抱在懷中，只是睡著了而已，根本沒有死！」

凌若不住搖頭，使勁抱緊那個小小柔軟的身子，像一隻刺蝟一樣，誰都不讓碰。她低頭，輕輕地撫著孩子幼嫩的臉頰，眼中有近乎瘋狂的慈愛，喃喃道：「孩兒，妳睡吧，額娘就在旁邊陪著妳睡，等妳睡醒了額娘餵妳吃奶。乖啊，好好睡，等妳長大了，額娘帶妳去放風箏、去抓蝴蝶。」

「妹妹……」溫如言剛想說什麼，就看到凌若衝她做了個禁聲的手勢。

「噓，姊姊，孩兒睡著了呢，妳不要吵她。」

溫如言的淚一下子掉了下來。她知道這個孩子是凌若的命根子，適才若非為著孩子，只怕凌若早已沒了求生的欲望。千辛萬苦熬過這一關，生下來卻是個死胎，要凌若一下子接受確實太難。

她蹲在凌若面前，柔聲勸道：「若兒，我知道妳心裡難過，可是人死不能復生，妳再難過只會傷了自己——」

「我叫妳不要說！」尖銳如利刃的聲音驟然從凌若喉間迸發出來，抬頭，姣好如花的臉龐在這一刻扭曲似鬼。旋即她又想到什麼，連忙低下頭拍著懷中的嬰兒，慈聲道：「孩兒不怕，額娘不是故意的，不怕啊！」

「若兒，妳醒一醒，孩子已經死了，妳就算再騙自己，孩子也不會活過來！」看到她這樣自欺欺人，溫如言心痛如絞，眼淚不住地落下，打溼了羅衫。

「她沒死！」凌若生氣地大叫，掙扎著站起來，一隻手護住孩子，一隻手用力推溫如言，口中不住叫：「妳走啊！我不要看到妳們！都走！」

她話音剛落，臉上就重重挨了一掌。瓜爾佳氏含淚瞪著她道：「她死了！從一生下來就死了！鈕祜祿凌若，妳還要騙自己到什麼時候！」

凌若怔怔地看著她，眼中漸漸凝聚起絕望的悲傷。她蹲在地上抱著沒有生氣的孩子號啕大哭。孩子……她的孩子……

她哭得渾身發抖，而瓜爾佳氏只是默默看著，連原本想要來勸慰的溫如言也被她拉住。此時此刻，凌若最需要的是發洩，只有將心裡的傷與痛悉數發洩出來，她才能熬過這足以將她逼瘋的一關！

如此，不知哭了多久，直哭得聲啞了下去，凌若突然抱住孩子跌跌撞撞地往外跑，旁人拉也拉不住。溫如言等人怕她做傻事，連忙都跟了出去。

茫茫夜雪飄零於這個人世間，像一首無聲的哀歌，悼念那個好不容易來到世上卻無力睜開眼看一看的小生命。

生命，還未開始，就已經步入終結，將所有的悲傷都留給了懷她、生她的額娘……

孩子，妳何其不幸，生而即逝；孩子，妳又何其有幸，無須在這世間受愛恨貪嗔之苦。

第一百四十五章 恨意難平

凌若抱著孩子跪在已經積起尺許厚的雪地上，染血的裙裾像盛開在雪地中的紅梅，只是這一刻沒有嬌豔，只有深深的哀慟。

她仰天，淚落如珠，哀涼絕望的聲音傳遍整個雍郡王府：「漫天神佛啊，我求祢們睜開眼，救救我的孩子！只要她可以活過來，哪怕要我死也願意！求求祢們！求求祢們啊！」

說到最後，凌若已是泣不成聲，只是不停地朝蒼天磕頭，希望天降奇蹟，可以救她女兒於生！

可是神佛總是那麼高高在上，怎會理會她這個小小的女子。不論她磕多少個頭、流多少的血，在神佛眼中，都如塵埃一般，不屑一顧。

「主子！」墨玉緊緊抱住她，大聲哭道：「您不要這樣折磨自己了，小格格在天有靈也不願看您這樣！您起來好不好，這樣下雪的天跪在這裡，您的身子會受不了的。」

不只她，小路子等人亦是淚流不止，盡皆跪地相求。

凌若低下頭，怔怔望著懷中始終閉著眼睛的孩子，手指撫過她小小的臉頰，未語淚先落。「我鈕祜祿凌若自問不曾做過傷天害理的事，為何上天要這樣待我？為何啊！」

她聲嘶力竭地大喊，回應給她的是下得更大的雪……

康熙四十五年的雪，成為她永生永世的殤。在這一夜，她失去了她的第一個孩子……

雪整整下了一夜，而凌若亦在雪地中跪了一夜。胤禛被驚動，匆匆趕來淨思居的時候，看到的就是凌若跪在雪地中的場景。儘管有墨玉替她撐著傘，不至於身上盡皆覆雪，但半個腿彎子卻是被埋在雪中。不論是溫如言還是瓜爾佳氏都陪她在雪地中站了一夜。

在看到凌若緊緊抱在懷中、那個小得可憐的孩子時，胤禛眼裡是難言的痛楚。他緩緩蹲下身，凝視著一臉麻木的凌若，神色哀慟地道：「若兒，對不起！」

說過，一輩子不相見，但當他得知凌若動胎氣、早產下一名死嬰時，大腦瞬間一片空白，什麼都沒想，也顧不上還躺在床上的佟佳氏，直接奔到了這裡。跪在雪地中的凌若令他心痛不已。

「王爺別難過了，還是先扶妹妹起來吧。她是剛生過孩子的人，在這樣冰天雪地之中跪一夜可怎麼得了。」那拉氏和年氏皆來了，那拉氏一邊垂淚一邊說著。年氏則站在一旁不說話。

胤禛點點頭，抱起渾身冰冷的凌若到屋中，使勁搓著她僵硬的身子，又命小路子生起炭盆，待感覺到她身子暖和一些後方才鬆開些許，關切地問：「若兒，妳可有感覺好些？」

凌若艱難地轉動眼珠子，將目光對準胤禛，張嘴，用凍得麻木的舌頭一字一字道：「王爺，是否妾身犯了錯，所以連妾身的孩子也罪不可恕？」

「自然不是，這樣的事情誰都不想。」

胤禛搖頭，然換來的卻是凌若諷刺的笑意。「你不想？呵。」她低頭，將孩子舉到胤禛面前。「王爺，你看看她，那眉那眼，是否都像極了你？」

在胤禛還來不及說話時，她的聲音驟然拔高，帶著滔天恨意：「就因為你認定我害佟佳氏落水，令我動了胎氣，之後李衛曾去找你，卻求見無門，結果她就這麼生生死了！胤禛，是你害死了她！是你害死了她！」

那拉氏聞言，眉心一動，拭淚走到凌若面前哀聲道：「妹妹，王爺已經說過不想，一切都只是意外罷了！何況……若非妳一時糊塗犯下不可饒恕的大錯，王爺又如何忍心懲治於妳？妳怎能將一切錯怨悉數怪到王爺頭上去。」

「我不知道李衛去找過我，若知道……」胤禛憐惜凌若痛失愛女，並沒有因此而責備她。

「若知道又怎樣？你會來看我嗎？你會再踏足這淨思居嗎？」凌若搖頭，神色愴然。「不會，在你心中，我尚不及納蘭湄兒的一個替身重要。胤禛！你寧願相信一個卑鄙無恥的官女子所言，也不願信我分毫！你究竟將我置於何地！」

「夠了！」她激憤尖刻的語言令胤禛難耐怒意，冷了臉道：「我憐妳失子，特意來探望妳，希望可以令妳好受些；可妳不思感恩，反而一再出言相責，眼下更出言侮辱梨落，妳這是在挑戰我的容忍度。」

溫如言見勢不對，忙跪下道：「王爺息怒，妹妹只是一時難以接受失去孩子的事實，所以才會口不擇言。」

年氏在一旁冷冷道：「失去孩子固然值得同情，可天底下失了孩子的並不只她一人，王爺已經如此紆尊降貴，她還有什麼好鬧騰的？」

儘管鈕祜祿凌若的孩子死了，可是她依舊嫉妒得發狂。至少鈕祜祿凌若曾感覺到孩子在腹中成長，而她日日喝下無數苦藥，卻什麼都沒有。

見凌若不說話，胤禛嘆了口氣，手撫過孩子冰冷的臉龐，帶著幾許憐惜道：「妳犯下彌天大錯，原本該重重責罰，念在妳痛失孩兒的分上，就饒過妳這一回，既往不咎。」

「既往不咎！」凌若彷彿聽到什麼好笑的事情，仰天大笑不止，尖銳的笑聲刺得每一個人耳膜生疼。許久，她猛地一揮手，冷冷道：「多謝王爺寬宏大量，只是妾身受之不起！」

「妳究竟想怎樣？」胤禛的耐心被她的一再挑釁綳到了極限，他從不是一個好脾氣的人。

這一刻，凌若突然覺得很累。自己從不曾負過胤禛，可是胤禛卻一次又一次地負她，直到將她傷得體無完膚。她緩緩擁緊了懷中僵硬的小身子，一字一句道：「我想與我的孩子在一起！」

這句話立時將胤禛強行抑制的怒氣勾了起來，驟然捏住凌若的下巴，冷聲道：「是否在妳眼中，什麼都沒有這個孩子重要，包括我？」

凌若沒有回答，可是她那種漠然的目光依然深深刺傷了胤禛，手指驟然收緊，捏得她下頷「咯咯」作響。

就在這個時候，佟佳氏在侍女的攙扶下走了進來，瞥見屋中這幅景象，忙勸胤禛暫息雷霆之怒。待胤禛鬆開手後，她忽地跪在凌若面前垂淚道：「姊姊，都是妹妹不好，教出含香這個混帳奴才，害了姊姊與孩子，實在罪該萬死！含香雖已經被我打發去做苦役了，但妹妹難辭其咎，特來向姊姊請罪，任姊姊責罰！」

第一百四十六章　廢黜

「我已經說過，此事與妳無關，一切都是含香自作主張。妳身子未大好，跪不得，快些起來。」

佟佳氏搖搖頭，拒絕胤禛的攙扶，執意跪地不起。「我不殺伯仁，伯仁卻因我而死！姊姊若不肯原諒我，我就跪死在這裡，權當贖罪。」

凌若冷冷看著在那裡低泣的佟佳氏，只覺得一陣陣的噁心。含香不過是一個奴才，若無她的命令，如何敢這樣胡作非為。何況所有事情皆因她而起，如今卻在這裡裝模作樣扮好人，真是瞧著都想吐。

「妹妹妳這又是何苦呢？」那拉氏見她這樣，搖搖頭，看向凌若溫言相勸道：「妹妹，一切皆是意外，沒人希望孩子出事。何況人死不能復生，凡事還是要看開一些才好。妹妹尚且年輕，孩子還會有的。」在說到最後那句話時，那拉氏聲音裡掠過一絲難以察覺的快意。

凌若瞧也不瞧她，只一味盯著佟佳氏，那陰狠的目光令佟佳氏頭皮一陣陣發麻。未等她說話，一隻冰寒徹骨的手猛然掐上她的脖子，耳邊更傳來凌若恨之欲狂的聲音——

「妳要我原諒妳是嗎？好！那就一命償一命！」

胤禛沒料到她會這麼瘋狂，驚怒之餘趕緊將凌若瘦如雞爪的手掰開，怒喝道：「妳瘋了嗎？」

「是！我是瘋了！」凌若聲嘶力竭地大叫：「她殺了我的孩子，你卻還幫著她，愛新覺羅・胤禛，究竟在你心中有沒有我與孩子！」

佟佳氏用力呼了幾口氣，忽地爬到胤禛腳前，扯了他海水藍的袍子哭得梨花帶雨。「四爺，您莫要怪姊姊，一切、一切都是妾身的錯，即便姊姊將妾身打死，妾身也毫無怨言！」

這樣委曲求全的佟佳梨落無疑令人心疼憐惜，越發令胤禛覺得凌若無理取鬧、不可理喻，看向她的目光中不由得多了幾份厭棄。

溫如言看在眼中，急在心中，正待要出聲，垂在身側的手忽地被人緊緊抓住。她回頭，只見瓜爾佳氏正衝自己微微搖頭，儘管心有疑慮，但昨夜一夜的相處，已令她對瓜爾佳氏多了幾分信任。她猶豫再三，終是將到嘴的話嚥了下去。

那廂，胤禛的耐心與歉疚終於消耗怠盡，冷冷道：「錯起在妳，而妳卻將一切怪責在他人頭上，妳讓我很失望。傳令王府，即日起廢除鈕祜祿氏庶福晉的封號，貶為庶人，幽禁……」

他剛想說幽禁無華閣，那拉氏忽地道：「王爺，妾身看鈕祜祿氏心懷戾氣，難以消除，若是就此幽禁無華閣只怕會令她的戾氣加重。妾身記得咱們在城郊西側有一座別院，不如讓鈕祜祿氏在西郊別院潛心學佛，也好消一消這身戾氣。」

胤禛點點頭，扶起流淚不止的佟佳氏道：「也好，就按妳說的去辦。即日起禁鈕祜祿氏於西郊別院，沒我的命令終身不許踏出一步！至於孩子……」已經走到門口的腳步微微一頓，帶著些許沉重道：「她始終是我府裡的小格格，好好安葬吧。」

一切恩怨榮寵終在這一刻劃上一個句號。

愛，終究是錯付了；又也許，從一開始，她與他的相遇就是錯的……

十一月十九，冬雪漫漫的那一天，凌若被一輛破舊的馬車連夜載著送往西郊別院。與她同一車的還是墨玉與李衛，這兩人皆不願離去，自請跟隨凌若去別院。水秀等人原也想一道去，可是凌若一個被廢的庶人，能隨同兩人還是高福看在以往的情面上，如何還能更多？唯有留在府裡，盼著有朝一日，凌若還能重回雍郡王府。

她走的時候，溫如言與瓜爾佳氏一道來送她。

溫如言緊緊握著她的手，未語淚先落，泣聲道：「今日一別，不知何時才能相見，妹妹身在別院一定要好生珍重，若尋得機會我定會去看妳。」

凌若垂視著自己透明得能看到血管的雙手，愴然一笑道：「姊姊，妳告訴我，我還需要珍重什麼？我已經一無所有了啊！」

「誰說的！」瓜爾佳氏上前冷冷道：「妳還有恨！還有仇！鈕祜祿凌若，妳別忘了，妳的孩子是誰害死的，妳甘心就這樣放過佟佳氏嗎？」

凌若的身子因這句話微微顫抖，眼前又浮現那個小小的孩子。她可憐的女兒，本可以活生生來到這個世上，卻被佟佳氏所害。她恨不得殺了佟佳氏，又如何能甘心！

「殺人償命！」瓜爾佳氏將手重重覆在她與溫如言的手上。「上天不曾給予的公道，妳就自己討回來。西郊別院，不過是妳生命中的一個過路，絕不會是終點。記住，我與溫姊姊在這裡等妳，哪怕再苦再難，妳也一定要回來！」

東山再起嗎？仰頭看著即便在夜色籠罩中依然飛簷捲翹的雍郡王府，鼻中酸澀難言。若可以，她寧願一步都不要再踏入這裡，不要再見那個負心薄倖之人；可是瓜爾佳氏說得沒錯，她要報仇，她要替她的孩子討回一個公道！所以哪怕再恨再怨，她都要想盡辦法謀求再踏入這裡。

她深深地吸了一口氣，懇切地道：「我記下了，多謝姊姊提點。」

瓜爾佳氏見她想通，輕吁一口氣，欣慰地道：「如此就好，來日方長，慢慢謀劃就是了。」她左右顧了一眼又道：「伊蘭沒來嗎？」

聞言，凌若神色微微一黯，搖頭道：「沒有，興許是還在生我氣吧。」

溫如言略有些不悅地道：「縱使心中再有氣，自己姊姊遭逢如此大事，她這個做妹妹理該來送一下。」

「她還是小孩子，喜怒由心，隨她去吧。倒是我如今不在府中，她只怕也難留。」對這個妹妹，凌若素來是寬容的，反而憂心伊蘭的處境，讓溫如言兩人代為照料些許。

「且慢！」

就在凌若準備上車的時候，身後突然傳來聲音，回頭看去，竟是那拉氏身邊的心腹小廝三福。

三福走上前，皮笑肉不笑地朝溫如言兩人打了個千兒。「奴才給雲福晉請安，給溫格格請安。」

「你來做什麼？」溫如言擰眉問道。

第一百四十七章　離府

三福的眼珠子在凌若身上轉了個圈兒道：「奴才奉主子之命，來送送娘子。另外主子說了，娘了既已被廢為庶人，與王府無所關係，那麼理所當然屬於王府的東西也不該帶走，所以還請娘子除下身上一應首飾物件。主子念在曾經相處一場，特許妳留下這身衣裳。」他對溫如言幾人的怒視毫不在意，逕自道：「請娘子自己動手吧，莫要讓奴才為難。」

溫如言正要與他理論，被凌若一把抓住，冷冷瞪了作威作福的三福一眼道：「姊姊莫要與一個上不得檯面的狗奴才多言，沒得降低了自己身分。」說罷，當著氣急敗壞的三福面，將髮簪、步搖、手鐲等物一一褪下後往他身前一扔，冷冷道：「可以了嗎？」

三福氣哼哼地撿起一地飾物，小聲嘟囔道：「死到臨頭還在擺主子的架子，等著吧，有妳好受的時候。」

儘管他說得極輕，還是被溫如言聽在耳中，姣好的面容上含了一縷憂意。趁著三福低頭撿東西的機會，她不著痕跡地將腕上的鏤金嵌東珠的鐲子褪下塞到凌若手中。儘管不知道別院是什麼情況，但身邊有些金銀傍身總是放心一些。

三福將最後一根簪子撿起，翻了翻眼皮子，繞著凌若看了一圈，確定她身上再沒什麼值錢東西後方才不耐煩地道：「好了，該走了。這裡是雍郡王府，可不是隨便什麼阿貓阿狗都可以待的地方。」

他這是要親自看著凌若走，只怕這也是那拉氏交給他的差事之一。凌若轉身，在經過瓜爾佳氏身邊時，飛快地說了一句，旋即在李衛的攙扶下登上馬車。待李衛與墨玉也上車後，車夫一揮馬鞭，駕車絕塵遠去。

從頭到尾，凌若都沒有再回頭看一眼她住了整整兩年的雍郡王府。不需再看，因為，她終將要回來……取回一切她應得的東西！

在目送凌若離去後，瓜爾佳氏轉身正待離去，三福忽地將她攔下，笑嘻嘻道：「雲福晉慢走，我家主子要見您！」

聽到這句話，瓜爾佳氏目光驟地一縮，示意溫如言先回去，自己則隨三福去了含元居。

在面對那個正在替靈汐編辮子的溫婉女子時，之前囂張得意的三福一下子變得極為老實，恭恭敬敬地道：「主子，雲福晉來了。」

那拉氏淡淡地應了一聲，在將最後一綹髮絲編好後，方才對拿著小鏡子左瞧右照、歡喜不已的靈汐溫聲道：「如何？喜歡嗎？」

「喜歡。」靈汐開心地點頭，抱著那拉氏的脖子嬌聲道：「謝謝嫡額娘！」見三福和瓜爾佳氏還等在那裡，知道是有事要說，當即乖巧地欠了欠身道：「靈汐先告退了。」

待靈汐退下後，那拉氏方扶著翡翠的手緩緩走到沉靜如水的瓜爾佳氏面前，漫然道：「想不到妳還真有膽子來。」

「嫡福晉相召，妾身如何敢不來。」瓜爾佳氏話音剛落，便感覺到脖子上一涼。只見那拉氏戴著一套東海青玉護甲的手指在自己脖子上輕輕撫過，尖銳的護甲尖在上面留下一道紅印。

殺機在那拉氏眼中一閃而逝，冷聲道：「妳好大的膽子，我讓妳去除掉鈕祜祿氏的孩子，妳卻暗中與她勾結，存心背叛於我！」

「妾身不敢，是嫡福晉先存了置妾身於死地之心，妾身是迫於無奈才這麼做。」瓜爾佳氏銀牙緊咬，恨聲道：「嫡福晉先在妾身身上下毒不說，還騙妾身說有解藥，要妾身繼續為您賣命。若非徐太醫一言點醒，只怕妾身現在還蒙在鼓裡！」

那拉氏撫著袖間的花紋，淡然道：「我何曾騙過妳？噬心毒確實有解藥，只是忘了與妳說這解藥只可解三天以內的毒，過者……無效！一年之後，中毒者會全身潰爛而死，死相慘不忍睹。」

看到瓜爾佳氏因她的話而無法再保持原有的鎮定之色，那拉氏眼底浮起一陣濃重狠厲的快意。

瓜爾佳氏深吸了幾口氣，努力讓自己平靜下來，冷笑道：「嫡福晉就這麼肯定一年之後妾身會毒發嗎？」

「妳以為徐太醫可以救得了妳嗎？」隨著這句話，那拉氏一把扼住她的臉頰冷冷道：「瞧瞧妳的臉色，白中帶青，分明還是中毒之兆，可見即使是太醫也對這種毒束手無策。何況現在鈕祜祿氏被廢，他不會再出現在府中，妳又找何人解毒去！」她咬牙，一字一句道：「沒有人可以逃過我的手掌心，我等著妳幾個月以後面目全非的樣子，一定比現在好看百倍！」

迎著她瘋狂的目光，瓜爾佳氏費力地從變形的嘴唇中擠出一句話：「妾身還等著給嫡福晉送終，如何敢死在嫡福晉面前！」

「死到臨頭還再嘴硬！」那拉氏不以為然，她不信天底下有人能解噬心毒，甩開手冷笑道：「還有幾個月，希望到時候妳還能這般牙尖嘴利！」

從含元居出來，瓜爾佳氏輕吁一口氣，有一種死裡逃生的感覺。她低頭，只見雙手掌心皆是冷汗，不由得露出一抹苦笑。那拉氏那個女人簡直是個瘋子，即使自己面上裝得再鎮定，心裡依然忍不住害怕。

在匆匆回到悅錦樓後，瓜爾佳氏喚來從意，命她設法出府一趟，將凌若出事的消息告訴凌柱夫婦；另外再去一趟城西槐樹胡同找徐太醫，雖然徐太醫不能入府，但是他對自己的病情應該心中有數，想要活命，只能靠他了——這個地址還是適才凌若經過她身邊時悄悄告訴她的。

唉。想到這裡，瓜爾佳氏不禁憶起那個已經被埋葬進冰冷棺木中的孩子。原本她該叫自己一聲乾娘的，可惜上蒼無眼，讓她剛出生就失去了性命。

凌若……希望她能熬過這一關，鳳凰涅槃，浴火重生！

第一百四十八章 別院

且說馬車載著凌若等人一路急馳，不知過了多久，感覺速度慢了下來，墨玉挑簾問正在收緊韁繩的車夫：「到了嗎？」

車夫點一點頭，指著一座在夜色中朦朧不清的宅子道：「就是這裡。」

他剛說完，夜色中就出現兩條猶如鬼魅的身影，把墨玉嚇了一跳。待走得近了，方才發現是兩名相貌凶惡且極為相像的男子。

「就是他們嗎？」其中一個男子指了正跳下馬車的凌若一行人，惡聲惡氣地問道。

車夫似乎很怕他們，忙不迭道：「回二位毛爺的話，就是他們。」

「行，你可以走了！」隨著男子的話，車夫趕緊點頭回到馬車上，用力揮鞭離去。

墨玉在後面追著他大叫：「停下！快些停下！我的包袱還在馬車上沒拿下來

呢！」

車夫聞言也不停下，從車廂中找出一個小包袱隨意往路邊一扔，墨玉趕緊跑過去把包袱撿起緊緊抱在懷中。

「好了，快進去吧！」被稱為毛爺的兩名男子將他們趕進大宅後，把門一關，凶神惡煞地道：「你們給我好好地待在裡面，如果哪個不開眼的想要逃出去，休怪毛大爺我不客氣。」

「什麼東西！」李衛在他們後面狠狠地吐了口唾沫。真是虎落平陽被犬欺，若他們還在雍郡王府，哪輪得到這兩個流氓痞子在這裡作威作福。

「罷了，不要與他們一般見識。」凌若一邊說著一邊點亮墨玉帶來的火摺子，打量四周的情形。待得看仔細之後，她不由得心中一涼，冷笑道：「我道那拉氏怎麼這般好心，特意指一處別院讓我潛心修佛，原來竟是這樣。」

此處說得好聽是別院，說得不好聽根本就是斷垣殘壁。宅子有一大半盡皆因為年久失修而倒塌，還有一些沒倒塌的也是搖搖欲墜；且四處漏風，根本不能遮風擋雨。正如《莊子·讓王》當中所說：上漏下溼，匡坐而弦。

唯一尚算完好的就是門房，但那地方已經被姓毛的兩兄弟霸占了。而且瞧他們那樣，根本就是那拉氏派來禁錮看守凌若的。

「這地方拿來當豬圈都嫌破，怎麼住人啊？」墨玉簡直不敢相信自己的眼睛，縱是她家也比這裡好許多。她小心地跟著凌若跨過一地碎石瓦礫，儘管身在屋中，緊密的夜雪依然落在身上。

「那拉氏是存心要置主子於死地！」李衛眼中寒光閃爍。事至如今哪還會看不出，這裡比無華閣還要差許多，住的都這樣，那吃的……

「既來之，則安之，相信天無絕人之路。」凌若走到一處勉強能擋住大雪的角落中，招呼李衛兩人一道坐下。「夜就快過去了，先將就一下，等天亮後再說。」說到此處，她嘆一嘆氣，歉聲道：「只是要委屈你們與我一道受苦了。」

「主子說哪裡的話，能陪著主子，對我們做奴才的來說就是莫大的幸運了。」李衛一邊說一邊藉著微弱的火光，扒來一些不知從哪裡來的舊稻草，然後將所帶的舊棉襖取出鋪在稻草上。所幸三福只顧著凌若身上的貴重首飾，沒有在意他們所帶的棉衣、棉襖，否則這大冬天的可真要挨冷受凍了。鋪好後，他又取了一件舊棉衣遞給凌若。「委屈主子了。」

「落魄之人哪有委屈可言。」凌若取過棉衣正要躺下，忽地瞥見李衛與墨玉將幾件半舊的薄衣往身上胡亂一裹，倚著牆角就要睡，不由得心中一酸。知曉他們將僅有的棉衣都給了她，自己則準備生受冬夜之苦寒。

她冷寂的心因這一幕而生出幾許溫情。還好，還好有他們陪在身邊……

這樣想著，凌若將手中的棉衣扔給李衛，淡淡道：「把棉衣裹上，你受過杖責，身子一直不曾大好，熬不得寒夜。」她不顧愕然的李衛，又召手將墨玉喚到身邊，取了地上的棉衣覆在彼此身上，溫聲道：「妳與我一道睡吧。」

墨玉慌得連連擺手。「這如何使得，主子，還是您自己睡吧，奴婢沒事。」

那廂，李衛也要將棉衣還回來，凌若執意不肯，反而道：「我早已被廢了名分，哪還算什麼主子。從今往後，我所能依靠的就只有你們，若你們因為挨冷受凍而生病出事，我該如何？」見他們不說話，她一扯棉衣道：「好了，都睡吧，天亮後還有很多事要做呢。」

三人皆是第一次睡在這樣的地方，幾可說是露天；就在不遠處，雪還積了一尺厚，儘管裹了棉衣還是冷得很。墨玉靠著凌若，也不知過了多久才迷迷糊糊睡去。等她醒來的時候，天色已經大亮，下了整整兩天的雪亦停住了。冬日從雲層中露出小半邊臉來，將天邊渲染得絢麗無比。

墨玉發現自己身上裹了兩件棉衣，而凌若與李衛都不見蹤影，連忙起身尋找，最後在靠近後院的地方發現他們。原來他們一早醒來就在四處尋找能落腳的地方，昨夜漆黑一片，看不真切，眼下看清楚了才發現在後院有一間小屋子，勉強還算完好，可以作為落腳的地方——不過這所謂的完好，也是相對昨晚所睡之處而言。頂上有好幾處的瓦片被大風吹落在地，露出碗大的洞。這幾天下雪，雪花從那些洞中飄了進來，積起小堆小堆的雪。

「把這裡修繕一下應該能住人。」凌若將左右仔細看了一圈。這裡的屋子大多低矮，應是以前下人居住的，屋中還放著幾張桌椅，床也有，就是都破舊不堪，其中一張椅子的腿還斷了一條。

李衛應了一聲，也不知從哪裡找來一張梯子與桶，他爬上去後，用繩子繫了桶扔下來，讓墨玉撿起地上通用的瓦片放在桶中，然後再吊上來。如此重複數次後，方才將那幾個破洞補上。雖不曾修過屋瓦，但他很是機靈，瞧了旁邊尚且完好的瓦片幾眼後便做得似模似樣。

見他要下來，墨玉忙道：「哎，慢些，你既然弄了，乾脆將旁邊那間也補一補。咱們三個人，再加上你又是個男的，總不好和主子擠一間屋吧？」

李衛想想也是，便爬到旁邊一間修補起來。這裡可比之前那間殘破多了，瓦片也需要很多，墨玉和凌若一道動手撿來能用的瓦片，才在晌午前勉強將屋頂補好。

第一百四十九章　毛氏兄弟

之前做事的時候不覺得，待停下來後才發現，幾人自昨夜後就一直沒吃過東西，早已饑腸轆轆。可是瞧這個破地方，不是碎石就是殘瓦，哪裡有能吃的東西？唯一能指望的就是那兩個姓毛的，可是他們會那麼好心送飯來嗎？

只要稍稍動一下腦筋，就知道他們是那拉氏派來的，不害他們就已是阿彌陀佛了，還送飯？

「你放心，他們一定會送來。」凌若瞇眼望著頭頂當空的冬日道：「那拉氏之所以發落我來別院，無非是怕我待在無華閣中，會令王爺無法徹底忘記，美其名為消戾修佛。若我才來沒幾天就死了，且還是活生生餓死的，她這個一手安排此事的人如何能逃得了關係。所以，哪怕她恨我入骨，一時半會兒也不敢輕舉妄動。」

凌若猜得沒錯，此刻毛大、毛二兩人正提著食盒四處轉悠找他們。

在一腳深、一腳淺地踩著積雪找了很久都沒結果後，毛大氣得把食盒往地上一扔，怒罵道：「那個賤人跑到哪裡去了，居然讓老子找了這麼久，真把老子惹火了就讓他們沒飯吃！」

「大哥別生氣。」毛二隨意將雪地中的飯菜撿起來，冷笑道：「估計他們現在正不知道躲在哪個角落裡哭呢。那種嬌生慣養的女子哪受過什麼苦，你看著，要不了幾天就會被逼瘋！」

「最好她早點瘋，咱們也好早點交差。」毛大沒好氣地道：「要不是看在銀子的分上，才不來幹這差事呢！」

「她要是不瘋，咱們想辦法讓她瘋不就行了。」毛二陰陰一笑，復又露出幾分淫邪之色。「話說回來，那女子長得可真漂亮，跟天仙一樣，就是跟在她身邊的那個小丫頭也頗有幾分姿色。你說咱們要不要……」

「要你個頭！」毛大往他頭上重重拍了一下道：「女人窯子裡多的是，什麼樣的沒有，別打不該打的主意。那位可是交代了，逼瘋她可以，旁的什麼都不許做。你小子趕緊把色心給我收起來，不然惹禍上身別怪我這做哥哥的沒提醒你。」

他與毛二是親兄弟，自小混跡於市井之中，後來惹了仇家，無奈之下投奔到雍郡王府，做了別院護院，權當避難。

昨日有人快馬加鞭而來，自稱是雍郡王府的人，告訴他們晚些時候別院會來一名被廢黜的女子，讓他們好好看管著，不許那女的踏出別院一步，並且想法子讓那女人瘋了。事成的話，就給他們一人五百兩銀子，這筆錢足夠他們舒舒服服過上好一陣子了。

不過那人在臨走前也警告他們，除了交代的事之外，不許動旁的心思，否則當心小命不保。

那拉氏固然恨極了凌若，可凌若始終曾是皇家人，即便已經被廢為庶人也改變不了這個事實。她身為四阿哥的嫡福晉，說不得要顧及一下皇家顏面，所以，讓毛氏兄弟將凌若逼瘋是最好的選擇，唯有死人與瘋子才威脅不到她。

毛氏兄弟在轉了好大一個圈後，終於在後面找到凌若幾人。瞥見明顯被修繕過的兩間屋子，兩人瞳孔微縮，互看了一眼，若無其事地喊：「喂，你們幾個，吃飯了。」

墨玉正餓得慌，見他們果然如凌若所言送來飯菜，不由得心中一喜，連忙上前接過遞來的食盒。剛一打開，她的臉就垮了下來。裡面除了三碗米飯便唯有一碟鹹菜梆子，冰涼涼不說，還沾著雪。氣得她道：「這哪是給人吃的？」

「不是給人吃的難道還是給豬吃的嗎？」毛大冷笑一聲，毫不客氣地道：「有得吃就不錯了，還挑三揀四，真當自己還是王府裡的福晉嗎？」

「對啊，若是不想吃的話，還給我們好了，還省了一頓糧食呢！」毛二陰陽怪氣地說著，作勢要拿回食盒。

李衛忙攔在墨玉面前，陪笑道：「二位大哥別跟她一般計較，她一個小丫頭能懂什麼。」說著往毛大手中塞了些碎銀子。「往後還有很多地方要倚仗二位大哥。」

毛大掂了掂手裡的銀子，朝毛二使了個眼色道：「你這小子說話還像個人。那行，你們慢慢吃，等會兒把食盒給我們送回來。」

「哎，二位大哥放心，一會兒就給您送去。」李衛點頭哈腰的樣子看得墨玉一陣來氣，待他們走後氣呼呼地道：「那兩人就是流氓，幹麼跟他們客氣！」

「妳以為我願意嗎？人在屋簷下，不得不低頭。不得罪他們至少還有飯吃，否則就等著餓肚子吧。」李衛說著將飯取出來，遞給凌若小聲道：「主子餓了吧，您先吃。」

凌若點點頭接過米飯，待見她動筷後，李衛兩人才各自端了一碗。這飯又冷又硬，吃在嘴裡硌牙又難吃，那幾根鹹菜梆子更是酸中帶苦，根本不能下嚥。不過三人都餓極了，而且此處除了這些米飯外再無能墊飽肚子的東西，再難吃也得吃。

且說毛氏兄弟並沒有離去，而是躲在一個拐角處監視他們。原以為這種嬌生慣養的主子一定受不了最下等的糙米飯，沒想到那個女子竟然一句話也沒說，反倒是把那碗米飯吃了一大半。

「大哥，你的點子似乎不太好使。」毛二皺著那對掃把一樣的眉毛道。

毛大陰陰一笑道：「不急，來日方長，那五百兩銀子絕對跑不了。」他睨了眼亮堂的天色道：「等著吧，天黑之後就有好戲看了。」他一拍毛二的肩膀，轉身道：「走，先回去睡一覺，這樣晚上才有精神唱好這臺戲。」

直到他們走後，凌若那種被人監視的感覺才消失。她不動聲色地朝原來毛氏兄弟藏身的地方看了一眼，對李衛道：「你哪裡來的銀子？」

李衛正猜著凌若什麼時候會問這個呢，當下嘻嘻一笑，放下吃得精光的粗瓷碗道：「奴才知道主子要來別院，心想著外面可能要用到銀子，所以趁著收拾的時候，將以前攢下的銀子都帶了過來。不只奴才自己，小路子他們的銀子也全給了奴才，還好之前三福只顧盯著主子，沒在意奴才，否則這銀子可保不住了。」說著，他從懷裡小心地掏出一個錢袋，打開來只見裡面滿滿的散碎銀子，都是幾錢幾錢的碎銀子，也不知李衛他們攢了多久。

第一百五十章　榮祥

「還有奴婢！」墨玉跑進屋裡捧著那個差點落在馬車上的小包袱出來，裡面除了一些碎銀子之外，還有什麼細銀鑲紅寶石戒指、絞絲銀鐲、翡翠簪子等等，皆是凌若平常戴的飾物。在凌若詫異的目光中，墨玉得意洋洋地道：「臨走時，奴婢趁屋中沒人，從主子的首飾匣中抓了一大把帶上。」說到這裡，朝李衛扮了個鬼臉。「怎樣？這次你沒我機靈了吧？」

「行，妳最聰明！」李衛笑著摸了摸墨玉的頭。這些東西隨便拿去變賣一樣，少說也值幾十兩銀子，可比他那些碎銀子值錢多了，怪不得墨玉之前那麼緊張這個包袱。

冰涼的手指撥弄著那些同樣冰涼的飾物，凌若脣畔微微翹起。那拉氏不讓她帶一件飾物離去，就是怕她用來賄賂毛氏兄弟，卻沒有留心墨玉與李衛，真可謂是百密一疏。

凌若將溫如言偷偷交給自己的鏤金嵌東珠鐲子放到裡面，正待命墨玉收起來，眼角餘光忽地瞥到一只在陽光下閃著溫潤光澤的翡翠扳指，正是當初被胤禛捏碎，之後又尋工匠修好後贈與她的那只，沒想到它也在這裡。

碎掉的始終是碎掉了，即便重新鑲好也會有裂縫……

墨玉也瞧見了那只扳指，俏臉不由得一白。她記得這只扳指的來歷，卻不料自己隨意一抓竟會將它也抓來了，怕凌若不喜，忙拿過來作勢要扔掉，被凌若所阻。只見凌若撫一撫扳指，將它放回原處。「留著吧，說不定以後還有用得著的時候。」

墨玉點點頭，端起還沒吃完的飯又扒了幾口，不知是吃得太急還是怎麼，竟被噎住了，四處找水才發現毛氏兄弟竟然沒給水。問他們去討，不肯不說，還惹來一頓臭罵，說滿地都是雪，隨便拿點兒吃吃不就行了。

李衛無奈之下只好去尋了一個破瓦罐來，裝滿乾淨的雪，又尋來枯葉殘木，生火燒水。當他將燒滾的熱水倒在飯碗中遞給墨玉時，這丫頭竟然哭了起來，抽泣道：「他們這樣分明是要將主子往死裡逼，一天、兩天的也就算了，若長此以往下去，主子可怎麼辦？」

「傻丫頭。」凌若微笑地撫著墨玉沾了灰的臉頰。「我相信天無絕人之路，一切終將好起來。妳瞧，昨夜我們還要露宿，今日不就可以睡在屋裡嗎？天降大任於斯人，必先苦其心志，勞其筋骨，餓其體膚。若連這一點兒苦都受不過，何談將來。」

李衛在一旁不無憂心地道：「依奴才看，毛氏兄弟分明是受了他人指使。奴才只怕他們不安好心，會加害主子。」這個「他人」是誰，不說也彼此心裡明白。

凌若笑笑未說話，在墨玉喝過熱水不再打嗝後，她與李衛也各自倒了一碗暖暖身子。趁著天色尚好，三人合力將屋子收整一下，雖然依舊簡陋不堪，但總算像個人住的樣子，只需再將裡面的灰塵擦去就好了。

「主子您歇會兒吧。」李衛不只一次這樣勸著。他與墨玉都沒忘記，主子生完孩子至今不過兩、三天，正是身子最虛弱的時候，本該安安靜靜地坐月子，可如今卻在這裡挨冷受凍，將來只怕會落下病根。

「我沒事。」凌若隨口答應一句，繼續用力抹著桌上的灰塵。早在被趕出雍郡王府的那一刻，她就失去了金貴的資格，再苦再累都要繼續熬下去，直至起復的那一日。

李衛見勸說無用，搖搖頭，剛要繼續幹活，忽地聽到一陣窸窣的聲音。抬頭看去，竟瞥見有一個人趴在牆頭，正努力地想要翻進來。莫非是毛賊？李衛嚇了一大跳，正要出聲，忽地發現翻牆的人有點眼熟，再仔細一看，不由得激動起來，顫聲道：「主子，您快看，那不是二少爺嗎？」

榮祥？凌若訝然抬頭，果然發現榮祥正趴在離地足有七、八尺高的牆上，瞧那樣子似乎並沒有看到凌若。

「榮祥？你怎麼會在這裡！」凌若快步跑到牆下，神色激動。

榮祥正發愁該怎麼下來，忽地看到凌若，不由得心中一喜，迭聲道：「姊姊，妳果然在這裡！」說著他又回過頭，朝牆外道：「阿瑪、額娘，我看到姊姊了，她就在裡面！」

這句話令凌若心神劇震，尤其是在隱隱聽到牆外傳來熟悉的聲音時，情緒更加激動。「阿瑪他們也來了嗎？你們怎麼會知道我在這裡？」

「嗯，就在牆外。」在李衛的幫助下，榮祥跳下牆。他此刻比去年見時長高了不少，已經到凌若胸口了。榮祥腳踏實地的第一件事就是緊緊抱住凌若，悶悶的抽泣聲自她懷中傳出。

剛才趴在牆上那會兒工夫，已經足夠他看清楚姊姊如今的處境。許久，方見榮祥放開她，而凌若胸口的地方已溼了一小塊。他揚著拳頭咬牙道：「姊姊，到底是誰害妳的？我去替妳報仇，非要揍得他滿地找牙不可！」

面對口口聲聲叫嚷著要替自己報仇的弟弟，凌若心中感動不已，表面上卻輕斥道：「從哪裡學來這些打打殺殺的？真是胡鬧。再說你一個半大的人兒，怎麼打得過人家。」

榮祥素來敬重凌若，聽得她這麼說，不由得訕訕地低下頭。然僅過片刻，他就又恨聲道：「就算打不過也要打，誰教他們欺負姊姊。姊姊妳快告訴我，到底是誰？」這兩年家中日子好些了，凌柱見他酷愛練武，便請了一個武師父教他習拳練箭，頗有成效。

凌若微微一笑道：「你還小，姊姊的仇自己會報。」見榮祥還有些不甘心，遂轉了話題道：「你還沒告訴姊姊，為什麼會知道這裡？」

從榮祥的口中，凌若知道原來自己離府後，瓜爾佳氏就派人去通知她的家人。儘管瓜爾佳氏不知道別院是什麼情況，但也能猜到那拉氏不安好心。她與溫如言都不便出府，只能讓凌若家人照應些。

凌柱夫婦知道後心急如焚，好不容易熬過一夜後，照著位址就找來了。可到了門口，他們被兩個凶神惡煞的護院擋住，說什麼也不讓他們進來，無奈之下，只得摸到後院讓榮祥翻牆進去看看。

第一百五十一章　反制

「阿瑪、額娘他們還好嗎？」凌若不敢大聲喚著僅隔一牆的父母，唯恐驚動了毛氏兄弟。

「都好，只是擔心姊姊。他們讓我來瞧瞧姊姊這裡缺什麼，好給送來。」榮祥瞧了一眼殘破不堪的別院，心中甚是難過。在外面瞧的時候，總覺得好歹有地方住，進到裡面才發現，這哪裡是人住的地方，幾乎什麼都沒有，也不知多久沒修繕過了。

榮祥卻不知道，此處原是前朝一個富戶的莊園，後來兵荒馬亂，富戶帶著金銀逃去外地，此處就荒涼了下來。本朝定都京師後，就將這裡收為朝廷之物，後來被康熙賜給胤禛。胤禛也不曾在意，只派人守著，如此年復一年下來，就荒涼成這樣了。那門房完好，還是因為看院子的人一直在修繕的結果。

為怕凌柱夫婦在外面久等，榮祥待了一會兒就走了。

待得入夜時分，榮祥又趴在牆頭上，將一大包東西扔下來。除了兩床被子以及一些衣裳、蠟燭等必須之物外，還有紅糖、紅棗、桂圓等物，卻是富察氏給凌若補身的。

凌柱讓榮祥轉告凌若，不用擔心家裡，好生照顧自己；他相信他的女兒不會是池中物，終有一日會在風雲中化為龍鳳，沖天而起！

捧著那些東西，不論別院的境況如何艱難困苦，都不曾落過一滴淚的凌若淚如雨下。

阿瑪、額娘……您們放心，女兒不會放棄，哪怕是為了您們，女兒也不會放棄，一定會堅持下去！讓所有曾經害過女兒的人付出代價！

夜，在這樣近乎狠厲的決心中緩緩降臨。毛氏兄弟在來送飯的時候，看到他們放在炕上的被子等物，立時惡聲質問他們這些東西是從哪裡來的，明明昨日還沒有。

凌若冷冷地瞥了他們一眼，不知為何，明明是手無縛雞之力的弱女子，但那個眼神讓毛氏兄弟身子一陣發涼，氣勢不由得為之一弱。

只聽凌若漫然道：「別院是你們在負責看守，東西從何而來，你們不是應該最清楚嗎？怎麼反過來問我。還是說，你們拿著雍郡王府給的月錢卻只顧吃酒睡覺，不事職責，連被人進來了也不知曉？」

這一番質問堵得毛氏兄弟面面相覷。啞口無言，扔下幾句狠話後灰溜溜地走了，待到了外面方才回過神來。他們明明是兩個五大三粗的大男人，竟被一個小女子拿話唬住，實在太丟人了。

毛二狠狠地朝地上吐了唾沫，就要回去尋凌若的晦氣，被毛大一把拉住。他獰笑道：「不急，待會兒，咱們連本帶利地討回來，讓她知道得罪咱們兄弟的下場！」

毛二連連點頭，惡狠狠道：「這臭娘們實在太可恨了！我非要嚇死她不可！」

這夜，凌若正與墨玉一道睡著，隱約聽得「吱呀」一聲，緊接著感覺到一陣陣的陰冷，頓時一陣激靈，清醒過來。她在黑暗中睜開眼，只見門不知道什麼時候被打開了。藉著月光照在雪地上的亮光，她看到窗外有兩道黑影在淒厲猶如冤鬼索命般的嗚咽聲中飄蕩著，披頭散髮，極是可怖。

鬼魅！乍看這樣恐怖的景象，凌若渾身冰涼，涔涔冒著冷汗；不過也只是一瞬間，神思很快就冷靜了下來。在雍郡王府的那些日子，早已讓她明白世人所謂的鬼魅，許多皆是出自活人之手，人心遠比鬼魅可怕千倍、萬倍。

藉著夜色的遮掩仔細打量了那兩個鬼魅一眼後，冷笑在脣際無聲無息地綻放。她不動聲色地從床頭包袱裡取出一樣東西緊緊握在手中，隨即繼續裝睡。

兩個鬼影在窗外等了許久都不見屋內有動靜，似乎覺得有些意外，猶豫一下子後，從門口走了進來。若有人在這裡，就會發現這兩個所謂的鬼竟然有腳，而且清冷的月光照在他們身後，清晰地在地上投射出兩道長長的影子。

「我死得好冤啊……好冤啊……」

陰森尖厲的聲音飄蕩在屋中，驚醒了原本熟睡的墨玉。瞥見朝她們逼來的鬼影，她嚇得心神俱裂，正要張嘴大叫，突然感覺被中的手被人緊緊抓住，頓時明白凌若早就醒了，但不知出於什麼原因一直沒出聲。她只好死死忍住到嘴邊的驚叫聲，閉目在那裡裝睡。也虧得這屋內黑，否則那兩個鬼影早就發現墨玉抖如篩糠。

兩個鬼影見自己都近到床前了，凌若她們還沒反應，乾脆把心一橫，伸出兩手朝她們的脖子抓去。眼見冰涼的鬼爪就要碰到肌膚，忽地寒光一閃，一支尖銳鋒利的簪子準確無誤地抵在其中一隻鬼的脖子上，同時耳邊響起陰冷如從地獄而來的聲音——

「若敢動一下，我現在就讓你變成真正的鬼！」

真正的鬼？聽到這幾個字，墨玉一下子睜大了眼。這麼說來，他們不是鬼？也對啊，如果是飄忽不定的鬼怎麼會怕區區一支簪子呢？

這樣想著，她的膽子頓時大了起來，隨意抓過一件衣裳披在驟然起身的凌若身上，自己則藉著月光仔細打量著那兩個鬼的模樣。這一看之下，頓時覺得眼熟起來。身形那麼健壯，又那麼高……若把那披散的頭髮和塗在臉上的白粉、血汙去掉，不就是……

墨玉驚呼一聲，道破了兩人的身分：「你們是姓毛的那兩人！」

不錯，這兩個鬼就是毛氏兄弟喬裝了。為了那每人五百兩，毛氏兄弟便打起了扮鬼將凌若嚇瘋的算盤。鬼神之說素來深入人心，又是在這種人跡罕至的破宅子中，在他們看來，嚇破一個小女子的膽還不是輕而易舉的事，哪想第一天就被人拿簪子抵在脖子上了。

現在即使不塗白粉，毛二的臉色也已經慘白一片，保持著原本的姿勢一動也不敢動。他毫不懷疑自己只要稍稍動一下，那個面無表情的女子就會將要命的簪子捅進他脖子裡。

毛大倒是沒事，但同樣不敢輕舉妄動，否則死的可就是自己親兄弟了。他們兩個雖然不學無術，但感情卻是極好的，說是同穿一條褲子也不為過。

「妳想怎麼樣？」他懊惱地問。今兒個可真是陰溝裡翻船了，沒算計到人，反而被人算計。

第一百五十二章　狠厲

他們這廂的響動驚醒了本就睡得不沉的李衛，匆匆跑過來一看，被這劍拔弩張的情況嚇了一大跳。他勉強定了定心神，取過還剩下半截的蠟燭點上，暗紅的燭光在搖曳中驅散室內的黑暗。

「明明是你們兩個扮鬼來嚇我，如今卻反過來問我想怎樣？真是荒唐！」凌若笑道，眸中冰冷依舊。

毛大知道自己被抓了個現行無從抵賴，乾脆心一橫道：「不錯，就是我們扮鬼嚇妳又怎樣，妳能耐我們何？」

「我能殺了你弟弟！」凌若的眉梢、眼角有森森冷意漫出，隨著這句話，手往前微微一送，簪子頓時刺破毛二的肌膚，一絲鮮血順著簪身流下。

毛大神色大變，忙阻止道：「不要殺我弟弟！」

「知道怕了嗎？」凌若轉頭看著他，冷冷道：「那就老老實實告訴我，為什麼要扮鬼嚇我們。」見毛大眼珠子在那裡轉來轉去，她又道：「不要試圖拿謊話來蒙混過關，否則……害了你弟弟可別怪我！」

毛二早已被嚇得心神俱裂，雙腿不住地打哆嗦。他怎麼也想不明白，一個嬌滴滴的女子在說到殺人時竟可以這樣冷靜，那股狠勁簡直就跟他以前見過的那些背了命案的殺人犯一般。

毛大被她弄得心神大亂，又恐她真的傷害弟弟，只得一五一十將有人拿銀子收買他們，要他們設法將凌若逼瘋的事情說了出來；至於是誰讓他們這麼做的則說不上來，他們只是拿錢辦事。

待他們說完後，李衛冷聲道：「嫡福晉對主子可真是看重，打發來別院不夠，還特意買通人來逼瘋主子。」

「我們該說的都已經說完了，妳可以放開我兄弟了吧。」毛大一直盯著毛二脖子上那根要命的簪子。他已經想好了，只要那女人把簪子移開，他就把那女人抓起來狠狠羞辱一番。居然敢威脅他，不過是一個廢了的福晉罷了，還能翻了天去？

可是，真當那簪子移開的時候，他突然又不敢動了。因為那雙眼毫無溫度，看自己的時候彷彿是在看死人一般，令人打從心底發顫。這女子究竟是什麼人？抑或者她根本是地獄來的修羅？

「一人五百兩？」凌若毫不在意地將簪子往桌上一放，那樣子似乎根本沒意識到身邊的危險。

「確實是一筆不小的銀子，可是……」昏暗的燭光下，她忽地一笑，嫣然之姿令毛氏兄弟看傻了眼，然她接下來的話更令他們猶如澆了一盆涼水。「那也得看你們有沒有命享受！」

「妳什麼意思？」儘管努力讓自己不要去在意她說的話，但毛大還是忍不住問道。

「可笑你們死到臨頭還不知曉。」凌若一邊將垂落如瀑的頭髮攏到胸前，一邊道：「聽過『狡兔死，走狗烹』這六個字嗎？」看到毛氏兄弟臉色微微一變，凌若眼底爬上一絲微不可見的笑意。「天底下只有死人能守得住祕密，事成之日，只怕就是你們命斃之時。」

「妳休要嚇唬我們！」毛大色厲內荏地說著，可惜閃爍的目光已經洩漏了他內心的害怕。毛二比他還要不堪。

「我是不是在嚇唬，你心裡最清楚。」凌若漫不經心地把玩著一小綹髮絲。「收買你們的人是誰，我明白得很，那位主可是比我狠多了，她是絕不會留你們兩個活口在的。到時若是到了黃泉，可別怪我沒提醒你們。」

毛氏兄弟被她說得膽顫心驚，正愣在那裡不知該如何是好的時候，那個可怖如修羅的女子突然取過一個包袱打開來攤在桌上。包袱裡的東西令他們一下子看直了眼，皆是用各種金銀珠玉製成的飾物，與之相比，零星散在裡面的碎銀子變得不值錢許多。

「妳……妳這是什麼意思？」毛大嚥了口貪婪的口水，卻沒敢伸手去搶，即使自己兩人在武力上明顯占了優勢。

「我也知道人為財死，鳥為食亡的道理。」凌若將包袱往他們面前一推道：「這些東西拿去變賣少說也值千兩銀子，足夠抵消你們的損失了。」

「妳想收買我們？」他們兩人倒是不笨，從中聽出了凌若的意思。

凌若拍一拍手起身道：「與其說收買，倒不如說合作。」睨了茫然不解的兩人一眼，續道：「不錯，我現在是被廢了，落魄到別院中來，但是絕不會在這裡住一輩子。」

「妳是說……妳還會起復？」毛大小心地問道。

「不錯，只要你們與我合作，我保證到時候好處少不了你們，眼下這些不過是一點兒小意思罷了。」凌若漫然說道。早在日間那不多的接觸中，她就已經看穿毛氏兄弟的本性，貪婪、膽小惜命，這種人最容易收買。

儘管已經被說得有點動心，但毛大仍是道：「誰知道妳說的是不是真的，萬一妳在這裡待一輩子，咱們兄弟也陪妳一輩子？」

「人生本來就是一場賭局，輸了固然是一無所有，贏了卻是榮華富貴享之不盡。要不要賭這一把，你們自己看著辦！」說完這句話，凌若自顧自倒了一杯茶慢慢抿著，不再理會他們。

見毛氏兄弟走到一邊嘀咕，墨玉一臉懷疑地湊到李衛耳邊小聲道：「你說，他們真的會倒戈嗎？」

「看著吧。」李衛也不敢確定，不過他不得不承認主子這麼做是他們眼下唯一的出路。若由著毛氏兄弟給他們下絆子、找霉氣，只怕他們休想過一天安生日子。

那廂，毛大和毛二正小心商量著，兩人未必盡信了凌若的話，但是事關小命，哪怕有一點兒可能也足夠他們心驚肉跳、六神無主了。

「大哥，你說怎麼辦？」毛二眼巴巴地看著毛大，指望他給自己拿個主意。

「我也拿不準。」毛大齜牙道：「她說得頭頭是道，不像是撒謊的樣子。」

毛二小心地睨了一眼坐在那裡不動的凌若，越看他心裡越沒底。這娘們渾身透著一股邪氣勁，明明年紀還沒他大，可說話做事的狠厲勁，實在讓人心寒。尤其是那眼神，彷彿任何念頭與想法在她面前都無所遁形。

第一百五十三章　過年

毛二想了想，咬牙道：「大哥，我瞧著雍郡王府裡的那些女人都邪乎得很，沒一個是省油的燈，那位真有可能要了咱們的小命。要不……咱們還是搏一搏吧？」

「你是說……」毛大目光閃爍不定，顯然心裡正在掙扎，不過毛二接下來的那句話打動了他。

「咱們求的是銀子，只要能給銀子，替誰辦事又有什麼打緊？再說，如果她真的能夠從這裡走出去，那咱們兄弟可就發達了，銀子、女人，要什麼有什麼。」

「你說得沒錯，正所謂富貴險中求，咱們兄弟就拚這一次！」打定主意後，毛大與毛二很是乾脆地朝凌若拱手道：「奴才們之前有眼無珠，得罪了主子，還請主子大人有大量，饒了奴才等人這一回。奴才保證以後一定唯主子馬首是瞻，盡心盡力輔佐主子！」

話自是極好聽，不過他的眼睛不時瞟向那堆首飾，顯然那才是他們投誠的真正原因。

凌若將這一切皆看在眼裡，並未有絲毫不悅之色，有貪念的人才容易掌握。待毛氏兄弟笑逐顏開地捧了那堆首飾下去後，凌若撫一撫額頭，溫聲對李衛道：「去休息吧，暫時咱們可以睡一陣子安穩覺了。」

李衛聽得心中一凜，小聲道：「主子是說他們……還會有異心？」

凌若把玩著手裡的玉扳指，這是她之前從包袱裡取出來的，並未給毛氏兄弟；一併收起的還有溫如言所贈的那只鐲子。

「這種人只會忠於自己，若沒有足夠的利益縛住他們，早晚有反水的一天。你們兩個都留心注意著些，一有什麼異常就立刻告訴我。」對於毛氏兄弟，有的只是利用，毫無信任可言。她如是，毛氏兄弟亦如是。

不管怎樣，在將毛氏兄弟收為己用之後，凌若在別院中的日子漸漸好轉起來，吃的也不再是冷硬的乾飯。毛氏兄弟每次都殷勤地將熱飯熱菜送上，不過他們的手藝凌若幾人實在不敢恭維，到後面墨玉乾脆自己上手做菜。以前在府裡時，她曾跟廚房的大廚偷了幾手，一頓飯做得極有水準，連毛氏兄弟亦讚不絕口，說跟酒樓裡有得一拚。

吃過好的，自不願再回去吃差的，所以自那以後，除了早上他們會去買些包子什麼的回來之外，其餘二餐皆由墨玉負責，他們頂多打打下手。墨玉起初極不待見他們，不過處得久了，倒也願意多看幾眼、說說話。

日子在波瀾不驚中漸漸逝去，在孩子滿月那天，凌若特意讓毛氏兄弟買來香燭紙錢燒給自己夭折的孩兒。在煙氣繚繞中，她將眼中的怨恨鋒芒一點點收起，只是靜靜地將其放在心裡，磨礪成一把鋒銳寒利的長劍，待來日刺向每一個曾負過她的人。

康熙四十六年的正月初一，是一個極晴朗的日子，李衛一大早就起來燒水，院中扔著毛大數日前從集市裡買來的雞和魚。雖說今時不同往日，但怎麼著也是大年初一，得吃頓好的。

待水燒開後，就與毛氏兄弟一起宰雞殺魚，忙得熱火朝天，倒也熱鬧。凌若沒去湊那熱鬧，在一旁看著他們忙活。

思緒慢慢飄起，不知怎的竟是想到胤禛身上。他如今該在進宮的路上，去給皇上與德妃請安。

她本該恨極了他，可是日子久了，恨與愛漸漸糾纏在一起，連她自己也分不清，對胤禛到底是恨多一些還是愛多一些……

她正想得入神，忽地聽到榮祥的聲音，果然一回頭看到他又趴在牆上衝自己齜牙咧嘴地笑著。這些日子榮祥常爬牆進來，毛氏兄弟也知道，不過他們受了凌若的好處，而榮祥這小子又機靈，常帶一些不錯的東西給他們，所以只要不太過分，也就睜一隻眼、閉一隻眼了，甚至還在牆下放一張舊桌子方便榮祥跳下來。

榮祥背著一個大包袱俐落地從牆上跳下來，先朝眾人一一施禮作揖道：「鈕祜祿榮祥給諸位拜年，謝謝諸位在這些日子裡照顧我姊姊，祝諸位在來年裡身體安泰，事事順心！」

正在褪雞毛的毛大在衣上擦了擦手，起來笑道：「你小子說話倒是中聽，怎麼著，我們是不是還得給你紅包？」

「如果有的話自然最好！」榮祥笑嘻嘻地伸出手去。他跟誰都混得熟，哪怕是毛氏兄弟這樣的市井之徒也一樣。

「想得倒挺美！」毛大朝著他的後腦杓就是一下，不過還是從袖中取出一封封好的紅包遞給他。毛二也給了。

緊跟著李衛、墨玉皆遞上紅包，分別是一把小巧的銀鑲琺瑯匕首和一塊辟邪的玉珮。顯然他們早就料到榮祥今天會過來，所以特意準備好，這也是他們為數不多的隨身之物。

與毛氏兄弟的應景以及帶點兒討好不同，李衛與墨玉皆是將榮祥當成親弟弟般看待；雖同胎而生，但榮祥遠比伊蘭更像凌若，也更易相處。

榮祥小孩子心性，一拿到紅包就立刻拆開，待見毛大與毛二的紅包裡都只有幾錢碎銀子時，開玩笑地說了聲好少。

毛二聞言立時嚷嚷開了：「你就知足吧，好歹有紅包，我和大哥可是什麼都沒有。」

榮祥嘻嘻一笑也不接話，只是走到凌若身邊道：「姊姊，別人紅包都給了，只剩下妳這個親姊姊了，莫不是沒有吧？」

面對這個弟弟時，凌若神色極是溫柔，撫著他的頭道：「你都替姊姊謝了那麼多人，這個紅包自然省不得，而且每一個人都有。」

在取出紅包遞給榮祥後，凌若又將剩餘的紅包一一分給李衛幾人。「我們也有？」毛大原本有些羨慕地看著他們拿紅包，待發現凌若走到自己面前，且將紅包遞過來的時候，頓時愣了一下。

「說了都有，又怎麼會厚此薄彼少了你們呢？何況這些日子也沒少得你們幫襯，只是裡面沒有銀子，是我自己拿彩繩編的如意穗子，希望你們莫嫌棄。」凌若微笑著道。

毛大與毛二一臉複雜地接過紅包，他們都快想不起有多少年沒收到過紅包了。只知道六歲那年，父母雙雙過世，他們被一群覬覦家中田產的親戚趕出家門流落街頭後，就再沒人給他們發過紅包了，不料現在竟從一個比他們小許多的女子手上收到。

第一百五十四章　康熙四十七年

見兩人收下紅包，榮祥忽地拉了拉凌若的袖子小聲道：「姊姊，阿瑪和額娘也來了，盼著能見妳一面。妳看能不能讓他們兩個通融一下，讓阿瑪、額娘入府一道過年？」

當凌若拿這話問毛氏兄弟的時候，他們顯得很為難。凌若心中也清楚，他們畢竟不是李衛和墨玉那樣能夠性命相託的人，彼此不過是為了利益而已，怎肯冒險放凌柱夫婦入別院，誰也不能保證此處沒有來自雍郡王府的眼線。

不過毛氏兄弟也沒有把話說絕，在思索片刻後，毛大心生一計，對凌若道：「奴才雖不敢讓老爺、夫人入府，但可以讓主子隔門與他們相見。」

依著毛大的話，凌若站在開了一條門縫的大門後，與假意路過此處的凌柱夫婦隔門相望。富察氏看到門內的凌若，眼泛淚光，幾次要衝過去都被凌柱緊緊拉住，讓她冷靜，千萬不要害了女兒；其實他自己亦是激動萬分。

他們就這麼緩緩從別院門口走過，一步三回頭，直至遠到再也看不到別院才抹淚相互攙扶著離去。

別院內，凌若早已是淚流滿面，低聲泣道：「阿瑪……額娘……都是女兒不孝，讓你們二老一再擔心，女兒對不起你們！」只是這匆匆一面，她就已經發現阿瑪、額娘的面容蒼老許多，必是因為憂心她的事。

「主子別太難過了，奴才相信您和老爺、夫人一定會有團圓的一日，何況現在二少爺不是正陪著您嗎？」李衛輕聲安慰著凌若，待凌若心情平復些後，扶她至一邊坐下，又沏了杯茶讓她捧著暖暖手，笑道：「今兒個可是大年初一，哪怕再有不開心的事也得暫時放到一邊，開開心心過好這個年。」

凌若點點頭，在拭去眼角的晶瑩後，看向榮祥道：「伊蘭呢，為什麼沒看到她？」她倒沒問榮祿。因為曉得大哥在外地任職，山高路遠，來回極不方便，原本去年任滿可以回京述職，但朝廷又留他再任一屆，得期滿了才會回來。

「別提了。」一說起這個，榮祥嘆了口氣。「那天她哭哭啼啼地回來，說姊姊打她，還害她被雍郡王府的人趕出來，失了面子，說再也不要理姊姊了。阿瑪、額娘怎麼勸都沒用，今兒個一早她窩在屋裡說什麼也不肯來。」

對於這個妹妹，凌若始終有些愧疚，便道：「罷了，等她長大一些自然會明白我的苦衷。」頓一頓，她忽地皺了蛾眉，不甚確定地道：「適才我除了看到額娘他們之外，似乎遠處隱隱還有一個人也在看著我，只是隔得太遠瞧不真切。榮祥，你知道是誰嗎？」

榮祥目光一閃，把玩著李衛送的銀鑲珐瑯匕首，略有些不自在地道：「哪有什麼人，定是姊姊妳看岔了，那就是個不相干的路人。」

「是嗎？」凌若懷疑地看著他。自小到大，榮祥只要一撒謊就不敢看自己，分明是有事瞞著自己。那人絕對與自己相識，究竟是誰？除了阿瑪、額娘外，還有誰會特意來看自己？絕對不會是大哥，否則榮祥還不一早告訴自己，莫非……她心中一動，試探道：「可是容遠？」

「妳怎麼知道？」榮祥到底是小孩子，沉不住氣，脫口而出，儘管隨後緊緊捂住嘴巴，但為時已晚。

「他既然來了，為何要避而不見，也不讓我知道？」

榮祥放下捂嘴的手，看著她低低道：「其實容遠哥哥每一次都有陪我們過來，只是他不肯讓我告訴妳，說怕妳心裡難受。何況……這裡不是還有外人嗎？」最後那句話榮祥說得極輕，眼睛瞟過不遠處的毛氏兄弟。

當愛太過深重時，就會化成一種束縛。容遠明白這個道理，更明白他與凌若身分的區別，即便今時凌若已被廢為庶人，依然難改其曾為皇家人的身分；不論現在、不論將來，都不可能與他有所交集，否則只會害人害己。

當今康熙皇帝英明神武，又有容人之度，可以不追究他與凌若的過往；但胤禛不同，這是一個疑心極重的皇子，如果被人發現自己與凌若的關係，將之拿到胤禛面前作文章的話，必會引動他深藏的疑心，化為焚盡一切的滔天怒火！

毛氏兄弟，始終不是真正可以相信的人。

容遠知道凌若一直對自己心懷愧疚，過多的相見只會加深那分內疚，所以他選擇在遠處默默相守。

不求回報，不計得失，只願她一生安好……

凌若默默聽完他的話，自屋中取出一個如意穗子遞給榮祥。「替我交給他，希望能保他平安如意。」

「姊姊！」榮祥接過穗子忽地用力抱住凌若，難過地道：「如果妳當初是嫁給容遠哥哥就好了，他一定會好好待妳。不像那個四阿哥，聽信別人的讒言，廢黜了姊姊不說，還發落到這種地方來受苦，我恨死他了！」

凌若撫著他的頭，看著天邊的浮光緩聲道：「這是姊姊的命，命中註定要走這條路……」

歲月靜默，於無聲無息中逝去。世人自出生那一刻便開始在漸逝的歲月中老去，最終走向死亡。這在短短幾十年中是碌碌一生還是有所為，那就不得而知了。

康熙四十七年，是凌若在西郊別院度過的第二個年頭，也是這一年，朝堂上風雲變幻，發生了諸多大事。

正月，重修南嶽廟成，御製碑文。

文。

四月，捕獲明崇禎帝後裔朱三太子及其子，斬於市。重修北鎮廟成，御製碑

六月，駐蹕熱河。《清文鑑》成，上親製序文。

七月，《平定朔漠方略》成，上製序文。

九月，康熙召集廷臣於行宮，宣布皇太子胤礽罪狀，命拘執之，送京幽禁。還京後，廢胤礽皇太子位，頒示天下。

十月，儲位空虛，眾臣上奏保八阿哥胤禩為皇太子。康熙召議政大臣會議，議皇八子胤禩謀求儲位罪，削其廉郡王爵，與之一道被困禁的還有胤祥與另幾位皇子。

十一月，皇三子胤祉告皇長子胤禔咒魘廢太子，削其直郡王爵，幽之。副都御史勞之辨奏保廢太子，奪職杖之。同月，康熙召廷臣議建儲之事，阿靈阿、鄂倫岱、王鴻緒及諸大臣以皇八子胤禩為請，康熙不允，並言胤禩為辛者庫賤婢所出，無資格立為儲君。廢太子胤礽被釋，復胤禩廉郡王位。

第一百五十五章 風起雲動

凌若一邊抄著佛經一邊聽著毛大打聽來的最新消息，這些年她雖然被幽禁在別院中，但一直讓毛氏兄弟留心朝堂上的事。他們這些市井之徒儘管接觸不到什麼當官的，但還是有些門路能探聽到；何況廢太子可是大事，外頭早已傳得沸沸揚揚，成了飯後閒聊的最大話題。最有可能的八阿哥已經被否決了，且康熙還當眾宣布他為辛者庫賤婢所生，不配為皇儲，那麼康熙究竟會立誰為太子就成了最大的疑團。莫說民間，縱是朝堂上亦是猜測紛紜，不過經過胤禩那回事後，眾大臣為著自己前程著想，可不敢再隨意上奏保哪個阿哥為皇儲了。

「你說四阿哥也曾上奏過？知道他保的是誰嗎？」在抄完《心經》最後一句後，凌若停下筆問。

「聽說是廢太子。」毛大小心地瞄了她一眼道：「不過奴才也是道聽塗說，不知有幾分真。」

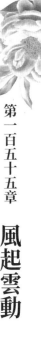

這幾年，凌若之前給的那近千兩的首飾早就被他們變賣成銀子花光了，但是在面對這個看似嬌弱無力的女子時，始終難以興起反抗之意，而且這種感覺隨著日子的推移越來越明顯，以至於他們現在心甘情願為她辦事。自然，往後的榮華也是主要原因之一，沒人會希望一輩子庸碌無為，總盼著能有出人頭地之日。

「替我放個話出去。」凌若低頭挑去筆尖的斷毛，此刻她已經用不起昂貴的狼毫筆，這不過是幾文錢一枝的雜毛筆罷了。

「主子請吩咐。」毛大連忙躬身道。

「就說……」她翻過另一頁，笑意在唇畔無聲蔓延。「皇上之所以不肯立八阿哥為太子，皆因四阿哥挑撥之故。」

這話說出來，莫說毛大悚然一驚，就是在一旁磨墨的李衛亦是手抖了一下，濺了幾滴濃黑的墨汁在桌上，他趕緊拿溼布擦去。

毛大遲疑著道：「這話會有人信嗎？而且奴才所識的皆是市井之人，即便傳出去也不過是在市井中流傳，能有用嗎？」

凌若微微一笑，低頭在冊上抄下一個個娟秀整齊的字。「傳的人多了，自然會信以為真，其後替我傳到該聽的人耳中。」

毛大聞言不再多說，施一禮就要離去，忽聽得凌若又道：「你能否設法讓墨玉悄悄出別院一趟？」

此話若是換了之前，毛大自是不會答應；但眼下情況已經不同，這兩年來他們兄弟與凌若可說是綁在一條船上，想再反水已經不可能。

在這段期間，雍郡王府的人曾暗中來過數次，得知凌若一直沒瘋頗有些不耐，催促他們趕緊辦成此事。

毛大在斟酌了一番後道：「那奴才去安排一下。不知墨玉姑娘是要去哪裡？」其實在雍郡王府所下的命令中，囚禁的是凌若，並不關墨玉與李衛的事，是他們自願留在此處，所以放她出去不算違令。

「宗人府。」

這三個字把毛大嚇得不輕，他能安排墨玉出去卻安排不了墨玉進宗人府，這事實在有些強人所難了。

見他杵在那裡一臉為難，凌若哪有不曉得的理。「放心，宗人府那邊我會另外找人安排，你只管送她出去即可。」

毛大暗中鬆了口氣，答應一聲轉身離去。在門開的一瞬間有冷風呼呼灌進來，吹得李衛一陣發涼，他看了看凌若，欲言又止。

「想問什麼就問吧。」凌若頭也不抬地道。

此刻天色漸晚，李衛在點上一支蠟燭後小心地問：「奴才不太明白主子為何要讓毛大去造謠中傷四阿哥。當年的事固然是四阿哥對不起主子，可是四阿哥若出了事，對主子怕也是不利。」

面對他委婉的勸言，凌若默然一笑，擱筆攏一攏適才被冷風吹散的鬢髮道：

「你以為我要對付他？」

「難道奴才猜錯了？」見她伸手，李衛忙過去扶她起來。

凌若起身走到窗前，糊在窗格上的是出自高麗國的窗紙，堅韌耐磨，極為好用；只是再好的東西在無情的歲月面前都不堪一擊，多年下來，早已破爛不堪，若非在外面又糊了好幾層舊紙，那冷風老早從外面灌進來。饒是如此，依然能感覺到絲絲冷意。

「我讓毛大傳那些話，不只不是要害他，恰恰相反，是要助他！」

在李衛疑惑的目光中，她將窗紙仔細地塞回窗縫中，徐徐道：「人生七十古來稀。當今皇上已經五十有四，不再是春秋鼎盛。說句不敬的話，現在那麼多阿哥都盯著皇上的那個位置瞧著，皇儲啊，天下至高無上寶座的繼承人，哪個能不心動？正因為如此，大阿哥、八阿哥他們才會在太子被廢後迫不及待地謀奪太子之位。」

說到此處，她忽而一笑，打量著自己不慎磨花的指甲道：「我與四爺夫妻幾年，看得出四爺有能耐亦有才幹，卻因一直將自己當成太子黨而缺了爭儲之心。毛大說市井流傳四爺保廢太子復立，依我看並非無稽之談，至少有六、七成可信。」

聽到這裡，李衛渾身一個激靈，突然明白了凌若的意思，駭然道：「主子是想……」

「還記得我說過為什麼會被廢黜到雍郡王府為格格嗎？」凌若依舊在笑，只是眸中多了幾分冷意，尖長的指甲在窗櫺上劃過，留下一道淺淺的印子。「靜貴人的照拂，我一直銘記在心，未有一刻忘記！」

榮貴妃曾告訴她，要對付石秋瓷，唯有等到皇權更替，靜貴人變成靜太妃的那一天；前提就是登基的那人必須是胤禛，只有這樣，她才可能入主後宮，擁有與石秋瓷對決的資本。

「四爺是可成大事之人，既然他沒有爭儲之心，那麼我就推他一把。」她彈一彈帶了些許木屑的指甲道：「四爺心裡一直愛重八福晉，這件事我知道，八福晉同樣知道；如果那些話傳到八福晉耳中，你猜她會怎麼想？」

李衛稍稍一想便道：「八福晉定會信以為真，認為四爺因愛生妒，陷害八阿哥。」

「不錯，很多時候，謊言與否並不重要，重要的是有人相信。」頓一頓，她又道：「待會兒告訴毛二，讓他找人暗中盯著雍郡王府。且瞧著吧，只要這話傳到八福晉耳中，她一定會去質問四爺。」

到這一刻，李衛已經完全明白了凌若的用意。納蘭湄兒嫁給八阿哥胤禩一直是胤禛心裡一根刺，雖嘴上不說，但從未拔除過；如果這個時候納蘭湄兒不問青紅皂白，為了胤禩而去質問胤禛，必然會對胤禛造成一個極大的刺激，說不定可以藉此激起他的逐鹿天下之心。

即使身陷囹圄，亦可一言令風起，一言令雲動。這一刻，鈕祜祿凌若開始真正成為掌棋人！

第一百五十六章　宗人府

如今的別院已不再是原先那種斷垣殘壁的模樣，雖然還很破敗，但在毛氏兄弟他們幫忙修繕下，能住人的屋子已經不只兩間。凌若將一本心經都抄完後，方才揉了揉有些痠疼的手腕回到睡覺的屋中。只見墨玉正盯著油燈發呆，不知想些什麼，連她進來也不曾發現，手上則拿著一雙納到一半的黑靴子。

凌若自然曉得她這副魂不守舍的樣子因何而來，輕嘆一口氣在她身邊坐下道：「又在想十三爺了？」

墨玉驀然驚醒，手忙腳亂地就要將那雙靴子藏起來，卻被凌若阻止。「妳這丫頭，在我面前還要躲躲藏藏的嗎？」

墨玉低頭絞著手指，嘴硬道：「哪有什麼好躲藏的，奴婢就是閒來沒事納著玩罷了。」說到這裡，她忙又站起來道：「主子累了吧，奴婢服侍您歇息。」

「不急。」凌若拉著她坐下，心疼地道：「妳這丫頭明明心裡擔憂得緊，為何不說出來？」

沉默了一會兒，方聽得墨玉喃喃似自語的聲音：「說出來又能如何，奴婢又不可能去見他，再說奴婢也不想主子擔心。」

「傻丫頭，妳以為不說我就不擔心了嗎？」她揉著墨玉用紅絲繩綁起的長髮道：「妳啊，明明去年契約就滿了，偏還執意留在這裡。我也不知道什麼時候才能脫困，妳這樣陪著我豈不是耽誤了自己嗎？算起來妳只比我小了幾個月而已，都已經十九了，再不找人嫁可真成老姑娘，沒人要了。」

墨玉蹲下身趴在她的膝上。「那正好，奴婢可以一輩子陪在主子身邊。」

「真是個傻丫頭。」長燈在牆上投下兩人的影子。「我已經跟毛大說過了，讓他設法安排妳出府去見一見胤祥。」

「十三爺？」墨玉先是一驚，旋即帶了掩不住的喜色，緊緊抓著凌若的衣角道：「奴婢真的可以去見十三爺嗎？」

「我什麼時候騙過妳。」凌若將墨玉扶起，拍著她沾在衣上的灰塵道：「不見他一面，妳是難以心安了，等毛大安排好了妳就去吧。宗人府那邊我會找人幫妳疏通，把要帶的東西都帶上，別落了什麼。」

「多謝主子。」聽到凌若肯定的話語，墨玉歡喜得直掉淚。

數日後的一個深夜，墨玉在毛大的安排下悄悄出了別院，坐上等在拐角處的馬車直奔宗人府而去。因為凌柱事先打點過，所以墨玉沒費什麼勁就見了圈禁在其中一間小屋的胤祥。

胤祥沒有睡覺，而是坐在椅中發呆。從被關起來到現在已經快一個月了，也不知什麼時候才能出去。

聽到有人開門進來，他不由得愣了一下。這麼晚誰會來看自己？藉著屋內微弱的燭光，胤祥瞇眼看著朝自己走來的那個人，待得看清時，他頓時從椅中跳了起來，瞪大眼怪叫：「小墨玉！」

「噓！」墨玉生怕他的大嗓門驚動別人，連忙示意禁聲。她來這裡的事是萬萬不能洩漏出去的，否則勢必會連累到主子。

胤祥亦回過神來，快步將開了半扇的窗關嚴後，方才壓低聲道：「妳不是與小嫂子一道被關禁在西郊別院嗎？怎麼到這裡來了？」說到此處，他又露出些許喜色。「莫不是小嫂子被接回來了？」

凌若推佟佳氏下水，並生下死嬰被胤禛廢黜囚禁別院一事，胤祥還是在一次去雍郡王府，找不到凌若時才從下人口中得知的。為了此事，有生以來他第一次與胤禛大吵一架，堅決認為凌若不會推佟佳氏下水，其中必有誤會；無奈胤禛根本不聽他說，也不許他去看凌若，結果弄得兩兄弟不歡而散。

「沒有，主子依舊被禁錮在別院，奴婢是偷偷溜出來的。」墨玉一邊回答一邊打量著胤祥，見他雖然形容憔悴，但精神尚好，懸了許久的心總算是放下大半。

胤祥一臉怪異地看著她。「妳沒事溜出來做什麼，還跑到宗人府來？」

這話問得墨玉粉面漲紅，不知該如何回答才好。總不能說是自己擔心記掛於他，所以才跑來的吧，這也太羞人了。

正自窘迫之際，胤祥忽而露出恍然大悟的表情。「我明白了，一定是小嫂子知我被囚在宗人府，放心不下，所以讓妳溜出來看我。想不到小嫂子自己身陷囹圄還這般關心我。」

瞧著胤祥那一臉感動的模樣，墨玉哭笑不得，不過好歹是化解了自己的窘境，就由得他去誤會吧。如此想著，她從隨身小包袱中取出連夜趕製的冬靴道：「這是奴……呃，主子讓奴婢做給十三爺的，您試試合不合腳。」

胤祥依言將新靴子穿在腳上，起來走了幾步，連連點頭道：「不錯，大小正合適，底也很舒服，想不到小墨玉妳的手還挺巧的。」

他綁在髮尾的杏色帶子本就有些鬆，如今再這麼一走動頓時掉了下來。在替他撿起後，墨玉目光一動，含了幾分繾綣的情意輕聲道：「十三爺，奴婢替您梳頭好不好？」

胤祥點頭在椅中坐下，墨玉執了一柄桃木梳慢慢替他梳著頭髮，梳齒劃過頭皮帶來酥麻的輕癢。胤祥舒服地閉了眼睛問：「小墨玉，我記得妳和小嫂子是同一年生的是嗎？」

「嗯。」墨玉的手勢很輕柔，仔細將他凌亂的頭髮一點點梳齊。

「那也就是十九了。」他摩挲著冒著青色鬍碴的下巴，皺眉道：「這年紀妳可得抓緊一些了。」

「抓緊什麼？」墨玉好奇地問，手指在髮間靈巧地穿梭著。

「抓緊找人嫁了啊，不然等將來成了老姑娘，可就沒人要了。難不成妳還想一個人過一輩子啊。」胤祥沒有注意到墨玉漸漸有些不對的臉色，自顧自說道：「不過妳現在這情況，想找人也不容易。呃，我瞧著和你們一道在別院的李衛挺不錯的，頭腦機靈又有些學問，不如就他吧。」他正說得起勁，頭髮突然被人大力扯了一下，疼得他「哎呀」一聲：「妳做什麼！」

第一百五十七章 質問

「我說小墨玉，妳想謀殺爺嗎？」胤祥痛得直咧嘴。

墨玉也不理會他，黑著一張臉用力將杏色帶子綁好後，氣呼呼地道：「十三爺有那空，倒不如想想什麼時候能從這裡出去！」說罷轉身就走，根本不給胤祥說話的機會。

待得墨玉走出老遠後，胤祥才回過神來，撫著自己因綁得太緊而有些生疼的頭髮，莫名其妙地說了一句：「這丫頭發的哪門子瘋？剛才還好端端的。」

且說墨玉憋著一肚子氣走出宗人府，待上了馬車才想起自己裹靴子的包袱沒拿，想再回去，發現原先接應她的那人不知去了哪裡。她又不敢大聲叫門，所幸裡面沒什麼東西，只是一個空包袱，落了也就算了。

如此想著，墨玉示意車夫動身。隨著馬車的顛簸，她心裡那股氣漸漸消了下去，轉而化為深深的無奈。其實她不應該怪胤祥的，胤祥是一片好意替自己著想，是自己執意不肯讓他知道心中早已有了人，而這個人就是他。

唉，適才她真不應該這麼衝動地一走了之，還有好些話憋在心裡沒講呢……

墨玉托著下巴在車廂裡咳聲嘆氣地後悔，不想馬車一個急停，令毫無防備的她立時往前栽去，虧得及時扶住旁邊的木檔才沒有一頭磕在地上。還沒等她問車夫出了什麼事，外頭已經響起傲慢的喝斥聲——

「哎！怎麼駕馬車的，居然敢衝撞廉郡王府的馬車，活得不耐煩了嗎？」

駕車的是個老實巴交的車夫，聽得「廉郡王府」四個字，嚇得魂都沒了，囁嚅著不知該怎麼是好；而那四個字也令原本想要掀開簾子的墨玉如遭雷擊，趕緊收回手，躲在馬車中不敢出聲。十三爺大婚那日，自己曾隨主子去過十三貝子府，如果馬車中的人是八阿哥或者八福晉，說不定會認出自己來。

「阿成。」

那輛朱帷金頂的馬車中傳出一個極為好聽的聲音，墨玉認得，那是八福晉的聲音。

被稱為阿成的車夫聽得這個聲音，連忙收起臉上的傲慢之色，畢恭畢敬地對著坐在車內的人道：「福晉有何吩咐？」

車簾被微微掀起一角，露出小半張清麗的臉龐。「想來他們也不是故意的，何況我也沒什麼事，算了吧。」

「嘛！」阿成答應一聲，回過頭對恐慌不安的車夫道：「我家福晉發話了，這次就饒過你，往後長眼些。」

馬蹄聲在車夫的千恩萬謝中遠去，墨玉悄悄掀開車簾，果然發現那輛遠去的馬車上掛著印有「廉」字的燈籠，只是……那位八福晉這麼晚是要去哪裡？這個方向……墨玉腦中靈光一現，忽地想起昨日裡李衛說起的話。她想起，雍郡王府就在八福晉此刻所去的那條路上……

難道事情真如主子所料？想到這裡，墨玉心裡頓時一陣欣喜，催促著車夫快些走，她要趕緊將這件事告訴主子才行。

納蘭湄兒在阿成的攙扶下在雍郡王府門口下車，那張嬌豔如花的臉龐上滿是凝重之色。

門房忙不迭請納蘭湄兒進去，自己則跑去通知胤禛。

彼時胤禛已在佟佳氏房中歇下，聽得納蘭湄兒四個字猛地坐了起來，倒把睡在旁邊的佟佳氏嚇了一大跳，問其怎麼了？

「你說八福晉來了？」胤禛的聲音有難以抑制的顫抖。湄兒嫁予胤禩這麼多年，尚是頭一次來尋他。

待得門房確認後，他顧不得理會佟佳氏，逕自起身穿衣匆匆離去。在他身後，是臉色一片陰霾的佟佳氏。此刻的她已經貴為側福晉，以一介官女子之身連越格格、庶福晉兩級被立為側福晉，許以與年氏並列的榮耀，實在難得，倒有些像第二個德妃。

數年來，胤禛一直對她恩寵有加，從未像此刻這麼不在意，究竟那個納蘭湄兒是何方神聖，值得胤禛這般重視？

帶著這個想法，她喚過侍女替自己更衣，悄悄尾隨胤禛來到了正堂外頭。府中但凡有貴客，必在此處相待以示鄭重。

且說胤禛強按捺了激動的心情趕到正堂，果然見到納蘭湄兒等在那裡，素來冷凝的目光在這一刻化成足以令府中所有女子為之瘋狂嫉妒的繞指柔。

「湄……」他下意識地要沿用以前的稱呼，待要出口時才記起彼此之間已不復往昔，只得苦澀地改口喚了聲「弟妹」。

「四哥。」納蘭湄兒起身朝他欠一欠身，神色漠然，與胤禛的激動恰成對比。

「無妨。」這樣的生疏令胤禛黯然。「弟妹怎得深夜過來，可是有要事？」

「突然叨擾，還請四哥見諒。」

納蘭湄兒睨了環繞在身周的下人一眼。胤禛會意，命他們都退下，連狗兒也不曾留下。待屋中只剩下他們兩人時，胤禛道：「好了，弟妹有事儘管說吧。」

納蘭湄兒起身，深深地看著胤禛，神色複雜地道：「四哥，我嫁給胤禩是否一直讓你耿耿於懷，記恨胤禩？」

胤禛不意她會問起這個，不由得一怔，良久才道：「為何這麼說？」

他的愕然看在她眼中卻成了心虛，亦令她越發肯定了自己的猜想，看向胤禛的眸光多了幾分失望。「我真沒想到，原來四哥是這麼一個心胸狹窄的人。這麼些年，我還以為四哥早已放下——」

胤禛越聽越糊塗，忙打斷她的話。「弟妹妳在說什麼，我怎麼一句也聽不懂。」

「你不用再否認。」納蘭涓兒冷然道：「外面早已傳得沸沸揚揚，群臣上奏保胤禩為儲君，是你在皇阿瑪面前挑撥是非，令皇阿瑪厭棄胤禩，不只駁回眾大臣的上奏，還當眾斥胤禩出身低賤，不配為儲君，讓他從此再無被立為皇儲的可能。四哥，你好狠的心啊！」說到後面，納蘭涓兒已是一臉激動。若非為著此事，她又怎會漏夜踏足雍郡王府。

她的話令胤禛覺得荒謬無比。不錯，皇阿瑪讓眾臣商議皇儲一事時，他確實不曾保胤禩，但也沒保過別人，那摺子還在他書房中沒呈上去；但他何曾在皇阿瑪面前說過一星半點關於胤禩的壞話，甚至於皇阿瑪要廢胤禩廉郡王封號的時候，他還曾勸過。

第一百五十八章

心之所恨

「我不知道這個謠言是誰所造，但我可以對天發誓絕不曾做過此事。」說到這裡，胤禛長吸一口氣，澀聲道：「自皇阿瑪將妳接到宮中撫養開始，一直都是我在照顧妳、保護妳，努力不讓妳受一點兒委屈。妳若有什麼不開心，我都會想盡辦法哄妳開心，可是妳卻告訴我妳對我僅有兄妹之情，並無男女之愛，妳真正喜歡的人是只見過幾次但溫文爾雅的胤禩。湄兒，妳可知聽到這句話時我的心有多痛？」

「所以你就藉機報復？」納蘭湄兒並未因他的話有所動容，反而一臉氣憤。

這句話似乎觸怒了胤禛，驟然起身大聲質問：「納蘭湄兒，在妳眼中我就是一個連親兄弟都可以拿來陷害出賣的卑鄙之徒嗎？」

「以前不是，但是現在……四哥已不再是我所認識的那個四哥。」

納蘭湄兒的這句話讓胤禛心寒不已，雙手在身側緊緊握起，用力得連指節亦泛起了青白之色。十餘年的相處竟敵不過一個不知從何處來的謠言，真是可笑！

良久，他忽地冷笑起來，毫不留情地道：「那麼胤禩呢，妳就真正了解他嗎？八賢王？呵呵，天底下哪有真正完美無缺的人，那不過是他為爭皇儲而呈現給世人的一張假面具罷了！」

「住嘴！」納蘭湄兒怒道：「不許你汙辱胤禩！胤禩心繫黎民百姓，一心一意只盼能替百姓做些事，何曾有過爭儲奪位之心。百官上奏保胤禩為儲君，那是因為在他們看來，沒有人比胤禩更合適。」說到此處，她又尖銳地指責道：「四哥會這樣想，只怕根本就是四哥自己存了爭儲之心！只可惜四哥天性刻薄寡恩、喜怒無常，連兄弟亦不肯善待，皇阿瑪怎可能將皇位傳給你，始終只是四哥的痴心妄想罷了。」

渾身冰涼的胤禛聽到最後突然很想笑，只是這笑意怎麼也穿不過壓抑在喉嚨的哽咽。良久，他伸手一指緊閉的房門道：「如果妳來這裡只是為了說這些的話，那麼可以走了！」

「我自然會走！」隨著這話，納蘭湄兒從腕間褪下一個鮮紅欲滴的紅翡鐲子放在桌上，不帶一絲感情地道：「這是大婚那日，四哥送的賀禮，現在還你。我與四哥的情誼到此為止！」

在她走後，胤禛狠狠將那只極為名貴的紅翡鐲子摜在地上；在玉鐲斷裂的同時，他低吼著一拳接一拳狠狠砸在牆上，藉此發洩心中的痛與恨，直至雙手指節血肉模糊時方才停下。低頭，一滴晶亮的液體滴落在血水中……

湄兒，妳怎麼可以這樣待我！怎麼可以！

他好恨，若非胤禩，湄兒不會離他而去；若非胤禩，湄兒不會誤解他……

「胤禩！」胤禛冷冷從牙縫中擠出這兩個字，眼中有深切的恨意。

湄兒，妳不是說我有爭儲之心嗎？那麼我便爭給妳看，我要將胤禩最在乎的東西統統奪過來，讓他一無所有！

就在納蘭湄兒踏出正堂時，躲在暗處的佟佳氏終於看清這位八福晉的面容。下一刻，她聽到自己抽涼氣的聲音。

好像，她好像自己……這個念頭僅僅維持了片刻便被她自己否決了。不，不是她像自己，而是自己像她。

終於明白自己身上遠超他人的恩寵因何而來……

府中那些風言風雨並非空穴來風，而是確有其事，胤禛他竟然喜歡八福晉！

然佟佳氏心中並沒有太多的不甘與憤怒。替身而已，只要能讓她擺脫卑賤身分，成為人上人，縱是替身又如何！何況八福晉的身分註定胤禛不可能得到她，既如此，那麼自己便是唯一能安慰胤禛的人。

得不到的永遠是最好的，只要胤禛心中一日有八福晉，那麼自己在雍郡王府的地位就一日穩如泰山。

想到這裡，佟佳氏的嘴角不由得攀上一縷笑意。真情假意並不重要，榮華富貴才是真正能掌握在手上的幸福……

在深寒的夜風中，胤禛猶如牽線木偶一般，僵硬地踏出正堂，木然地不知要去哪裡。狗兒不敢問，只是默默跟在他身後。

許久，胤禛終於在一處院子前停下腳步，抬頭，「淨思居」三個刺目的大字映入眼簾，令他一下子清醒過來。自康熙四十五鈕祜祿氏被廢黜後，自己就再也沒來過此處，怎麼今日會走到這裡來？那個女人他不是早就忘記了嗎？

欲走，可是腳卻不聽他的指揮，不只沒有離去，反而一步步踏了進去。

淨思居早已不復昔日的盛況。自凌若被廢後，這裡近乎封院，只有幾個下人看守。除了少有的幾人之外，旁人即使路過也是繞得遠遠的，唯恐染上這裡的晦氣。

如今留在淨思居的便是以前服侍凌若的那些人，儘管她離去已經有兩年多，但他們依舊日日將淨思居打掃得不染一塵，甚至裡面的擺設也沒變動過，彷彿凌若還住在裡頭，只是有事出去了。

小路子至今仍留著守夜的習慣，是以一聽到腳步聲立刻匆匆奔了過來，待看到是胤禛時，愕然不已，連忙磕頭請安。

胤禛沒有理會他，逕自走進去，從正堂一直到凌若居住的後堂。陳設一絲未動，桌上甚至還放著幾件做到一半的小衣，恍然間令胤禛生出一種尚在康熙四十五年間的錯覺。

在拿起一件小衣時，他發現小衣下面還有一方灰色的帕子。帕子沒有什麼花紋，只在周圍挑了一圈不斷紋的福字，再餘幾個福字便可繡完。當是凌若打算繡好後送給他的，不想中途出了那麼大的事，再沒機會將之繡完。

見胤禛目不轉睛地盯著那方帕子，狗兒連忙拿起來遞到他面前，輕聲道：「其實凌福……鈕祜祿氏待四爺一直是極有心的。那回之所以對四爺不敬，也是因為痛失愛女之故，這些年幽居別院，想必鈕祜祿氏心中十分後悔。」

胤禛目光在帕子上一掃而過，落在狗兒臉上時，已是一片陰霾之色。「你是在替鈕祜祿氏求情嗎？」

第一百五十九章　念

狗兒聞言慌忙跪下，連稱不敢。胤禛冷眼瞧著惶恐不安的狗兒，聲音冷凝如冰：「鈕祜祿氏居心不善，蓄意謀害梨落，罪無可恕，我禁她於別院已是從輕發落。」

狗兒小心地覷了臉色陰沉的胤禛一眼。他知道這位主子喜怒不定，一句不對就會為自己招來殺身之禍；可鈕祜祿氏畢竟救過自己妹妹一命，她被廢黜之後，自己常常心有不安，而妹妹亦在自己面前求過好幾回，讓他尋得機會幫忙說幾句好話。眼下無疑是最好的時機，若錯過了，也許就再也沒有了。

想到這裡，他把心一橫，輕聲道：「四爺，恕奴才說句不該的話，當年佟福晉落水一事是否有什麼誤會。」

見胤禛不說話，狗兒將仔細斟酌許久的言語說了出來：「其實每到冬天，蒹葭池畔就會變得極為溼滑難走，奴才前些日子路過的時候，還滑了一跤險些掉入池子中。所以奴才不禁在想……那次是否是佟福晉自己不小心掉入池水中，而佟福晉因為過於害怕記不清當時的情況，以為是有人在後面推她。」

就在狗兒以為他的話打動胤禛時，頭頂傳來令人遍體生寒的聲音——

「那耳璫呢？你又該如何解釋鈕祜祿氏的耳璫會在梨落手中？」

狗兒跟在胤禛身邊多年，如何聽不出胤禛動了氣，連忙趴在地上不敢說話，果然又聽得他道——

「狗兒，你到我身邊做事，我與你說的第一句話是什麼？」

狗兒戰戰兢兢地道：「主子說：既然做了奴才，就要時時刻刻都謹記忠心二字，萬不可忘。若失了忠心，縱是再小的錯也不輕饒；反之若是無心之錯，縱是再大也不重責！」

他話音剛落，便聽得胤禛冷笑道：「真難為你還記得清楚。既然知道要忠於主子，為何處處替鈕祜祿氏說話，難不成她給了你什麼好處，勾結在一起，讓你冒險替她求情？」

狗兒忙不迭替自己叫屈：「奴才縱有天大的膽也不敢背叛四爺，更不曾收過鈕祜祿氏好處，若有的話，教奴才天打雷劈。何況她現在人在別院，奴才一直跟在四爺身邊，如何能與鈕祜祿氏勾結，求四爺明鑑！」

見胤禛面色有所緩和，他又垂淚道：「至於四爺說奴才替鈕祜祿氏求情，那真是冤枉。她廢黜與否和奴才全然無關係，奴才何必冒著被四爺責罰的危險替她求情討饒。奴才之所以說那樣的話，全是發自肺腑。奴才與鈕祜祿氏雖然接觸不多，但多少見過幾次面，奴才瞧她實在不像是那種會狠心害人性命之人。恰好之前奴才自己又摔了一跤，所以才大膽揣測，求四爺饒恕。」

胤禛冷哼一聲，既不說話也不叫起，直到狗兒跪得雙膝發麻方才聽得頭頂再次傳來喜怒不定的聲音——

「管好你的嘴巴，否則當心連吃飯的傢伙掉了都不知道。起來吧。」

「多謝四爺！」狗兒如蒙大赦，又磕了個頭後方才敢站起來，小心翼翼地垂手站在胤禛身後。剛才這一陣，他感覺自己簡直就像是在鬼門關繞了個圈一般，險些就踏進去了。

唉，凌福晉，不是奴才不幫您，實在是奴才無能為力。

正當狗兒在心中嘆息時，眼角餘光卻瞥見胤禛拿起了那塊未繡完的帕子，猶豫再三後放入袖中走了出去。這令狗兒心底重新燃起一絲希望，也許自己剛才那番話並非一無所用。

胤禛正要踏出淨思居，忽地臉上一涼，抬頭望去，藉著燈光能看到適才還晴朗的夜空開始飄起了細細的雪花，就像是兩年前她早產的那一夜……

是否，事情當真像狗兒說的那樣，一切只是一個誤會？他記得當時質問凌若時，她顯得很傷心、很失望，那神態並不像是裝出來的。

生平第一次，胤禛開始質疑起自己的決定。

適才，在湄兒誤會自己陷害老八的那一刻，他腦中竟然閃過凌若的身影，甚至生出一個荒唐的念頭來：如果是凌若，她一定不會如湄兒那般誤會自己。

正是在那個念頭的驅使下，他才會鬼使神差地來到早已被自己刻意遺忘的淨思居。

「狗兒……」他忽地道，聲音在飄雪中顯得有些迷離。

「奴才在。」狗兒連忙答應，垂首等待胤禛的吩咐。

狗兒等了許久才等到胤禛再次開口。

「明天你去一趟別院，看看鈕祜祿氏在那邊如何，是否有誠心禮佛；再瞧瞧有什麼缺的，你送些過去。」

狗兒心中一喜，忙不迭答應。這是四爺第一次主動提起鈕祜祿氏的名字，只要四爺心裡還有鈕祜祿氏，那麼事情就一定會有轉機。

聽到這句話的不只狗兒，還有跪地相送的小路子。他不是笨人，自然也聽出了其中的涵義，頓時激動得熱淚盈眶，也許他們真的能等到主子回來。

胤禛頓了頓又道：「另外，我記得鈕祜祿氏還有一個妹妹叫伊蘭，以前經常出入府中是嗎？」

「回四爺的話，正是。不過自鈕祜祿氏犯事被廢為庶人幽居別院後，伊蘭小姐就不被允許入府，為著這事，靈汐格格亦問過數回。」狗兒一邊說著一邊接過小路子遞來的油紙傘撐在胤禛頭上，為他遮住飄揚不絕的雪花。

胤禛沉眸，白傘外接住一片雪花，因手心的冰涼使得那點兒晶瑩並未即刻化去。這一刻，他竟無比想念淩若與那早夭的孩兒，想來那一夜她必是傷透了心，所以之後才會那般激動。

「那女孩甚是聰慧可愛，既是靈汐喜歡，那往後還是讓她入府吧。你去淩家通傳一聲。」胤禛在說完這句話後，大步離開淨思居。

翌日，當狗兒出現在正準備打水洗臉的李衛面前時，他簡直不敢相信自己的眼睛。不用問也知道，狗兒會出現在這裡必然是得了胤禛的命令，否則狗兒縱然有天大的膽也不敢私自來此。

其實吃驚的又何止是李衛，還有狗兒。他是頭一次來別院，萬萬沒想到別院竟然是這副模樣。一路走來，幾乎看不到完好無缺的屋子，不是塌了便是漏了，根本住不得人。

第一百六十章 破綻

「娘子就住在這樣的地方？」凌若已經被廢，不能再被稱之為福晉，是以狗兒以娘子稱之，也算尊敬。

李衛這才驚醒過來，苦笑道：「讓狗兒哥見笑了。其實咱們剛來的時候這裡還要更破，當真連落腳的地方也沒有。這兩年一直有在修繕，已經算好了許多，勉強能住人。」他一邊說著一邊放了水盆將狗兒往後院帶。「主子要是知道狗兒哥來了一定很高興，這兩年一直在奴才面前唸叨呢。」

當那幾間小小的平屋出現在狗兒視線裡時，他忍不住一陣搖頭。堂堂王府福晉竟然落魄到住這種地方，唉，實在令人心酸。

在這樣的感嘆中，狗兒見到了樸素無華的凌若，心中一陣激盪，依然像以前一樣拍手跪下打了個千兒，只是改了稱呼：「奴才給娘子請安，娘子吉祥。」

凌若眼圈一紅，連忙扶了他起來道：「我一個庶人如何當得你如此大禮，快快請起。」

狗兒笑一笑道：「即便摘開身分，娘子亦是奴才妹妹的救命恩人，奴才給娘子行禮是理所當然的事，倒是娘子千萬不要與奴才客氣。」

如此說了幾句後，狗兒坐下道：「奴才今日來是奉了四爺的令，來看看娘子在這裡過得如何，若有缺的便讓奴才送些過來。」說到此處，他嘆了口氣道：「原以為娘子在別院裡潛心修佛，無非是限了出入自由罷了，旁的總還過得去。今日一見方知，這所謂的別院竟是比無華閣還要不如，真是委屈娘子了。」

「已經是被廢黜的人，有什麼好委屈的。」凌若的聲音裡帶有淡淡的諷意。

狗兒知道她這是在怪胤禛，不由得道：「娘子也別太難過了，四爺心裡總還是有娘子的，不然也不會讓奴才專程跑這一趟。四爺若是知道娘子在這裡的生活如此清苦貧寒，必然不捨。」

就在這說話的時候，墨玉特意泡了杯茶上來，狗兒剛一揭開便聞到一股劣茶的氣味，與昔年在雍郡王府中所用的茶簡直天差地別，莫說是曾做過主子的凌若，就是他都覺得難以入口。

凌若低頭撫著灰藍色的粗布衣衫，自嘲道：「四爺恨我推佟佳氏下水，又如何會來見我，能遣你來此已是莫大的開恩。」

「娘子莫要這麼說，當年的事……」狗兒眸光清亮地道：「旁人心裡不清楚，奴才卻是知道的。娘子連一個身分卑微的奴婢都肯救，又如何會去做那害人的勾當，奴當中必然有所誤會。」

「難為你肯信我。」說到這裡，凌若幽幽嘆了口氣道：「只是那又有何用，總要四爺相信才行，他一直都認為是我存心推佟佳氏落水。」

狗兒亦是一陣無言，不過還是勸道：「四爺心裡多少有些鬆動了，娘子再多等一些時日，一切總會有轉機的。」

如此又說了一陣子後，狗兒方才告辭離去。臨行前，讓李衛將別院中缺的東西列一張單子給他，他湊齊之後會盡快讓人送來；而凌若亦將自己親手抄寫的《金剛經》交他帶回去給胤禛。

待狗兒出去後，墨玉方將隱在心中的不屑露了出來，倒了狗兒一口未動過的茶水憤憤道：「王爺如今想起主子來了，那之前呢？之前又將主子放在哪裡。」

凌若慢慢喝著與狗兒那杯一樣難以入口的茶，任由苦澀在嘴裡蔓延。「之前沒有八福晉，王爺自然記不得我這個人。說起來能有這樣意外的轉機，我真應該謝謝八福晉。」

她原只想讓納蘭湄兒激起胤禛的爭位之心，不曾想還有意外的收穫。儘管沒有親眼看到，但此事是她一手安排挑起的，又怎會猜不到。納蘭湄兒必然說了極為傷人的話，令胤禛憤怒傷神，要不然他也不會想起自己。

「真不知王爺喜歡那個納蘭湄兒什麼，竟然對她如此念念不忘。那個佟佳氏不過與之有幾分相似，王爺便寵信到如此地步，庶福晉不夠，還立她為側福晉，真是讓人想想就生氣。」適才他們從狗兒口中得知佟佳氏已經在數月前被正式立為側福晉，名字從此記入宗冊之中，是正經八百的主子了。

凌若嗓子不適，咳了幾聲冷笑道：「沒什麼好氣的，那是她的本事。不過爬得越高，摔下來時往往就越慘，且慢慢瞧著吧。」

總有一日，她會回去，去親手了結害死她女兒的仇人！這個誓言早已在兩年前就已發下，數百個日日夜夜從未有一刻忘記過。

三福匆匆走進含元居，朝在哄弘時睡覺的那拉氏打了個千兒，小聲道：「主子，奴才有要事回稟。」

那拉氏目光一動，喚奶娘進來將弘時抱走，又扶著翡翠的手坐下，撫一撫光滑如緞的鬢髮，漫然道：「說吧，什麼事。」

三福壓低了聲音道：「奴才得到消息，昨夜有人從別院中出來，上了一輛馬車。」

那拉氏霍然一驚，眼中精光迸現，肅聲道：「是誰？」

「當時隔得太遠，加上天又黑，所以沒看清，不過一路跟蹤發現那輛馬車去了宗人府。之後奴才買通了個守衛，得知昨夜有一女子去探望十三爺，還落了一塊用來裹包袱的料子在那裡。巧得很，那塊料子奴才曾見過。」說到這裡，他從袖中取出守衛偷偷帶出來的料子遞給那拉氏。「兩年前，鈕祜祿氏離府時，與她一道去別院的丫頭墨玉所帶的包袱與這塊料子一模一樣。」

那拉氏只看了一眼便重重將料子往桌上一擲，胸口微微起伏，冷聲道：「這麼說來，西郊別院已成了能隨意出入的地方？毛氏兄弟是做什麼吃的！」

翡翠忙替她撫背順氣。三福則在一旁道：「依奴才所見，若沒有毛氏兄弟默許，墨玉是絕對不可能出別院的。」

那拉氏眉心怒氣湧動。「毛氏兄弟早已與鈕祜祿氏勾結在一起，難怪我等了兩年也沒等到他們將鈕祜祿氏逼瘋的消息。」赤金鑲紫金護甲在繡有繁花的桌布上劃過，勾斷了數根細若髮絲的繡線。「鈕祜祿氏可真是好本事，已經落魄到這種地步了，居然還有能耐收買人心，讓他們連唾手可得的真金白銀也不要。」

第一百六十一章 瘋藥

「鈕祜祿氏最慣使狐媚手段，當初王爺都被她那些手段迷得暈頭轉向，何況是兩個市井之徒。」說到這裡，翡翠壓低了聲音道：「奴婢聽說，王爺身邊的狗兒今兒個一早去了別院。」

那拉氏目光驟然一縮，露出森然之色。沒有人比她更清楚狗兒去別院意味著什麼，這可絕不是什麼好事。當初她刻意將鈕祜祿氏困禁到這麼遠的別院，就是怕若在府中，胤禛有朝一日會想起她來，不曾想……

「看來，事情不能再拖了。」她如是道，眼底掠過一絲狠厲的凶光。「三福，你即刻入宮去找陳太醫，讓他開一個可以致人瘋癲的藥方。」

「主子，陳太醫會肯嗎？」三福小聲問著。

那拉氏冷笑道：「他前前後後收了我那麼多銀子，敢說一句不肯？何況又不是讓他去下藥，只是開個方子罷了，能礙到他什麼！」稍稍一停又道：「拿到方子後，你親自去一趟別院，該說什麼、做什麼，你知道的。」

三福連忙躬身答應，正待要退下，忽地想起一事來，停了腳步道：「不知事成之後，主子要如何處置毛氏兄弟兩人？」

那拉氏睨了一眼精心修飾過的指甲，淡然道：「本還想留他們一條性命，無奈他們要自尋死路，咱們也唯有成全了。記得手腳做乾淨些，莫要讓人瞧出端倪來。」

三福面色一凜，垂首答應。在入宮問陳太醫討得致瘋的方子後，他立刻趕往別院。

毛氏兄弟並不知道一場災難即將降臨到頭上，兩人坐在屋中圍著火爐取暖，火爐上還燉著一鍋狗肉，香氣四溢。

「大哥，差不多可以了吧？」毛二貪婪地聞著從鍋裡面散發出來的誘人香氣，口水不知道吞了多少回。

「瞧你那饞樣，真沒出息。」毛大瞪了他一眼，但還是掀開蓋子，拿筷子撥了撥燉得「嘟嘟」冒泡的狗肉。「再等一會兒，很快就能吃了。」

「還得等啊。」毛二有些失望地嘟囔一句又道：「大哥也不能怪我啊，你想想咱們都多久沒吃肉了。要不是運氣好逮到一條狗，咱們現在還得啃那些淡而無味的素食呢。」

毛大嘆了口氣道：「沒法子，誰教咱們現在手頭緊呢，之前典當首飾得來的銀子已經全花光了。忍著吧，再有幾天就該發月例了。」

「就月例那點兒銀子能頂什麼用，唉！」毛二垂頭喪氣地說著。他大手大腳花習慣了，還真瞧不上那點兒月例。「大哥，你說咱們真要在這裡當一輩子護院嗎？」

「當然不會。」毛大取過一片破瓦封住爐子底下的口，讓爐子裡的火弱一些。「主子不是已經答應我們，只要她脫困就會許我們以一生享用不盡的榮華。」

毛二睨了正在查看狗肉的毛大一眼，低聲道：「話是這麼說沒錯，可也不知道主子什麼時候能擺脫困境。咱們已經等了兩年了，總不能再這樣無休止地等下去吧。」

毛大聽出他話中有話，停下手裡的動作，抬眼望著在升騰熱氣中面容有些模糊的毛二，道：「那你想怎麼樣？」

毛二眼珠子一轉，帶了一絲獰意道：「要我說，咱們乾脆一不做，二不休，再掙一筆大的，那一千兩銀子足夠咱們拿去做些生意了。」

他雖沒有明說，但毛大心裡卻是清楚的，毛二是想掙雍郡王府那位的銀子。他遲疑著道：「銀子固然是好東西，可也得有命花才行。你忘了主子當日的話嗎？萬一他們來一個黑吃黑，咱們豈不是賠了夫人又折兵。」

毛二連忙道：「這我自然知道，所以我已經想過了，只要一拿到銀子，咱們就立刻離開京城回老家去，他們就是再神通廣大也不可能追過去吧。再說，雍郡王府裡的人可是來催過好幾回了，我怕咱們再不動手，他們就該不耐煩了。萬一到時候讓他們發現咱們跟鈕祜祿氏交好，咱們更危險。」

被他這麼一說，原本香噴噴的狗肉一下子變得索然無味。毛大沉吟：「話是這麼說沒錯，但咱們總是叫她一聲主子，這些日子她對咱們也挺不錯，若在這個時候動手，怕是有失道義。再說你別忘了，昨日裡來的那人，聽口氣不小，說不定主子當真要起復。」

「那可怎麼辦？」毛二一時也有些猶豫不決了。

「走一步看一步吧。」毛大嘆了口氣，取過一個空碗與筷子道：「來，先吃肉，冷了可就沒那味道了。」

「唷，正吃著呢！」

這個突如其來的聲音嚇了毛二一跳，險些摔了手裡的碗。坐在他對面的毛大已經慌忙站起身，帶了一絲惶恐之色打了個千兒。「奴才給三爺請安，三爺吉祥。」

一聽這話，毛二不敢怠慢，忙跟著低下身去，心中暗自叫苦。真是說曹操曹操就到，也不知自己剛才與大哥的對話有沒有被他聽去，希望是沒有。

進來的正是三福，他冷冷睨了在自己面前畢恭畢敬的毛氏兄弟一眼，道：「起來吧。」

「這下雪的天，三爺怎麼就過來了，快坐下烤烤火、暖暖身子。」毛大一邊迎三福坐下，一邊討好地替他拍去身上的雪。

三福冷哼一聲，將拎在手裡的藥包往桌上一放道：「還不是為著你們兩個不省心的東西。我且問你們，事情辦妥了沒有？主子可是已經等得不耐煩了。你們一直說尋不得機會下手，究竟是真沒機會，還是你們存心敷衍？」

毛大忙替自己叫屈：「三爺可真是冤枉死奴才們了，就算借奴才們一百個膽也不敢存半點兒敷衍之心，實在是尋不得機會。求三爺明鑑，替奴才們向主子求求情，再寬限些時日！」

毛二亦在一旁點頭道：「正是，奴才們原想著扮鬼將她嚇瘋，不曾想這個鈕祜祿氏邪乎得緊，居然不怕鬼神。」

「是嗎？」三福冷笑。其實剛才在外頭，他已將毛氏兄弟的對話聽得一清二楚。主子果然所料不差，毛氏兄弟早與鈕祜祿氏勾結在一起，真是活得不耐煩了。

第一百六十二章　下藥

毛二並不曉得自己的祕密已經被識破，依舊在那裡賭咒發誓地說自己所言絕無虛假。

「既然你們對主子一片忠心，那麼我就再給你們一個機會。」三福將拎在手裡的藥包往毛大懷裡一扔道：「把這個藥煎成湯給鈕祜祿氏服用。」

「敢問三爺，這是何藥？」毛大小心翼翼地問。

「放心，不是毒藥。」三福瞇了不大的眼眸，緩緩道：「不過是一劑瘋藥罷了。任何人只要連服五日，就會神智不清，形同瘋癲。」

毛大悚然一驚，與毛二對視了一眼後道：「三爺，這鈕祜祿氏若是不肯喝該怎麼辦？」

聽到這話，三福立時瞪了眼喝道：「不肯喝就給灌下去，這還要我教嗎？蠢材！」見毛氏兄弟唯唯諾諾地答應，他又緩了口氣，起身在毛大肩上輕輕拍了一下道：「放心，只要你們兩個好好辦事，主子絕不會虧待你們。事成之後，除了原先說好的每人五百兩之外，再另外加賞兩百兩。」

聽到銀子，毛二不由得眼睛一亮，忙討好地道：「三爺放心，奴才一定替主子辦成此事。」

「很好，五日之後我來聽好消息。」三福滿意地點點頭。「行了，你們吃吧，我先走了。」

在三福走後，毛二盯著桌上那捆成一紮的藥包，咬一咬牙對神色變幻不定的毛大道：「大哥，咱們已經沒退路了，五天後鈕祜祿氏如果還不瘋，死的可就是咱們了。動手吧！」

「你容我再想一想。」毛大坐在椅中猶豫不決。

毛二跺腳急道：「我說大哥你還想什麼吶。鈕祜祿氏是待咱們不錯，可是人不為己，天誅地滅。總不能為了她，連自己的小命都不要吧？大哥！」

「我說了讓我想一想！」毛大被他催促得心煩意亂，不由得板起臉喝斥：「你道我不惜命嗎？但是也不能他說什麼咱們就信什麼，我總覺得他的話不可信。這是一場關乎性命的賭博，咱們必須得仔細想清楚才行。」

毛二見他說得在理，遂不再催促，將心思放在那鍋香氣誘人、早已燉得爛熟的狗肉上，一邊吃一邊眼巴巴等著毛大拿主意。

是夜，凌若正在屋中與李衛說話，忽見毛大端了一碗散發著濃濃藥味的黃褐色藥湯進來。

毛大朝凌若行了個禮後笑道：「聽得主子這幾天有些咳嗽，想必是被寒氣侵了身子。久咳易傷身，所以奴才特意去找大夫抓了幾劑專門治咳的藥來，主子快趁熱喝了吧。」

「難為你有心了。」凌若放下手裡的書卷，伸手接過毛大小心翼翼捧在手裡的藥碗。在手指碰到碗壁時，眉頭微不可見地皺了一下。碗壁有黏膩滑手之感，彷彿是汗漬。只是這大冬天的，毛大手裡怎麼會有汗？

這般想著，眼角餘光不著痕跡地掃過站在那裡的毛大，發現他外表看似沉靜，但不時偷抬眼打量自己手裡的藥，且透著一股慌亂之色。

凌若低頭看著手中尚在冒著熱氣的湯藥，眸中冷意森然。看來這藥並不像毛大所說的那麼簡單，只怕另有乾坤。

正在這個時候，原本站在窗邊的李衛過來附耳輕聲道：「主子，奴才發現毛二也在外頭，探頭探腦地不知想做什麼。」

毛大見凌若久久不喝藥，心中的慌意越發深重，唯恐時間一長被凌若瞧出端倪來，陪了笑臉道：「主子快把藥喝了吧，涼了可就苦得緊。」

「是嗎？」凌若笑意盈盈，然毛大還來不及高興，便聽得「匡」的一聲重響，只見凌若將藥碗往桌上重重一摜，朝李衛道：「把門打開！」

「嘛！」隨著李衛的應聲，門「匡噹」一下打開，在風雪灌入屋內的同時也令原本在外面探頭探腦的毛二一下子暴露在眾人眼前，無處可避。

毛二愣了好一陣子方才訕笑地走進來道：「奴才……奴才剛才正好路過這裡，聽到……聽到裡面有說話聲，正打算進來呢。」

凌若不理會他拙劣的謊言，只是指了那碗黃褐色的藥冷冷道：「說，這碗到底是什麼藥？」

毛大努力抑制驟然加速的心跳，強笑道：「瞧主子問的這話，當然是治咳嗽的藥了，不然還能是什麼。」

「不說是嗎？」凌若撫著鬢髮冷笑道：「那好，既然你說這是治病的良藥，那麼我就賞給你喝了。墨玉，替我端過去給毛大。」

「不……不用……不用了。」看著端了藥朝自己走來的墨玉，毛大冷汗直冒，不住地搖手，勉強道：「奴才又沒病沒痛，哪用得著喝藥。」

「既是良藥，自然有病醫病，無病強身。」說到此處，凌若目光一轉，落在神情不寧的毛二身上。

還沒等她說話，毛二已經慌得渾身發抖，不知該如何是好。

他並不曾忠於凌若，也不曾真正看得起過這個落魄的主子，眼中只有利益與自身，其心甚至比毛大還要活絡，不斷慫恿毛大按三福的話對凌若下藥，好使他們拿到錢離開這裡。

可是，這一刻，凌若的目光卻令他猶如針刺。明明與上次那樣，自己這邊占盡了優勢，卻連與她對視的勇氣都提不起來。這個女人的目光總令他有一種置身地獄的錯覺，更生出一絲絲悔意來。

「你喝還是不喝？」

隨著凌若的這句話，墨玉已經將漸涼的藥端到毛大脣邊。毛大見狀，曉得此事是萬萬瞞不過了，只得屈膝跪地，痛聲陳道：「奴才兄弟也是迫不得已，並非存心加害，求主子原諒！」

墨玉在一旁聽得清楚，不由得怒斥道：「你們兩個竟然當真存心不良！虧得這些年間，主子厚待於你們，雖不說錦衣玉食，但不論榮少爺他們送來什麼好的，主子總是記得留一份給你們，且每次過年都打如意穗子給你們。原以為你們變好了，沒想到竟然還存了害人的心思，當真是狗改不了吃屎！」

聽得她將自己比作狗，毛大竟然沒有反駁，而是對凌若道：「奴才知道對不起主子，也知道自己不是什麼好東西，但螻蟻尚且知道愛惜性命，奴才們實在不想這麼早就丟了性命，求主子原諒！」

第一百六十三章 瘋癲

「你們存心加害我家主子，居然還有臉在這裡求原諒，我都替你臊得慌！」墨玉氣呼呼地扔下這句話回到凌若身邊。

「現在可以說了吧，這到底是怎麼一回事。」凌若盯著兩人，冷然問道。

事已至此，再隱瞞亦無用，當下毛大將三福來找自己兄弟，讓他們設法對凌若下瘋藥的事和盤托出。說到最後，他拉著毛二對凌若磕了個頭道：「奴才們知道自己貪生怕死，有負主子這些日子來的信任！可是奴才當真不想死，所以……」

他一咬牙，端起墨玉隨手放在桌上的藥，迎著凌若冷若九幽地獄的目光，一步步挪到她前面。「還請主子成全，來生奴才們願意當牛做馬，以贖今世之罪！」他們已經沒有退路了，唯有一條道走到黑。

「你以為按他說的那樣，給我下藥，你們就有活路嗎？」凌若對他的話嗤之以鼻。「忘了我當初告訴你們的話了？」

「主子良言，奴才們一刻未曾忘記，左右皆是死路一條，總要搏一搏才行。不瞞主子，奴才兄弟已經打算好了，一拿到銀子即刻就離開京城回老家，如此總能保住一條性命。」

「真不知該說你們天真還是愚蠢。」凌若冷笑著起身，繞著毛氏兄弟兩人緩步走了一圈，說出令他們絕望的話：「普天之下，莫非皇土，除非你們能逃出這片皇土，否則以那位的手段，我相信一定會派人追殺你們至天涯海角。我很清楚，她絕不會讓任何可能威脅到她的人活在這個世上。再說了，連你們都能想到的事，難道那位會想不到？只怕我發瘋的消息一傳到她耳中，她就會派人來斬草除根。至於銀子，呵呵，你們得去問閻王爺拿了！」

這番話說得毛氏兄弟冷汗涔涔。原以為自己已經計算得夠周密了，可原來在她們眼中，依然猶如小孩子過家家一般幼稚可笑。

此時此刻，毛二心中的後悔越發強烈。若事情果真如鈕祜祿氏所言，那自己豈非害大哥。他心裡清楚，大哥其實不願加害鈕祜祿氏，是自己一意慫恿，大哥才會鋌而走險，若因此害了大哥，他就是做了鬼也不安心啊。

鈕祜祿氏既然能看出這些，那麼她一定有辦法救自己與大哥。想到這裡，他膝行到凌若面前，伸出雙手狠狠打著自己的臉頰，一邊打一邊道：「奴才該死！是奴才忘恩負義，鬼迷心竅逼著大哥下藥害主子。奴才不敢求主子原諒，但是大哥對主子並無不忠之心，求主子大人有大量救救我大哥，求主子開恩！開恩！」

「老二你胡說什麼，我是大哥，有什麼事自然該我承擔！」毛大拉住毛二不停掌摑自己的手。只這一會兒工夫，毛二的臉頰已經高高腫起，嘴角有血絲滲出。

在拉扯間，一個如意穗子從毛大的袖中掉了出來。凌若認得，那是前年正月初一，自己封在紅包中給毛大的，想不到他竟一直帶在身上。

「主子，千錯萬錯都是奴才的錯，奴才願意一力承擔，只求主子大發慈悲，救救老二，奴才就他這麼一個兄弟！」毛大痛聲哀求。這一刻除了凌若，他不知道還能求誰。

凌若低頭掃了他們一眼，撫著衣袖淡淡道：「看在你們還知道顧念手足之情的分上，我就給你們一個將功贖罪的機會。」

一聽有轉機，毛氏兄弟大喜過望，連連磕頭，皆言道只要能救對方的性命，哪怕是要赴湯蹈火也在所不惜。

五日後，三福如約來到西郊別院。毛氏兄弟一早便已等候在這裡，見到他來，忙不迭喚了聲三爺。

三福雙手負在背後，倨傲地看著在自己面前畢恭畢敬的毛氏兄弟，道：「事情辦得如何？」

「回三爺的話，那藥奴才們已經哄著鈕祜祿氏都喝下去了。」回話的是毛大。

聽得這話，三福不由得精神一振，忙問：「那她瘋了沒有？」

「三爺的藥可叫一個靈光，才第四天，鈕祜祿氏就有點瘋瘋癲癲了，如今更是瘋得連身邊人都不認識了。」毛二諂笑著道。

三福心中暗喜，不過他也知道耳聽為虛、眼見為實的道理，忙讓毛氏兄弟領著自己去見一見鈕祜祿氏，看看她是真瘋還是假瘋。

為免被李衛他們認出，三福被安排在與鈕祜祿氏相鄰的一間破屋中，毛大老早在牆上鑿了個小洞，方便他查看隔壁屋的情況。

三福透過小洞望去，發現果如毛氏兄弟所言，鈕祜祿氏披頭散髮，行為瘋癲。這大冬天的，她居然穿了一身輕薄夏衣，鞋也不穿，赤足抱著一個棉花枕頭想要往外跑，李衛與墨玉一邊一個使勁攔著她，不讓她出去。

「放開我！裡面好熱，我要出去！」凌若大力推擠著擋在面前的兩人，神色癲狂。

「主子，外面雪大，冷得很，出去會受涼的，您乖乖待在屋裡好不好？」李衛好聲勸著。

凌若一臉怒意地道：「胡說，現在明明是夏季，怎麼會下雪！」說到這裡，她忽地指了李衛兩人，露出恍然之色。「我明白了，一定是你們兩個居心不良，想將我與孩兒囚禁在這裡，不讓我見四爺！」

「主子，這裡沒有四爺，也沒有孩兒，您的孩兒早在兩年前就離去了啊！您醒一醒好不好！」墨玉神色哀悽地說著。

「住嘴！」凌若尖聲打斷她的話，緊緊摟了懷中的枕頭道：「孩兒明明就在我懷裡，哪有離去。你們再敢胡說八道，我打斷你們的狗腿！」

瞧著凌若那瘋瘋癲癲的模樣，墨玉難過不已，看著同樣不好受的李衛道：「你說主子怎麼會突然變成這樣？明明前幾日還好端端的。」

李衛不知該怎麼說才好，只是不住搖頭嘆氣，就這麼一愣神，凌若已經推開他們跑到了外面。

第一百六十四章　將計就計

外面正下著鵝毛大雪，幾日下來，地上已積了厚厚一層。凌若就這麼赤腳站在雪地上，單薄的裙衫與漆黑長髮一道在風雪中翻捲飛舞。

「主子！」李衛兩人大驚失色，連忙跑過來將厚披風覆在傻笑不止的凌若身上，唯恐她著涼。

凌若彷彿根本沒感覺到冷，痴痴看著迷離了眾生之眼的柳絮飛雪，低頭拍著懷中的枕頭，柔聲道：「孩兒，是不是感覺涼快多了。乖啊，孩兒好好睡著，等睡醒了，額娘就帶妳去找阿瑪啊！」

墨玉在她身後泣不成聲，李衛亦不住抹淚。主僕三人就這麼站在雪地中，任由飄飄揚揚的大雪將他們的身影遮得若隱若現。

另一邊，毛大討好地對三福道：「三爺的藥可不是靈光嗎？五天下來，那鈕祜祿氏已經瘋得連春夏秋冬都分不清了。」

三福滿意地點點頭。「很好，這趟差事你們辦得不錯，晚些時候我會派人將銀子送來。記住，不許對任何人提這件事，也不許提你們曾見過我！」

「奴才知道，三爺您儘管放心，奴才兄弟保證將嘴巴閉得緊緊的，到死也不洩漏一個字！」毛大信誓旦旦地說著。

到死嗎？呵，放心，今晚就送你們去見閻王。

三福在心裡冷笑，面上則是一派溫和地道：「我自然信得過你們，否則也不會讓你們辦這趟差。好了，時辰不早，我該回去覆命了，你們繼續看守鈕祜祿氏，不要疏忽了。只要你們忠心辦事，主子不會虧待你們的。」

在毛氏兄弟迭聲的答應中，三福轉身離去。他已經迫不及待想要告訴主子這個好消息，相信主子一定會很高興。從此以後，鈕祜祿氏將徹底不能夠再威脅到主子。

是夜，幾道黑影藉著風雪的掩護悄無聲息地來到西郊別院。彼時門房亮著燈，裡面隱隱傳來說話聲。其中一個黑影在窗紙上悄悄戳了個洞，發現他們要找的兩人正在裡面吃酒說話，旁邊還燒著一個小爐子取暖。

黑影朝餘下幾人點一點頭。他們受僱殺人，眼下既然知道目標在裡面，自然不需要多言，各自從身後摸出錚亮的鋼刀踹門進去。早在來之前，他們就已經打算好了，殺了那兩人後就放一把火將這裡燒了，毀屍滅跡，神不知、鬼不覺，縱然官府來了也查不出究竟，只會以為是他們喝多了酒，不慎踢倒爐子或蠟燭引起大火。

幾人踹門而入，揮刀正要砍向兩人，忽覺腳下一空，還沒來得及反應便覺身子騰空，隨即重重摔落在一個深坑中；跟在後面的一人倒是急急收住腳步，沒有跟著掉下去，可惜還沒來得及高興，便覺身後被人推了一下，勉強維持的平衡剎那被打破，跟著落入坑中。

見來人皆掉落坑中，一直在那裡故作鎮定的毛氏兄弟這才長出一口氣，抹了把已經滴到眼睛裡的冷汗，對不知何時出現在門口的凌若道：「果然被主子料到了，那位一知道主子發瘋的消息就迫不及待來殺人滅口。」

凌若微一點頭，扶著李衛的手緩走到深及數丈的坑前。此刻的她除了臉色差一點兒之外，並無半點異常，更不像白天那樣哭笑瘋癲。

凌若低頭看去，只見猝不及防之下落在坑底的幾個殺手已經緩過神來，正想方設法地往上爬，無奈坑壁平滑，根本尋不到可以抓手的地方——這也是凌若讓他們挖坑的時候特意交代的。若論正面交鋒，他們怎麼也不可能敵得過這些在刀口上討生的殺手，即便毛氏兄弟會些拳腳功夫也無用，唯有以旁道取之。

她清楚，只要自己一瘋，毛氏兄弟對那拉氏就成了無用的卒子。以那拉氏的性子，絕不會留毛氏兄弟活口的，必會派人滅口。

所以她提前讓他們日以繼夜地在門與窗前面的地方挖兩個深坑，然後偽裝成與尋常地面無異。但凡有人想到屋裡來，免不了要從這兩個地方進入，猝不及防之下必然中招。

退一步講，即便他們不進來，在外面縱火燒屋，毛氏兄弟也大可以躲入深坑之中避難。

至於日間的瘋癲，不過是演給三福看的一場戲罷了。

「你們是什麼人？怎麼知道我們會來？」困在坑中的殺手亦看到他們，一個臉上有疤、看似首領的殺手沉聲問道。他此刻的心情極為糟糕，做了這麼多年殺手的行當，從未失手，沒想到竟在這樁不起眼的差事上栽了個大跟斗，真是始料未及。

毛二走過來朝下面吐了口唾沫，恨聲道：「憑你們也配問我家主子的名諱，乖乖在下面待著吧！」

說完，他不理會殺手頭子陰沉到極點的臉色，走到凌若面前雙膝跪地，以從未有過的誠懇態度磕頭道：「主子大恩大德，奴才沒齒難忘。往後只要主子有差遣，哪怕要奴才的命，奴才也絕不皺一下眉頭！」

若非凌若事先謀劃，且先一步猜到事態的發展，讓他們早做準備，只怕他們兩人此刻已經成為刀下亡魂。若只他一人也就算了，可還有大哥的性命，這個恩情足以讓他以性命相報。

「奴才也是！」毛大亦跟著跪下來，他與毛二皆是一般心思。

凌若知曉兩人這一刻是真心歸順，並非昔日那般虛與委蛇，點點頭示意他們起來。「只要你們時刻記著忠心二字，我自不會虧待你們。至於以前的事……」她看著略有惶恐之色的毛氏兄弟，淡淡說出四個字：「既往不咎。」

毛氏兄弟大喜過望，連連叩首謝恩。就在這個時候，李衛發現被困坑中的殺手頭子正將三把鋼刀拿在手中，以品字形分別插入坑壁之中，藉以攀爬落腳。一旦讓他爬出深坑，在場的人沒一個能活下來。

不過李衛並不擔心，反而咧嘴一笑。這個笑容令正在設法往上爬的殺手頭子心中一沉，生出不祥的預感。

果然，他聽得李衛大聲道：「墨玉，好了沒？」

「好了！」墨玉的聲音由遠及近，很快出現在門口。她雙手各纏了厚厚一層棉布，吃力地端著一個大鍋進來，裡面盛的似乎是水，在鍋中晃動不止。

李衛撩起衣袍在手上裹了幾圈後，接過鐵鍋看了凌若一眼，見她微微點頭，咬牙閉目將鍋中的水潑往坑中驚慌莫名的殺手。

第一百六十五章　血腥

下一刻，慘叫聲此起彼伏，在這黑夜中聽來極為瘆人。毛氏兄弟嚇得打了個哆嗦，面面相覷。不知這潑下去的是什麼東西，適才他們站在旁邊也沒感覺到什麼熱意啊。

坑底那幾個殺手捂著臉慘叫不止。原本已經攀到一半的殺手頭子也掉了下去，他被潑到的最多，臉上、手上，但凡露在外面的皮膚幾乎以肉眼可見的速度紅腫、潰爛，皮開肉綻。

「李哥兒，你倒下去的是什麼？」毛二偷偷問著。其實他年紀比李衛要大些，但經過那麼多事，可不敢再充老大，謙虛得很。

李衛睨了他一眼，輕聲道：「還記得前幾日主子讓你們特意去買來的油嗎？」見毛二點頭，他朝在坑中哀號慘叫的殺手努了努嘴道：「喏，全用在那裡。主子怕他們狗急跳牆，這個坑會困不住，所以讓墨玉一早就將油燒熱。坑底窄小，縱然他們有三頭六臂也躲不開潑下去的油。」

殺手頭子聽到這番話，又痛又恨，閉著眼大罵道：「賤人！居然用熱油潑我們，好狠毒的心腸！我要讓妳受盡千刀萬剮之苦，再慢慢折騰至死！」

他們的眼睛在毫無防備之下被熱油濺了進去，已經瞎了，即便活下來也永遠是個廢人。

聽著那一聲聲淒厲如梟叫的慘叫咒罵聲，墨玉幾人只覺得毛骨悚然。毛氏兄弟雖然混跡於市井，恃強凌弱，但何曾見過這種慘烈怕人的場面，雙腿不住打哆嗦。

眾人之中，唯有李衛還算鎮定些。

凌若面無表情地看著以各種汙言穢語咒罵自己的殺手，許久，揚臉看向李衛，冷冷道：「動手吧！」

李衛無聲地點頭，出去抱了一大捆乾柴扔入坑中，另一隻手拿著正在燃燒的火把，意思不言而喻。

「妳要做什麼！」殺手頭子儘管看不到火把，依然被這句毫無溫度的話嚇得大叫起來，慌亂地拍著掉落在身上的乾柴，瘋狂地想要往上爬。另兩個殺手也如沒頭蒼蠅一般四處亂撞。

「送你去見閻王！」隨著這句話，李衛將手裡的火把扔向坑中。

那些殺手身上全部都澆滿了熱油，最是易燃不過，火把一扔進去，便劇烈燃燒起來。這種痛楚比剛才更甚百倍、千倍，三個殺手在身子被寸寸焚燒的莫大痛苦中絕望地慘叫、求饒，可是一切都是徒勞，他們必須要死！

凌若走到外面，默默看著簌簌而落的大雪，手在衣袖中不住顫抖。這是她第一次害人，為了自保，為了活命，親手毀去三條活生生的性命。即便這些人罪有應得，依然改變不了她手染血腥的事實。

而這，僅僅只是一個開始……

被燒的不只是那三個殺手，還有別院。這一夜，雍郡王府別院火光沖天，整整燒了一夜方才熄滅，下了數天數夜雪的天亦在這一日放霽。

住在周圍的百姓清晨起來時，驚訝地發現那間大宅子的門房與前面幾進房子一夜之間被燒為灰燼。他們隱約知道裡面住了幾個人，皆在猜測昨夜那場大火是不是把裡面的人也燒死了。

就在外面議論紛紛的時候，一個頭戴斗笠、遮住了半邊面孔的人影悄悄從後院無人處翻牆入內，隨後疾步閃入一間小屋中。

「如何，他們出城了嗎？」對於突然出現在屋中的人影，正在低頭飲茶的凌若並未露出半分異色，甚至連眼皮子都不曾抬一下，只是淡淡地問著。

來人摘下斗笠，露出一張清秀的面孔，正是李衛。他恭謹地道：「回主子的話，奴才親眼看著他們出城，此刻應已在去江西的路上。他們身上有主子的親筆信，相信只要尋到榮大人，他一定會照拂一二。」

凌若點點頭，放下喝了一半的茶盞道：「那就好，希望能夠瞞天過海。」門房那把火是在三個殺手被活活燒死之後放的。早在放火之前，凌若便命李衛等人將坑中的屍體抬出兩具，充作毛氏兄弟兩人，以求瞞過那拉氏的耳目，讓她認為毛氏兄弟已經被燒死；至於另一具屍體，則與兩個大坑一道掩埋起來。

墨玉正拿著鐵鉗子撥弄炭盆，狗兒前些日子送了些銀炭過來，總算不需要再用那些灰大嗆人的黑炭取暖了。聽到凌若這話，她仰頭接道：「也就主子心善，肯設法搭救他們。要依奴婢看，那兩人幾次三番要害主子，死了活該！」

她可沒忘記他們想對主子下瘋藥的事，若非主子瞧出不對勁來，現在主子就不是假瘋而是真瘋了，真是想著都害怕。

凌若捏一捏墨玉氣呼呼的臉頰，輕笑道：「想不到妳這丫頭比我還記仇。」

「那當然，害過主子的人，奴婢每一個都記著。」墨玉這人愛憎最是分明。

凌若微微一笑，撫著掛在頸間的玉扳指道：「他們雖然可恨，不過總算還念著兄弟情，不算十惡不赦。若非如此，我也不會助他們逃過這一劫；而且我相信經過這一事，他們應該不會再有二心。」

李衛在一旁道：「主子說得正是。毛氏兄弟在離去前特意與奴才說，他們兄弟以前是被豬油蒙了心，不分好壞對錯。如今主子救他們於危難，相當於他們眼下的命是主子給的，他們必定洗心革面、重新做人。主子往後但凡有差遣，他們兄弟絕無二話，更無二心。」臨了李衛又道：「奴才看他們說話時的神情，不像作假。」

聽到這話，墨玉總算心裡舒服點兒了。她歪頭想了一會兒，道：「主子，那三個殺手沒有回去覆命不要緊嗎？」他們旁的事情都好安排，唯獨這三個殺手卻是變不出來了。

李衛代為答：「放心吧，那些殺手一般是不會直接跟雇主聯繫的，都指定某處進行交易。只要毛氏兄弟不被發現，我想嫡福晉那邊應該不會起疑。只是得委屈主子繼續裝瘋下去。」

委屈？凌若愴然一笑，撫著玉扳指的手悄然握緊。今時今日的自己還有何資格說委屈……

第一百六十六章　再相見

這日，胤禛剛上完朝從紫禁城出來，便見狗兒一臉惶然地道：「四爺，昨夜裡別院起火了。」

胤禛陡然一驚，忙問裡面的人怎麼樣。狗兒曉得他是在問凌若的情況，卻是為難地道：「沒有四爺的命令，哪個也不敢進去，所以……」

「一群蠢材！」胤禛面色一沉，劈手奪過狗兒牽在手裡的韁繩，翻身上馬，直奔別院而去。狗兒急急跟在後頭。

從紫禁城到別院有一段極長的距離，縱然快馬加鞭也要奔上大半個時辰。這一路上胤禛只有一個想法，她千萬不要死！千萬不要！

胤禛不曉得自己為何會這樣在意一個女子的生死，明明他已經廢了她，明明已經打算一生不見，為何聽到別院出事時，腦海中的第一個念頭就是她的安危，為什麼？

他策馬疾奔，好不容易看到別院的影子，發現果如狗兒所言，焦瓦處處，還有一些人聚集在前面對別院指指點點。胤禛等不及馬停下，直接從還在狂奔的馬上一躍而下，撥開人群直往別院奔去。

他從沒來過這裡，根本不知凌若住在何處，只是四處亂奔亂走，在無人踏足的雪地中留下一連串凌亂腳印。

在哪裡？她到底在哪裡！

遍尋不至，胤禛的心漸漸慌了起來。難道她已經……不！她不會死的！好人才會不長命，她那麼惡毒推梨落下水，分明就是一個蛇蠍心腸的毒婦，這種禍害，理應遺千年才是，怎麼可能這麼短命！

他這樣安慰自己，可是心依舊在不住往下沉。究竟在哪裡？若還活著，為什麼自己一直找不到她！為什麼！

就在胤禛即將被惶恐淹沒的時候，眼角餘光突然掃到後院有幾間舊屋，並未被火勢波及。他顧不得多想，匆匆奔過去，一把推開門，無人！再推，依舊無人！待到最後一間時，胤禛的手有些發抖。整個別院都被他找遍了，若這裡再無人……

胤禛不敢再想下去，咬牙往前推去。門開的那一瞬間，胤禛大腦一片空白，直到清晰地看到那個熟悉的身影。

胤禛長長出了一口氣，心一下子鬆快下來，有微不可見的欣喜在眼底浮現。她果然還活著，沒有死！

他的突然出現，驚到屋中所有人。在愣了好一會兒後，李衛才想起行禮這事，忙拉著還有些恍惚的墨玉跪下磕頭請安。

凌若怔怔地看著那個從不曾在腦海中淡去的身影，心中百味雜陳。胤禛，他們終是再見了……

兩年光陰，並不曾改變太多容顏，然心境卻與兩年前截然不同。凌若暗自握緊雙手，強迫自己壓下所有的激動，面無表情地看著一步步朝自己走來的胤禛。

腳步聲戛然而止，許久，帶了幾許澀意的聲音在耳畔響起——

「我聽說別院起火，所以過來看看，妳……沒事就好。」

凌若不知道是否自己聽錯了，胤禛在說這話的時候，竟有那麼一絲絲的欣喜。他始終還是在意自己的嗎？

嘆息在心中默然響起，她心思千迴百轉，然露在臉上的卻只有吃吃傻笑，猶如在看一個陌生人。

想要回雍郡王府，僅靠胤禛那麼一點點在意是遠遠不夠的，憐惜往往是留住一個人的最好開口……

胤禛很快就發現凌若的不對勁，皺眉道：「妳笑什麼？」

凌若歪頭看了他半天，站起來痴笑道：「你是誰？為什麼會在這裡？」

「妳不認得我了？」胤禛呆了一呆，有難以置信的失望。他們分別兩年而非二十年，怎麼可能連彼此的模樣都忘了。

凌若只是看著他傻笑並不回答，令胤禛越加心慌，狠狠掃過跪在地上的兩人，冷聲道：「說！你們主子這是怎麼了？」

李衛心思最是機靈不過，曉得主子這是打算在四爺面前裝傻，是以趕緊爬前幾步，垂頭道：「回王爺的話，主子她……她瘋了！」

胤禛聞言勃然大怒。「胡說！前幾日我讓狗兒來的時候還好端端的，怎麼會突然發瘋？」

李衛哭喪著臉道：「奴才也不知道，這幾日，主子突然就變得瘋瘋癲癲，說話也語無倫次。昨日裡那樣下雪的天，她還嚷嚷著說熱得慌，非要奴才把夏衣找出來給她穿。如今這身冬衣還是今早奴才們好說歹說，才哄主子穿上的。」

這個時候，凌若突然驚慌失措地大叫：「孩兒呢？我的孩兒哪裡去了？是不是你們把她藏起來了？」

李衛悄悄使了個眼色給墨玉，她會意地眨眼，爬起來從裡屋抱出一個枕頭遞給四處亂找的凌若，好言哄道：「主子您瞧，小格格不是好好在這裡嗎？奴婢哪裡有藏，是小格格剛才在裡屋睡覺呢！」

凌若神經兮兮地點頭，接過枕頭小聲道：「哦，原來孩兒在睡覺，那我們說話輕一些，不要吵她。」

「孩兒……她還記著那個孩子？」胤禛喃喃地問著。

李衛重重地嘆了口氣道：「是，自來了別院後，主子日日以淚洗面，放不下早夭的小格格；再加上又惦念四爺，心裡難過，這才憂思成疾。」

那廂凌若似沒聽到他們的話，只一味抱著枕頭溫柔地說著話。只是一個枕頭而已，她卻彷彿抱著自己的全部生命，那種發自內心的慈愛令人瞧著心酸不已。

胤禛走過去蹲在凌若面前，手緩緩自那個有些破舊的枕頭上撫過，鼻尖一陣酸澀。是啊，他只記著她害梨落，卻忘了，她也失去了一個懷胎七月的孩子……

「若兒……」以為這輩子都不會再喚這個名字，以為自己恨極了這個名字，直到這一刻再次喚出才恍然大悟，原來這兩個字從不曾在腦海中褪色，鮮活依舊。於她，恨極亦念極……

心情複雜的胤禛並不曾注意到掠過凌若眼底的悸動，伸手想要去撫她抱在懷中的枕頭，卻被她躲開。

她神色激動地踢倒凳子，一邊往後退一邊驚惶地大叫：「你想做什麼？不許你傷害我的孩子！」

說到這裡，她忽地又低頭將臉貼在枕頭上輕聲呢喃：「孩兒不要怕，沒有人可以傷害妳，額娘會一直在妳身邊保護妳。還有妳阿瑪，他現在上朝去了，等會兒就回來，妳阿瑪可是當朝的雍郡王。等妳大一些，額娘讓妳阿瑪帶妳去見皇爺爺好不好？他一定會很喜歡妳的，到時候讓皇爺爺給妳取個好聽的名兒！」

第一百六十七章 利用

凌若的自言自語，聽得胤禛心裡越來難過，哽咽道：「若兒，妳真的不認識我了？我是四爺啊！」

聽到他的話，凌若抬起頭來仔細看了他幾眼，眸光漸有凝聚，似乎認出了什麼。不待胤禛有所歡喜，她已經指了胤禛吃吃笑道：「騙人，你明明就是四爺身邊的那個狗兒，別以為有些日子沒見，我就認不出來了。」

說話間，狗兒終於趕到了，站在門口扶著雙腿不住喘氣。他可沒馬乘騎，全是靠著兩條腿跑過來的，從紫禁城到這裡，當真是跑死他了。不過狗兒心中頗有些自喜，他是頭一個到的，那些小狗崽子還在路上跑呢，真是不中用。

稍稍喘了幾口氣，狗兒正要去向胤禛見禮，倏然眼前一花，緊接著手臂被人緊緊扯住，耳邊傳來欣喜雀躍的聲音——

「四爺，您回來了！」

四爺？這是在叫自己嗎？狗兒被弄得一頭霧水，定睛瞧去，發現抓著自己的人竟是凌若，忙抽出手臂，慌張地指了不遠處的胤禛道：「娘子，您認錯人了。瞧，四爺在那裡。」

「我沒認錯，您才是四爺！」凌若說什麼也不肯放開，把不明情況的狗兒急得滿頭大汗。

凌若見他一直推開自己，神色不由得一黯，泫然道：「四爺，您不要若兒了嗎？孩子很想您，若兒也很想您。」

「奴才真……」

狗兒憋了半天正想說自己不是，卻被走過來的胤禛搶先道：「四爺從來沒有說不要若兒，只是四爺剛下朝回來很累，要歇息一會兒。」

「真的嗎？」凌若仰頭看著胤禛，目光純淨如嬰兒。

「當然是真的。」胤禛扶著她的肩頭輕聲說著，目光掃過狗兒，後者立刻會意過來，略有些彆扭地道。

「是，四爺……晚些再過來看娘子。」

凌若茫然點頭，抱著枕頭一時似乎不知該怎麼做。胤禛命眾人退下，待屋中只剩下他們兩人時，牽著凌若的手慢慢至椅中坐下，又倒了杯熱茶給她道：「妳手這樣涼，喝杯茶暖暖身子好不好？」

凌若似乎有些意動，但下一刻她又摟緊了枕頭，連連搖頭道：「我不冷也不要喝茶，我要抱著孩兒，否則孩兒會害怕的。」

「那我幫妳抱著她好不好？」見凌若一臉警惕不肯鬆手，他忙放緩了語氣哄勸道：「小格格長得這樣好看，狗兒很喜歡呢，讓狗兒抱抱好不好？」

凌若想了許久才將枕頭遞給胤禛。「那好吧，你當心一些。」說著她忽地又笑起來，目光始終溫柔地落在枕頭上。

孩子……胤禛眼前浮現起兩年前那個小得可憐的孩子，以及凌若抱著死去的孩子在雪地中跪了整整一夜的情景，心驀然一痛，彷彿有尖針狠狠地往裡面扎。有那麼一瞬間，眼睛被什麼東西模糊了一下。

「狗兒，你說孩兒長得像不像四爺？」她捧了茶盞問，神色極是溫柔。

胤禛擠出一絲笑意。「自然是像的，不過更像娘子一些。」

凌若笑著，手指在枕上輕輕撫過，勾勒出一副小小的五官。

孩兒對不起，原諒額娘這樣利用妳。可是額娘真的不甘心，妳離去後的每一日，額娘都在椎心的痛楚中度過；但是害過妳的那些人卻依舊在深宅大院中享受著錦衣玉食、高床軟枕。

額娘不甘心，額娘一定要回去，討回他們欠妳與額娘的一切！

所以額娘要讓你阿瑪切身感覺到失去愛兒的痛楚，讓他這一輩子都不能忘記，曾經還有妳這麼一個女兒……

胤禛在別院中待到很晚才離開，狗兒扶著他上馬，然後牽了馬繩徐徐往雍郡王府走去。一路上他都閉著眼睛，似乎很累。

他不說話，狗兒等奴才自也不敢出聲，一行數人竟是寂靜無聲，唯有馬蹄踩踏積雪時發出的咯吱聲。

「狗兒。」

聽到胤禛叫自己，狗兒連忙跑過去小聲道：「四爺有什麼吩咐？」

胤禛捏了捏鼻梁，疲憊地道：「明兒個一早，你持我的令牌入宮去請徐太醫來替鈕祜祿氏瞧瞧，看她這瘋病是否還有得治；另外知道起火的原因是什麼了嗎？」

狗兒小聲道：「回四爺的話，奴才去燒毀的地方瞧過了，裡面有兩具已經燒得面目全非的屍體，應該是負責看守別院的人。在屋裡還有個爐子，奴才猜測應是近日下雪，天氣寒涼，他們生爐子取暖，卻不想在睡著後爐子燒著了什麼東西，所以才被活活燒死在裡面。」

胤禛淡淡地應了聲，死兩個人對他來說並不是什麼值得在意的事。「拿棺材把他們裝殮了，若有親人在世，另外拿一筆銀子給他們。你從王府中抽幾個人來看著別院，還有……」他頓一頓睜開眼，眸子在漆黑的夜色中幽幽生光。「找人將別院修繕一下，尤其是鈕祜祿氏現在住的地方。」

其實狗兒上次回來的時候，已經說過別院破敗殘舊，但他總想著住人不成問題，如今親眼見了才知道，所謂的別院根本與廢墟無異，凌若他們所住的地方比王府中下人還要不如。看屋中用的東西，凡是能入眼的，皆是狗兒前些日子送去的，其餘東西皆破舊不堪；他甚至看到李衛的衣裳打了好幾個補丁，也不知這幾年他們是怎麼過來的，唉……

回到雍郡王府，胤禛先去朝雲閣看了年氏。就在凌若被廢黜到別院的第二年，年氏生下了她的第一個孩子，欣喜若狂，剛滿月便央著胤禛取了名——福宜。可惜這個寓意福澤深厚的名字並未給這個孩子帶來任何好運，只過了十日便因病夭折。可惜失去這個祈盼多年的孩子，年氏傷心欲絕，所幸上天厚待於她，僅僅半年後，就又懷上了身孕，如今已有近五個月。太醫來看過了，說十有八九是個小阿哥。

從朝雲閣出來，在路經含元居時看到裡面燈還亮著，胤禛心中一動，抬步走了進去。彼時那拉氏正坐在通透明亮的琉璃宮燈下專心地繡著東西，見胤禛進來，忙在翡翠的攙扶下起身行禮。

第一百六十八章　夜

「夜深了，福晉還不睡嗎？」胤禛虛虛一扶，示意那拉氏起來。

那拉氏微微一笑道：「弘時長得快，前幾個月剛做的鞋子如今已經快穿不下了，得趕緊將這雙新鞋做好，省得他穿著擠腳。還有年妹妹那邊，再有幾個月，孩子就該出生了，我這做嫡額娘的，說什麼也得親手做幾件小衣裳給他當見面禮。」說到此處，她又略有些嘆氣。「若是年妹妹這胎也是個男孩就好了，福宜那孩子，真是讓人一想起來就心疼。」

不知為何，那拉氏在說福宜時，浮現在胤禛腦海的卻是凌若一直摟在懷裡的那個枕頭……

年氏與福宜好歹做了數十天的母子，凌若那孩子卻是從出生就死了。懷胎七月，連聽她哭一聲的機會都沒有。

如此想著，心裡不由得堵得慌，胤禛避過那拉氏的目光，隨手拿起她放在桌上的東西端詳，卻是一雙小鞋。小鞋不過他大半個手掌長，鞋頭上寓意多福多壽的五蝠捧壽剛繡了一半。每一隻蝙蝠的眼睛都是用上好的墨玉仔細點綴而成，頗為傳神。

「有妳這個額娘是靈汐與弘時的福氣。」如此說了一句後，胤禛忽地轉過話鋒道：「福晉去過別院嗎？」

聽到「別院」二字，那拉氏眼皮一跳，面上卻是不動聲色的茫然。「雍郡王府那麼多別院，不知王爺說的是哪一處？」

「西郊別院。」在說這話時，胤禛的目光一直停留在那拉氏臉上，直至確認她並沒有因這幾個字而露出任何異樣時方才移開。今日見到別院那副破敗的景象時，他曾懷疑過是否那拉氏早已知曉別院那邊的情況，才故意讓凌若去那裡。

聽著囚禁別院似乎比無華閣好許多，但只有真正去過的人才知道，那地方連想尋個能遮風擋雨之處都難。如今看來，倒是自己多心了。

殊不知鎮定的表情之下，那拉氏的心正在劇烈地怦怦跳動著。站在她後面的翡翠低頭以掩飾臉上的異樣，在這溫暖如春的屋中，手心已是一片溼冷。

橘紅色的燭光透過琉璃宮燈，漾出層層光暈照在諸人的臉上，可惜燭光能照見的始終只是表象而非人心。

那拉氏側頭思索片刻，鬢邊的東菱玉掐金曲鳳步搖在燭光下閃著與她聲音一般柔和明媚的光芒：「妾身記起來了，那是囚禁廢人鈕祜祿氏的地方，當時還是妾身所提，讓她在那裡潛心禮佛以贖過往罪孽。王爺怎的突然想到這個來，可是別院那邊出了什麼事？」

胤禛「嗯」了一聲道：「妳不曾去過自然不知道，那裡說是別院，其實根本就與廢墟相差彷彿。房屋大半都倒塌破敗，只剩下幾間下人房勉強能住人，但也四處漏風。若非今日得知別院起火，我還不曉得這些。」

「什麼？別院起火？」那拉氏大驚失色，不待胤禛回答又忙問：「那妹妹有沒有事？」

「難為妳還記著她幾分。」胤禛的目光微微一緩道：「她倒沒事，只是看守別院的兩個下人被燒死了。」

聽得這話，那拉氏撫住胸口，欣然道：「那妾身就放心了。雖說妹妹當時一時糊塗犯了不該犯的事，但妾身與她好歹姊妹一場，實在不願見她出事。至於王爺說別院破舊，倒也不是什麼大事，改明兒妾身讓人去修繕一番就是了。妹妹儘管已經是庶人，但好歹是從咱們雍郡王府出去的，不好太過虧待。不知……」她不動聲色地睨了胤禛一眼，試探道：「禮了這麼久的佛，妹妹身上的戾氣可有化去一些？」

聽得這話，胤禛頓時一陣苦笑，在椅中坐下撫額道：「妳放心吧，她此刻連一絲戾氣都不會有。」

「如此說來，妹妹為佛法所感化，倒不失為一件好事呢。可是為何王爺看著似乎有些悶悶不樂的樣子？」

迎著那拉氏不解的目光，胤禛沉沉道：「不是佛法感化，而是她……瘋了。就在數日前，突然發瘋，認不得人也分不清四季，只日日抱著一個枕頭，將它當成那個早夭的孩子。唉，我讓狗兒明天去請徐太醫，希望他能有辦法醫治。」

那拉氏檀口微張，好半天才回過神來，神色哀慟地道：「想不到妹妹境遇如此悽慘。唉，妾身是失去過孩子的人，知道那種痛楚。當年若非有王爺在身邊撫慰勸說，妾身也幾乎撐不下去。唉，說到底還是妹妹當時年輕氣盛，見不得他人得寵，一時衝動而犯下彌天大錯，才會落到今日的地步，往後就讓她在別院裡好好養著吧。」

她抹了抹眼角的溼潤，想到胤禛後半句話，心中略有些不安，小心道：「妾身聽說瘋病是無藥可醫的，徐太醫會有辦法嗎？」

「不論有沒有，總要試試。」在沉沉說完這句話後，胤禛打了個哈欠起身道：「很晚了，福晉早些睡吧，這鞋子晚個幾日也不打緊。」

見胤禛要走，那拉氏忙起身相送。待胤禛走遠後，她臉上的神色漸漸冷了下來，低頭盯著鋪有西洋進貢來的軟絨緙花珊瑚桌布，那雙眼睛似要噴出火來。

「主子……」

翡翠剛說兩個字，就見那拉氏狠狠將桌布扯落，桌上那些茶盞皆摔得粉碎。至於那個白玉提梁茶壺，則被三福眼疾手快地接住，不曾落得與茶盞一個下場。

「鈕祜祿氏！」那拉氏握著手裡的桌布，恨得咬牙切齒。她不願提這個名字，卻被迫一次次提起。

當三福來告訴她，鈕祜祿氏已經如她所願發瘋的時候，她以為終於可以讓這個名字從腦海裡徹底消失。不曾想胤禛又來提起，別院失火去看她也就算了，現在竟還要替她請太醫。胤禛，果然對鈕祜祿氏餘情未了，實在可恨！

三福將茶壺放到桌上，小心地道：「主子消消氣，其實王爺願意讓太醫去看就去看好了。據奴才所知，這瘋病是醫不好的，等治了一陣子，王爺沒那耐心後自然會放棄。」

「不怕一萬，就怕萬一。你忘了瓜爾佳氏！」那拉氏冷冷吐出這句話。「弘暉雖然是被李氏所害，然若非鈕祜祿氏教弘暉放什麼風箏，弘暉又怎會去蒹葭池，從而給狼子野心的李氏可乘之機！此生我不想再見到鈕祜祿氏出現在雍郡王府中。」

康熙四十六年，她種在瓜爾佳氏身上的噬心之毒發作，可是號稱三日之後無藥可解的噬心毒居然沒要了瓜爾佳氏的命，只是讓她在床上躺了半年。

自鈕祜祿氏被廢黜至別院後，從未見胤禛提起過這個名字，今夜卻一再提起，這樣的態度令她害怕。

第一百六十九章　白髮

「主子放心，絕不會有那麼一天。」翡翠眼裡閃著幽冷的光芒。「太醫始終只是太醫，不是神仙。如果瘋病可以治，天底下就不會有那麼多瘋子了。再退一步講，即使王爺真的心軟，放棄追究從前的事想讓鈕祜祿氏回府，可是她已經瘋了，您覺得府中那麼多福晉、格格會同意一個瘋子入府嗎？何況還有德妃娘娘呢，她又怎會眼見著王爺將一個瘋子放在身邊，傳出去不是讓人笑話嗎？」

翡翠的話令那拉氏漸漸冷靜下來。不錯，瘋病是無藥可醫的，這一點陳太醫也說過。當初瓜爾佳氏之所以可以熬過噬心劇毒，是因為她身上的毒被徐太醫用藥減輕了大半，再加上又身在郡王府，有人參等名貴之物保著性命，才讓她活了下來。

「希望如此！」在說出這四個字後，那拉氏身子晃了下，臉色煞白，卻是頭痛病又犯了。

翡翠忙扶她坐下，又讓三福趕緊去外面倒了杯茶來。在喝了一杯熱茶後，那拉氏的臉色才稍有好轉，讓翡翠扶自己到內堂卸妝梳洗。

在替那拉氏將盤起的頭髮放下來時，翡翠的手抖了一下。這個輕微的動作並沒有逃過那拉氏的眼睛，她問：「怎麼了？」

「沒什麼。」翡翠搖搖頭，正要拿起象牙梳子替她梳髮，卻見那拉氏將頭髮撥到胸前細細地看著，忽地目光一滯，手指顫抖著從漆黑如墨的長髮中挑出一根銀白如雪的髮絲。

白髮……她竟然已經有了白髮嗎？可是她才不到三十歲啊！

那拉氏用力將這根白髮拔去，還未來得高興，她又在黑髮中發現了第二根、第三根，怎麼也拔不光……

「翡翠，我是不是老了？」許久，她停下手，盯著掌心數根白髮問。

「主子您風華正茂，怎麼可能會老。」翡翠蹲下身，柔聲安慰道：「定是您這些日子太操心，睡得又晚，所以才生了幾根白髮出來。沒事的，明兒個奴婢煮一盅芝麻核桃粥給您，白髮很快就沒了。還有，奴婢聽說宮裡有一種叫菊花散的祕方，每日敷在頭髮上，哪怕到了七老八十，頭髮依然烏黑亮麗呢，宮裡的娘娘都用這法子。正好奴婢有個姊妹在宮裡做梳頭宮女，改天奴婢去找她將這法子問出來。」

「不用了。」那拉氏逸出一絲苦笑，揮手讓那幾根白髮飄飄落向地上，神色哀傷地道：「即使一生髮烏如雲又如何，王爺始終不肯多看一眼。妳瞧他剛才走得多急，根本沒想要留下來過夜。王爺說鈕祜祿氏瘋了之後抱著個枕頭當作孩子，可他何嘗又知道，每次我一個人躺在床上時都抱著枕頭當成是他。」

「從大婚到現在，除了每月十五之外，他來含元居過夜的日子屈指可數。翡翠，妳知道嗎？每天夜裡，我一個人都好冷，哪怕蓋再厚的被子，依然好冷！以前還有弘暉盼著，可是現在……」

她睫毛顫動，淚珠輕輕滑落臉頰。「連弘暉也不在了，他走了那麼多年，可是每天早上醒來，我都會以為他還在。」

「奴婢知道！」翡翠緊緊握住她一直在顫抖的十指，垂淚道：「主子，奴婢知道您心裡苦。雖然世子不在了，可您還有時阿哥和靈汐格格。」

那拉氏搖頭道：「那不一樣。弘暉是我十月懷胎生下來的，是我唯一的孩子，即使十個弘時也抵不了；至於靈汐，不提也罷……」她露出嫌惡之色。「每次看到她，我都想到李氏那個賤人。我寧願放棄一切，哪怕是嫡福晉的尊位，只求弘暉能回到我身邊！」

「主子，過去的就讓它過去吧。」翡翠含淚勸道：「不管怎樣，這府中只有主子您膝下有一子一女。論福澤，這雍郡王府中沒有人能及得上您。奴婢相信一切都會好起來的，您不要再傷心了。」如此又勸了一陣子後，方才服侍情緒好轉了些的那拉氏歇下。

只是，這夜，終究是無眠了……

翌日一早起來，狗兒連早餐都顧不得吃，就匆匆持了胤禛的令牌跑到太醫院，找到了正在去替某位貴人問診的容遠。聽得是凌若發瘋，容遠忙不迭將問診的事交給旁的太醫，自己即刻背了藥箱往宮門走去。

那急切的模樣看得狗兒一陣發愣，他怎麼覺得徐太醫比自家主子還要關心鈕祜祿氏？呃，不過徐太醫身為醫者，關心病人也是應該的。狗兒搖搖頭不再多想，匆匆跟上容遠的腳步，一道乘馬車來到別院。

看到容遠，凌若眼中掠過一絲隱晦的激動，在他們說要把脈的時候並沒有拒絕，順從地將手伸過去。

剛一將手指搭上腕脈，容遠的眉頭就皺了一下。脈象正常，跳動有力，並無絲毫紊亂之狀，不像是發瘋者的脈象，難道……他抬頭看了一眼正朝自己傻笑的凌若。難道……

正自揣測之際，突然感覺到有人用手指在自己背後寫了兩個字：假瘋。

容遠心中一凜，他身邊只站了一個李衛，不用問，這兩字必是李衛所寫。若兒果然是在裝瘋嗎？只是她為何要這麼做，是否與前夜裡那場大火有關？

「徐太醫，娘子她怎麼樣了，有沒有好轉的機會？」那廂，狗兒已經迫不及待地問道。

容遠輕咳一聲，收回手道：「娘子她是因心情抑鬱憂思而引發的瘋病，若說醫治……我看娘子病得並不是很嚴重，應該可以治好，只是需要一段時間。」在剛才停頓的剎那，他看到凌若朝自己輕輕點了點頭，明白她這是要借自己的手醫好「瘋病」。

聽得他這麼說，狗兒懸著的一顆心總算可以放下了。這心情一鬆，餓了半天的肚子頓時咕咕叫起來，讓他甚感不好意思。

墨玉見狀，連忙到廚房拿了幾個白麵饅頭還有一碟鹹菜絲來。「狗哥兒，這裡沒什麼好東西，你將就著吃些吧。」

狗兒正餓得慌，顧不上說話，抓了饅頭就往嘴裡塞，剛吃幾口就被噎住了，在那裡難受地直瞪眼，把李衛端來的一大碗水都喝下去後才舒服些。

第一百七十章　以謊亂真

「狗兒哥，你吃這麼快做什麼，又沒人跟你搶。」墨玉在一旁道。

狗兒將鹹菜絲夾在掰開的饅頭裡後，道：「妳是不知道，跟在咱們四爺身邊啊，最重要的一條就是快！做什麼都得快，連吃飯也要比別人快，因為四爺隨時都可能有事交代下來。若到時候妳還在那裡磨磨蹭蹭地吃飯，還怎麼去辦事啊，要是誤了四爺的事，那可是拿腦袋都賠不起。」

說到這裡，他又皺了下眉毛，咂吧著嘴巴，睨了已經空的碗道：「我上回不是拿了一盒黃山毛峰來嗎？為何還在用那些澀苦的茶葉？」適才只顧著將噎在喉間的饅頭順下去是以沒在意，待回過味來後才發現嘴裡一股澀意，全無茶葉的甘甜清香。

李衛苦笑一聲，指了正在玩自己頭髮的凌若道：「之前倒是泡過一壺，主子喝了幾口說這些茶很香很好喝，要留給四爺，不許咱們再動。無奈之下，只得再泡這些苦茶。」

狗兒重重地嘆了口氣，同情地道：「想不到娘子待四爺這般情深意重，即便人在瘋癲中也依然記著四爺，希望她的病能快些好起來。」

「咱們主子待四爺從來都是好的，可是換來的又是什麼？是被廢黜為庶人，囚禁在這與廢墟無異的別院中，無人理會！」每每想起當年的事，墨玉就一肚子怨氣。「就現在住的這幾間屋子，還是咱們幾個一起修繕過的，要不然根本住不了人。」

聽到這裡，狗兒亦沒了吃東西的心思。「你們也別怪四爺了，他根本不知別院破敗成這樣，否則……」

「否則怎樣，他就不會將主子廢黜到這裡嗎？」墨玉一頓搶白，其實還有很多話她不便明說，只能憋在心裡。她語帶哽咽地道：「說來說去，都是因為四爺不信主子，才會害主子受這麼多苦。」即便知道主子此刻是裝瘋，但想到這些年主子所受的苦難，依然忍不住悲從中來。

狗兒搖搖頭道：「我也不相信娘子這樣心善的人會謀害佟福晉，倒是佟福晉……」他似乎想說什麼，但終還是忍住了，側目道：「對了，李衛，當時除了娘子與佟福晉以外，便只有你在，事情經過究竟如何？」

李衛飛快地睨了凌若一眼，鄭重道：「狗兒哥，我李衛可以對天發誓，主子絕對沒有推過佟福晉，甚至連碰也不曾碰過。一切都是佟福晉自導自演的一場戲，目的就是為了陷害主子！」

石破天驚的一句話驚得狗兒半天說不出話來，反而是正在低頭寫方子的容遠神色平靜如常，甚至連執筆的手都不曾抖一下。他從來都是相信凌若的，既不曾疑，又何來驚？

狗兒好不容易才找到自己的嘴巴在哪裡，結結巴巴地道：「你……你的意思是……是佟福晉她自己投入池中的？那、那佟福晉手裡那耳璫又是怎麼一回事？」

「那日，她藉著二小姐的事來找主子，還勸主子去蘭馨館將二小姐接回來，主子因掛心二小姐，不曾多想就隨她一道去了。途經蒹葭池時，佟福晉說主子耳璫歪了，在替主子取下耳璫的時候她謊稱不舒服。我本想去找人來將佟福晉抬回蘭馨館，但含香說她去就行，讓我留著照顧佟福晉。就在含香離去後沒多久，佟福晉推開我的手投入池中，緊跟著含香就領著人到了。之後的事狗兒哥也知道，主子早產，我去蘭馨館求見四爺，卻被含香帶人一陣毒打。佟福晉說她毫不知情，一切皆是含香自作主張，但是狗兒哥，你信嗎？」

狗兒雖是胤禛的人，但因為阿意的關係，也可算半個自己人。適才李衛睨的那一眼，就是在徵求凌若的意見。

聽完李衛的敘說，狗兒很長時間沒說話，神色陰晴不定。從私心上講，他是相信李衛的，何況也實在找不到李衛騙他的理由。

佟佳氏……一直都知道這個女人不簡單，卻沒想到心機這般深沉，不只對別人狠，對自己亦夠狠，怪不得可以越過數位資歷比她老、出身亦比她高的庶福晉，坐上雍郡王府側福晉的位置。

待容遠寫完方子出去後，狗兒方才一咬牙，對李衛還有墨玉道：「你們記著，從這一刻起，沒有人推佟福晉，她更沒有自己投池。一切都是意外，是因為蒹葭池邊溼滑難走，佟福晉才會不慎摔下去的，卻因過於慌亂而誤以為有人推她下去，至於耳璫……」他低頭想了想道：「是娘子想去救佟福晉時不慎被扯下來的。」

「為什麼？」

天色放霽，冬日淺金色的陽光從窗縫間照進來，令人生出一種暖意。不論是墨玉還是李衛都不解狗兒這麼說的用意，唯有在低頭玩頭髮的凌若眼中掠過一絲精芒。

狗兒望著兩人道：「如果娘子病好了，你們是希望她繼續待在這荒涼的別院中終老此生，還是回雍郡王府？若想回去，就一定要這麼想。」見他們猶有不解，狗兒嘆了口氣道：「當年的事在四爺心中一直是一個死結，雖然四爺現在的態度有所鬆動，但不解開這個結，娘子就不可能回去。可是這個結不能按常理去解，這些年佟福晉雖不曾誕下一兒半女，但四爺給予的恩寵卻有過之而無不及，如今已貴為府中側福晉。你們認為四爺會因為你們的隻言片語就質疑佟福晉嗎？」

兩人皆不說話了，雖然不甘，但也知道憑他們是絕對無法撼動佟佳氏在胤禛心裡的地位。墨玉恨恨地啐了句：「真是上天無眼！」

「不瞞你們，這話數日前我就曾與四爺說過，雖然被四爺訓斥了一頓，但可以看出，四爺還是有些意動的。只要你們能咬死一切皆是意外，那麼這個死結就有望打開。記住，四爺是永遠不會錯的，至少在雍郡王府裡不會錯。」說到這裡，狗兒狠狠咬了一口饅頭道：「不只你們要這樣想，還要設法教娘子說這話，娘子現在犯著病，是個極好的機會，她說任何話四爺都不會懷疑。」

話已經說到這分上，李衛哪還會領悟不了，當下感激地拱手道：「大恩不言謝，狗兒哥的恩情我等沒齒難忘。」

第一百七十一章

和碩敦恪公主

如此，日子在容遠每隔幾日就診一次脈中緩緩過去。他知道凌若不曾真瘋，自然不會開什麼治病的藥，方子寫了兩張，一張是用來應付他人的，上面皆是記載於醫書之上用於治療瘋病的藥；另一張是真正拿給墨玉去抓藥的，皆是一些強身健體的補藥。

他沒有問凌若為什麼要裝瘋，哪怕兩人獨處時也不曾。於他而言，只要好好守護著凌若，在她需要自己的時候堅定地守候在她身邊就夠了。旁的，他不會去干涉，也干涉不了。

雍郡王府固然步步驚心，但是他曉得凌若有太多的愛與恨放不下，牽掛與羈絆註定了她必然會走這條路！他只願，自己能有機會保護她一直走下去，直至無人可以傷害她。

在之後的日子裡，有一個明眸皓齒的女子常隨容遠來別院。她說自己只是一個跟隨徐太醫的宮女，可是凌若並不盡信，且不說容色如何，只她舉手投足間透露出來的那份貴氣，便不是普通宮女所能擁有的。那股子與生俱來的貴氣，凌若在胤禛身上感覺到過，在胤禩身上亦感覺到過。

容遠待她的態度亦很怪，客氣而生疏，且從不差遣於她。而女子不知是否因為常跟在容遠身邊的緣故，對藥理甚是通曉，藥材更是熟悉，往往順口就能叫出墨玉他們抓來的藥材名稱。為免被她發現藥與方子不對，墨玉他們不得不多抓一份藥以做應付。

女子的身分似乎很神祕，直至有一次狗兒奉胤禛的命令過來，見到那女子，大吃一驚，旋即跪倒在地，口稱「敦恪公主吉祥」。這才知道，原來她是當今皇帝的第十五個女兒，取名靖雪，生母是敬嬪章佳氏。她剛出生不久便被封為和碩敦恪公主，在眾皇女之中是最得康熙寵愛的一個。

也在那日，爬上院牆的李衛看到敦恪公主一踏出別院，立刻有數十名身手矯健的男子從暗中閃出，無聲地向她行禮。更有幾人抬了藍呢轎子過來，連這些抬轎的轎夫亦眼有精光，一看便知是身手不凡之人，想必是喬裝打扮的大內侍衛，負責暗中保護敦恪公主。

公主是皇帝的女兒，她們尊貴的身分註定在大婚之前是不被允許踏出紫禁城的，而敦恪公主卻可以自由出入宮廷，即便她身繫三千寵愛也不是一件容易的事。可是她出宮僅僅是為了跟隨在容遠身邊，實在是一件令人想不明白的事。

一次，趁兩人獨處時，凌若曾問過容遠，他只淡淡說敦恪公主對醫術頗感興趣，特別是各種疑難之症。無意中曉得他在替人治瘋病後，很是好奇，便央康熙讓她出宮，並無其他。

「是嗎？」凌若含笑看著神色自若的容遠。「不是因為敦恪公主對徐太醫有好感嗎？」她心細如髮，從敦恪公主第一次在別院中出現就已經注意到了。敦恪公主雖不太言語，但目光時常追隨在容遠身上，偶爾會帶上一縷寧靜的笑意。

容遠溫雅如玉的面龐微微一紅，輕斥道：「休要胡說，敦恪公主乃金枝玉葉，而我只是一個小小太醫，又是漢人，如何可與她相提並論。」

「當今皇上並不是拘泥這些的人，否則也不會多次提倡滿漢通婚。我瞧著敦恪公主甚好，雖是金枝玉葉，卻平易近人。」

「敦恪公主自是好的，只是與我何干？」容遠將診脈用的棉墊放入隨身藥箱。

凌若嘆了口氣，望著墨玉特意折來供在瓶中的梅花道：「過了今年，你就二十三了，難道還準備一輩子不成家嗎？」

「我想娶的妻子只有一個，其他女人再好於我亦無關係。」他言，目光哀涼如清晨的秋霜，雖已過去多年，此心卻從不曾變過。

凌若心中一痛，脫口道：「容遠哥哥你這又是何苦？」

容遠微一失神，復又寧靜如水，糾正道：「娘子又叫錯了，該是徐太醫才對。」見凌若還要說下去，他轉了話題道：「微臣的事不打緊，倒是娘子打算什麼時候病癒？王爺問起的時候，微臣也好回答。」

見他不願提此事，凌若亦無奈，只得道：「再過一陣子吧，快了容易讓人起疑，而且在此之前我還有一樁事要做。」

容遠點點頭，背了藥箱起身道：「那微臣先回去了，過幾天再來為娘子請脈。」走了幾步，他又不放心地回過頭來叮嚀：「記得按時喝藥，莫要忘了。我替妳把脈，發現妳之前因為剛生完孩子就被廢黜到這裡來，不曾好生坐過月子，所以身子虧虛得厲害。雖然眼下看不出來，但年紀大些就會慢慢顯露出來了，到時候想治都治不好。那張方子上的藥可以幫妳調養身子，盡量將虧虛的底子補回來。」

她點頭，目送那道瘦削的身影在視線中緩緩消失……

胤禛經常過來看凌若，見她病一點一點好起來甚是高興。有時候夜間見到有星光，常會帶她在院中觀星。雖然凌若依然不認得他也不會回應他，但他還是饒有興致地將夜空中的星星一一指給她看。在指到一顆特別亮的星星時，他欣然道：「妳瞧，那就是天狼星，這顆星星只有在冬天與早春的時候才能夠看到。」

「天狼？」凌若喃喃重複了一句，剛剛還很安靜的她忽地怪叫一聲緊緊抱住枕頭，蹲下身瑟瑟發抖。「不要！求求你不要讓天狼來吃我的孩兒，我已經什麼都沒有了，只剩下孩兒了，我不可以再失去她！」

胤禛沒想到天狼星三個字會刺激到她，忙攬住她的肩膀安慰：「沒事的，沒事的，沒有天狼來吃孩兒。妳瞧，她不是好好在妳懷裡嗎？」

凌若將信將疑地看了四周一眼，見確實沒有狼才放下心，但抱著枕頭的手說什麼也不肯鬆開。

看到她這樣，胤禛心中甚是難過，撫過凌若冰涼的臉龐輕輕道：「若兒，為何妳當初要那麼糊塗去害梨落，若不是這樣，孩子不會早產，更不會死。」

第一百七十二章 悔恨

「我沒有！」聽到胤禛這話，本已平靜下來的凌若突然又激動地大喊大叫：「我說過我沒有害佟佳氏！為什麼你們都不相信我，四爺不信，你也不信，為什麼？」說著，她軟軟滑倒坐在冰涼的地上，垂淚嗚咽道：「佟佳氏是自己不小心滑下去的，我想要去救她的，可是事情太過突然，根本來不及。我沒有害過任何人，為什麼你們一個個都不相信？四爺還說他永遠不要再見到我，連孩子也要奪走！」

胤禛神色大震，顧不得其他，一把抓住她的肩膀，急聲道：「妳說什麼，再說一遍！妳沒有推梨落？」若換了正常時候，他一定會認為凌若在狡辯，可現在凌若神智不清，想到什麼就是什麼，怎麼會懂得撒謊狡辯。

他的手不小心碰到枕頭，只是一個無意的動作卻令凌若害怕不已，大叫一聲，跪在地上不住磕頭。「求求你，求求你不要奪走我的孩子！我什麼都不要，只要我的孩子！」

胤禛急忙將手放開，強行克制住急切的心情，放緩了聲音道：「孩子是若兒的，沒有人會搶走！若兒不要害怕。」

「真的嗎？」凌若縮著身子問，似乎怕到了極點。

「是，我保證。」待凌若情緒平復些後，他方才引誘到剛才的話題問：「若兒，妳說妳沒有推佟佳氏落水對嗎？那為什麼妳的耳璫會在佟佳氏手裡？」

耳璫？凌若似乎一下子想不起來那是什麼，好一會兒摸著自己的耳垂，語無倫次道：「好疼，她抓我，好疼，耳璫沒了。」忽地她又哭了起來。「嗚，四爺在她手裡看到了耳璫，他罵我是毒婦，我好難過！」

聽到這裡，胤禛哪還會不明白。原來真的是他誤會了凌若，凌若沒有推佟佳氏。就像狗兒先前猜的那樣，是佟佳氏自己不小心落水，卻在凌若想要去救她的時候，誤抓了凌若的耳璫在手。許是因為過於害怕而記不清當時的事，又許是因為手裡的耳璫，讓她誤以後凌若要害她。

而自己，當時只顧著恨凌若背叛自己的信任，根本聽不進她的任何解釋，逕自將罪名強加到她頭上，以致她在過度傷心下早產，失去了原本可以活下來的孩子……

這一刻，他悔恨不已，摟住凌若單薄的身子哽咽道：「對不起，若兒，對不起！是我不好，是我害了妳！」

終於等來了這一句對不起，可是，還有用嗎？孩子永遠都回不來了啊……

這樣的悔恨令胤禛來別院的次數越加頻繁，甚至連除夕亦是在別院過的，陪著凌若一道吃餃子、一道放煙花。當看到凌若因那絢麗繽紛的煙花露出猶如孩童一般的笑容時，胤禛不覺亦露出這兩天來難得的笑容，走過去緊緊握住她的手。

既然上天讓他知道自己誤會了她，那麼他一定會在往後的日子裡好好補償於她。

康熙四十八年，康熙復立胤礽為太子，立太子福晉石氏為太子妃，並且大封諸皇子。

胤禛被封為雍親王並賜圓明園，與之一道被封為親王的還有三阿哥胤祉；至於十三阿哥胤祥亦被釋出了宗人府，依舊為貝子。

從宮裡受完加封出來，胤禛沒有回王府，而是直奔別院。他要帶凌若去圓明園，那裡有連綿不斷的西山秀峰，有大大小小的湖泊池沼，山青水碧、林木蔥茂，一定可以令凌若的病情有所好轉。

彼時夕陽如醉，天邊五彩繽紛，絢麗如世間最華貴繁複的錦緞；而在那樣的萬丈霞光下，一個纖細的身影靜靜站立在那裡，夕陽的餘光照在她身上猶如蒙了一層淺橘色的光暈。一陣晚風拂過，吹起她的長髮與衣衫，如振翅飛起的蝴蝶。

「若兒？」胤禛停下腳步，不敢確定地喚著，心中隱約生出一絲祈盼的歡喜。

低頭收回遠眺的目光，那人緩緩轉過身來。在隨風飛舞的黑髮中，胤禛看到了那張臉，是凌若。而此刻，她的臉上沒有往常的迷茫與痴傻，有的只是寧靜以及……哀傷。

胤禛的心狠狠跳了一下，他彷彿看到從前的凌若，難道……這樣想著，他有所激動，只是不知該如何開口，直到她緩緩欠下身去，朝自己行了一個端莊合宜的禮，口中喚道——

「四爺。」

不用再問什麼，胤禛知道，他日盼夜盼的鈕祜祿凌若終於回來了，不再痴傻，不再蠢鈍，以前那個蕙質蘭心的鈕祜祿凌若回來了。

胤禛緩步走到她面前，修長的手指撫過她溫軟的臉頰，滑落至尖尖的下頷，雙手因激動而微微發抖。「徐太醫真的將妳醫好了。若兒，我的若兒回來了，真好！」

凌若望著一身親王吉服的胤禛，夕陽拂落他一身錦繡霞光的同時亦暫時化去了慣常的冷漠，令他整個人看起來俊美無儔，彷彿天人。

感受著他掌心深刻的掌紋，凌若心中說不出悲喜歡苦，一切皆只是算計罷了，何來好與不好……

她深吸一口氣，抬眸與胤禛相對，裡頭有清冷如秋月的哀傷。

「為何要醫治妾身，妾身寧願一生在瘋癲之中度過，如此就不會傷、不會痛，如此就會以為孩兒還在身邊。」這話固然是算計卻也是真心，她低頭，瑩白纖細的雙手空空如也，沒有枕頭了，沒有孩兒，什麼都沒有。

下一刻，她淚落如珠，哽咽聲從緊閉的絳脣間逸出，雙手緊緊抱住自己，肩膀不住地抖動。心痛如絞，似有無數尖刀在體內亂竄，將她割得體無完膚。

「若兒！」胤禛眼底有焦灼的痛楚，緊緊抱住她不住滑落軟倒的身子。「對不起，若兒，對不起！」

胤禛的道歉，令凌若想起這些年所受的委屈與痛楚，哽咽化作撕心裂肺的痛哭，在他懷中哭得不可自抑。雖是算計，這痛卻是實實在在，不曾虛假。若非一直支撐自己的那股恨意與不甘，她真寧願自己瘋癲一生，讓孩兒永遠活在自己的心裡。

第一百七十三章　策馬

胤禛沒有再說，只是牢牢地抱著凌若。許久，哭聲漸漸小了下去，唯有零星的啜泣還在響起。

「莫要哭了，若兒，對不起！對不起！」胤禛低頭，心痛地吻去她臉上簌簌如珠的淚。

這樣無間的親暱似乎嚇到了凌若，令她想逃，無奈身子被緊緊禁錮，無處可逃。「妾身待罪之身，不敢當四爺如此相待。」

「不要說了。」胤禛不顧她的抗拒，擁住了她，憐惜道：「當年的事我已經清楚了，與妳無關，是我誤會了妳，累妳失去我們的孩兒，還在這裡受了這麼多年的苦。若兒，是我對不起妳，原諒我好不好？」

從適才到現在，胤禛已經說了無數次對不起，這話他以前是斷斷不說的，顯然是真心感到愧疚，否則以他皇子的身分，何須向人道歉。

「是妾身自己沒保護好孩兒，與四爺無關。」她別過頭，不願與他相視，淚無聲無息滑落臉龐。

「妳這樣說便是還在怪我。」

沉悶的聲音在凌若耳邊響起。

良久，在喟然長嘆中，胤禛再次道：「若兒，過去的就讓它過去吧，隨我回雍王府。往後，我會好好待妳，不讓妳受一點兒委屈。至於孩兒……我們還會再有的。」

聽得胤禛親口說出這句話，她的心緩緩鬆馳下來，然口中卻道：「妾身已被廢為庶人趕出雍王府，哪還能回去。」

她越這樣說，胤禛心裡的內疚就越濃，捏了捏她纖細的手腕道：「大清哪條律法規定廢為庶人就再不能回王府。宮中被打入冷宮的妃子尚可復立，何況是咱們王府之中。」頓一頓，他極認真地看著凌若。「若兒，我只問妳，妳願意與我回去嗎？」

夜幕降臨，夕陽只剩下小半個尚露在外面，四合的暮色越發襯得天邊紅雲彩霞絢麗無邊。遠處有大雁成群結隊地飛過，這樣遨遊天際的自在，於她卻是可望不可及了。北鳥尚可南遷，她卻只有一條遍布荊棘的路可走。

許久，在雁影即將消失時，凌若在胤禛略帶緊張的注視中點下了頭。下一刻，胤禛明澈耀眼的笑容劃破暮色沉靄的天空，令凌若有一剎那的失神，冰冷的心因這縷笑容再次裂開一條縫隙，周身的暖意漸漸滲了進去……於他，始終不能做到真正無情無義，即便算計，也有情義在內。哪怕他曾經傷得自己那麼深。

情啊，究竟為何物，為何總讓人忘了自我？

解開了困擾多年的結，胤禛心情大好，拉起凌若往別院外而去。「走，我帶妳去一個地方。」

不遠處，墨玉與李衛並肩而立，將這一切都看在眼裡。演了半年的戲終於可以落幕了，只是這一步跨出去，迎來的將是無邊的廝殺爭鬥，不能回頭，直至白骨累累、血流成河！

「這樣對主子真的好嗎？」墨玉茫然地問李衛。

「自然是好的。」如此說著，李衛卻嘆了口氣。「王府之中固然步步驚心，可是困在別院中，主子的心永遠不會安靜下來。不只是因為恨與怨，還因為主子捨不下四爺。主子的心，始終繫在四爺身上，哪怕四爺曾經有負於她，亦放不開啊。」

墨玉默然，這樣的話令她想到胤祥。那個爽朗英挺，總喜歡彈她額頭的十三阿哥，他已經娶妻納妾，可自己同樣放不下，總在心裡默默想著。

「這麼晚了，四爺要帶妾身去哪裡？」凌若被胤禛一路拉出了別院，有他在，自然無人敢阻攔，遠遠看到便已跪了下去。

「去了就知道了。」胤禛微微一笑，帶了幾分神祕。

門口拴著一匹白馬，正在那裡悠閒地甩著尾巴。狗兒正拿著一把青草在那裡餵牠，見到胤禛拉了凌若出來，臉上閃過一絲分明的喜色，旋即很好的掩飾起來，上前打了個千兒。「四爺。」

胤禛揮揮手，示意他將轡繩解開，拍一拍白馬靠過來的頭，腳在馬鐙上一踩，俐落地翻身上馬。大清自馬背上得天下，雖定國多年，生活相對安逸，但一直保持原有的習慣，凡皇子皆自幼學習騎射弓箭，年滿十歲者，更要在每年秋季隨皇帝至圍場狩獵。

胤禛上馬後，將手遞向凌若。「如何？可敢上來？」滿清貴族中，並不乏女子善騎射者。

「有四爺在，縱是碧落黃泉亦無不敢二字！」如此說著，她將手放到胤禛掌中，隨即一股大力將她騰空拉起，回過神來時人已經穩穩落在馬背上，身後是胤禛寬闊溫暖的胸膛。

「抓緊了！」隨著這句話，胤禛一勒馬轡，白馬立時如箭一般疾馳出去。耳邊風聲呼嘯，不一會兒別院已被遠遠拋在後面。

兩人的衣衫在涼風中獵獵飛舞，恰如兩隻互相追逐的蝴蝶。

莊生曉夢迷蝴蝶……卻不知是莊生入了蝴蝶的夢，還是蝴蝶入了莊生的夢？

暮色下，有蜻蜓低空掠過，透明的翅膀在空中輕輕扇動帶起微小的氣流，圍繞在共乘一騎的兩人身畔，翩然若舞。

凌若已經很久沒有看到外面的世界了，何況是這樣自由奔跑在郊野上，不由得生出一種豁然與歡喜之感。她伸手，有蜻蜓落下，似想停在她白得有些透明的指尖，然策馬奔跑的風太大，根本不是蜻蜓細細的腳能抓住的，剛碰到手指便被風吹走，遠遠落在馬後。

胤禛見狀，腳下一夾，令白馬放緩了速度，慢跑在郊野之上。原本落後的蜻蜓頓時悉數飛來，還帶著幾隻小小的蝴蝶。彼時正是春暖花開之時，這片郊野上開滿了不知名的小花，香氣浮動，令人生出心曠神怡之感。

見凌若的目光一直追隨那些蜻蜓，胤禛微微一笑，伸手在空中一抓，再張開時，掌心已經多了一隻正在撲著透明翅膀的蜻蜓。凌若小心地接在手中。

「以前學過騎馬嗎？」看她坐在馬背上的姿勢，雖然不太熟練，倒也有板有眼，不像是初次乘坐。

凌若點點頭，微翹的嘴角蘊了一縷笑意在裡面。「小時候跟隨兄長學過幾天，只是長久不騎，生疏了許多。」

第一百七十四章 豁然開朗

「那正好，前幾日年羹堯送來幾匹西域的純種馬，瞧著不錯，改明兒讓狗兒帶妳去馬房選一匹性情溫順的。往後得空時，我陪妳來這裡騎馬，省得老待在府裡悶得慌。以前素言是最喜歡騎馬的，常讓我帶她來這裡騎。她的騎術是我見過那麼多女子中最好的一個。」

「年福晉出身名門，又有兩個文武雙全的兄長，自然要較一般人精通。」夜色漸深，抬頭遠遠可以看見天邊漸露的星子，凌若撫著略有些刺手的馬鬃問：「這匹良駒也是年將軍送的嗎？」

從別院到這裡少說也有幾十里，一路疾馳且還負重兩個人，可白馬的氣息並沒有顯得太過急促，顯得游刃有餘，如此神駿絕非普通馬匹。

「不是。」胤禛低頭貼著她略有些涼意的臉頰，道：「這是前年秋圍時，皇阿瑪賞的蒙古馬，我給他取名叫裂風。獵物最多者，賞的則是一匹來自西域的純血大宛馬。」

大宛馬即是俗稱的汗血寶馬，牠在高速疾跑後，肩膀位置會慢慢鼓起，並流出像鮮血一樣的汗水，因此而得名。這種馬爆發力強、速度快，相較之下，蒙古馬略遜一籌，不過勝在耐力強，算是各有優劣吧。

大宛馬不少見，不過純血的就稀奇了，一匹純血大宛馬放在市面上少說可以賣到上萬兩，且還是有價無市。

「不知得大宛馬的是哪位皇子？」凌若好奇地問了一句，不想卻令胤禛臉色微微一黯。凌若心頭隱約閃過一絲明悟，能令胤禛如此者，怕是除了八阿哥之外，不會再有第二人。

果不其然，胤禛睨了一眼天邊爍爍發亮的星子道：「是胤禩。那年秋圍我與胤禩獵的最多，相互咬得極緊，可謂不分伯仲，眼見擂鼓鳴響的時間將到，我們都有些急了，一道追趕一頭領著幾頭剛出不久的小鹿逃命的母鹿。」

思緒隨著言語漸漸回到了秋圍時。他當時跑得比胤禩還要快幾步，母鹿被他們追得驚慌失措，四處亂逃。幾頭小鹿剛開始還跟得上，但後面漸漸不支，畢竟出生不久，嗚咽著被落了下來。母鹿儘管一心想要逃命，卻也捨不得自己的孩子，不時停下來將落後的小鹿叼起；可是即使如此，也於事無補。胤禩瞅準時機拉弓放箭，帶有胤禩名字的箭在空中掠過一道極優美的弧度，最後準確無誤地插入落在最後面的一隻小鹿脖子，當場斃命，連一聲哀號也沒有。

見他先獵得小鹿，胤禎唯恐被胤禩討得頭彩，當即也將箭搭在拉滿的弓弦上。他與胤禩表面客氣親密，但彼此都知道，兄弟情分早在納蘭湄兒嫁給胤禩的那一天就淡薄了，剩下更多的是相互競爭，哪個都不願落了下風，尤其是在康熙面前。

可是，當胤禎看到那隻母鹿嗚咽著不顧危險走到倒地的小鹿面前，鹿眼含淚地舔著小鹿時，那支箭怎麼也射不出去。那一瞬間，出現在他腦海裡的居然是凌若抱著死去的女兒跪在雪地中的情景。

胤禩抓住這個機會，連連出箭，將母鹿還有圍繞在母鹿身邊的幾隻小鹿悉數射下，無一存活。胤禎最後看到的是母鹿睜著兩隻大眼的樣子，有淚緩緩從鹿眼中滴落⋯⋯

天生萬物皆有靈性，並非人才會懂得喜怒哀樂，動物亦懂⋯⋯

那一幕對胤禎觸動極深，彷彿明悟了什麼，對宣揚眾生皆平等的佛家多了幾分嚮往。不過那一日的秋圍，始終是胤禎輸了，所以他只得到次等的蒙古馬。

胤禎看似平淡的述說，卻在凌若心裡掀起軒然大波，不容她多想，淚已盈於睫。始終⋯⋯胤禎心裡是有自己的，否則不會因為母鹿而聯想到自己，更不會因此輸給胤禩。她知道，胤禎心裡最想贏的就是八阿哥胤禩，可是卻甘願將觸手可及的勝利拱手相讓。

也許自己真的不應該太計較，畢竟他們將做一輩子的夫妻，若總帶著仇恨過日子，於他、於自己都是一種不幸。

隱約，她有一種豁然開朗的感覺，臉上的笑意亦真誠了許多。胤禛低頭，恰好將她那絲猶如朝陽初升般的笑容看在眼裡，儘管不知緣何如此，但卻有歡喜在心底滋生，與其相握的手悄悄握緊。

這個女人，不是他心裡的唯一，更不是他心裡的最重，可是這一刻，他真心希望相握的手永遠不要鬆開，永遠……永遠……將她握在手中！

「走吧！」胤禛嘴角微微翹起，在若有似無的笑意間一夾馬腹，裂風立時會意，撒開四蹄在星夜下飛奔，兩邊景色不住往後退。裂風馬如其名，全速奔跑時，猶如乘風踏雲，迅捷無比。

約過了一炷香時間，裂風的速度才漸漸慢下來，而空曠的郊野亦漸漸出現大量的建築物，瞧著像是一個個園子，無奈天色太暗瞧不清楚。凌若只隱約記得被列為皇家御苑的暢春園似乎就在這裡，不知胤禛帶她來這裡做什麼，總不至於要帶她進暢春園吧？那地方是康熙避喧聽政的地方，即使是身為四阿哥的胤禛也不是可以隨意出入的。

裂風在一處看似園子的建築前停下，園子門上掛了一塊牌匾，無奈天色太暗，即使凌若極盡目力，也只能看到是三個字，而最後一個是「園」字。

馬蹄聲剛停住，立時就有人開門，一個人影從裡面閃了出來，恭恭敬敬地朝兩人施了一禮。「奴才給四爺請安，給娘子請安。」

聽聲音竟是周庸，只是不曉得這樣暗的天色，他如何知道凌若坐在馬上。

胤禛「嗯」了一聲，帶著凌若翻身下馬。周庸的眸子在黑暗中微微一瞇，朝園子大聲道：「起燈！」

隨著他的話，宮燈逐次亮起，絳紅明火由遠及近，星星點點，在風中搖曳不定，似一條垂落人間的星河流光，在黑夜中將整個園子照得通亮。凌若數不清究竟有多少盞宮燈，只知目之所極，皆是絳紅光芒。最後亮起的是兩個懸在園子外面的宮燈，由周庸親自點燃，朦朧溫暖的燈光照亮了胤禛與凌若的身影，亦照亮了那塊匾額。

第一百七十五章　圓明園

「圓明園。」凌若輕輕唸著三個蒼勁有力的大字，目光在看到落款題字者時滯了一下，「康熙御印」，這塊匾額竟然是康熙親手所題。

「今兒個行冊親王儀式時，皇阿瑪將這處園子賜給了我，『圓明園』三字是皇阿瑪親手所題，而圓明亦是我的法號。」

在經過秋闈射鹿的事後，胤禛雖說不上大徹大悟，但於佛學上卻有所嚮往，潛心向章嘉呼圖克圖求教與印證；而章嘉呼圖克圖是康熙親自敕封的「灌頂普慧廣慈大國師」。

之後，胤禛自號「圓明居士」，康熙在賜園時，便以胤禛的法號為園名。

「圓融和普照嗎？」凌若輕輕說出這兩個字所蘊含的真義，它意味著完美和至善，看來胤禛確是有心向佛。

胤禛將裂風交給殷勤跑過來的小廝後，對凌若道：「說起來，我與佛家結緣，還應該謝謝妳才是。」見凌若不解，他笑道：「還記得我與妳在蒹葭池邊相遇時，妳與我說過什麼？」他揚一揚下巴續道：「妳說，佛家有云：人生有八苦：生、老、病、死、愛別離、怨長久、求不得、放不下。只有真正經歷過這八苦方才是完整無缺的人生；又說穿過被佛家稱為彼岸花的曼珠沙華，可以令曾經的一切皆留在彼岸，可以重新開始。」

「我不曾見過彼岸花是什麼模樣，但我知道每一個人在他的一生當中都要經過八苦，而修佛可以令八苦減輕，心生寧靜。這兩年的修佛令我獲益良多，我真應該好好謝謝妳。」說到這裡，他執起凌若的手道：「走吧，我帶妳去看園子，雖說眼下不如白天看得清楚，但別有一番風情。最重要的是……」胤禛凝視她片刻，深邃的眼眸中有一縷溫情劃過。「妳是我帶來的第一個女人。」

凌若動容，卻不知該怎麼回答，只是悄悄反握了他的手，本就已經淡去的恨意在這一刻徹底消失；又或者從一開始，她就不曾恨過，只是糾纏在心頭的那股怨氣令她不願承認自己依舊愛著胤禛。

或者，這就是命吧，註定她此生此世都放不下胤禛，就如容遠放不下她一般……

圓明園與暢春園一般，皆是取自江南的名園勝景，浚水移石、填湖堆山，由無數能工巧匠精心修建而成，不過規模比暢春園略小一些，然這並不妨礙它秀麗的景色。既有宮廷建築的雍容華貴，又有江南水鄉的婉約多姿，且無一絲不諧之處。真可謂：雖由人做，宛自天開。

一路行去，可看到無數個大大小小的池湖，碧水叢生，映著絳紅的宮燈，令圓明園透著一種華奢與夢幻，雖在人間，卻似天上。

縱觀整座圓明園的園林，多以水為主，因水成趣，其中不少直接汲取江南著名水景的意趣。譬如北岸的上下天光，就似岳陽樓一覽洞庭湖時的「凌空俯瞰，一碧萬頃」；西岸坦坦蕩蕩，則酷似杭州玉泉觀魚；還有西處的萬方安和，樓閣建於湖中，形作卍字，可遙望彼岸，奇花纈若綺繡。

圓明園共有景二十四處，除以上這些外，還有方壺勝境、魚躍鳶飛、碧桐書院等等，皆是美不勝收，令人流連其中，不捨離去。此處已是這般，不知身為御園的暢春園又是何等綺麗風光，實令人浮想聯翩。

在這二十四景之中，有一處為鏤月開雲，與胤禛在雍王府中的住處名字相似，也同是胤禛在園中休息下榻的地方。

「若兒，喜歡這裡嗎？」胤禛擁著凌若站在萬方安和的樓閣中。對岸，一早得了胤禛吩咐的周庸燃起備好的煙花。

迷離煙花，雖只剎那芳華，卻擁有任何花朵皆比不上的絕美，倒映在流光綺麗的湖水中，令人目眩不已。

「如此美景，又怎會不喜，妾身真想一輩子住在此處。」凌若仰首看著不斷在空中綻放的煙花，幽幽說出這話。

「妳喜歡，盡可隨時來這裡，只是一輩子卻是不行。妳是我胤禛的女人，自然要住在雍王府。」他隨意，然語氣中卻有不容質疑的斬釘截鐵。

「其實不論雍王府還是圓明園都是一樣的，妾身只怕佟妹妹依舊誤解妾身，不願見到妾身。若因妾身而令四爺與佟妹妹生出嫌隙來，妾身實難以安心。」她有些落寞地低下頭把玩著胤禛略有些粗糙的手指，低頭時戴在頸間的玉扳指不慎自衣中滑了出來。

「這個扳指妳一直隨身帶著？」胤禛問，眸光有所動。

凌若輕輕點頭。「妾身知道離開王府的時候，應該將所有東西都留下，可是這扳指是四爺第一次送給妾身的東西，妾身實在捨不得，所以就偷偷帶走了，還望四爺恕罪。」

「傻瓜。」胤禛替她將扳指塞回衣中，溫柔地撫了她柔軟的鬢髮，道：「妳又不曾做錯事，有什麼好恕的。」他閉目深吸了一口獨屬於她的幽香。「妳也說了是誤解，只要解開便沒事了，梨落又不是滿不講理之人。總之過幾天，妳就隨我回雍王府。」

見他心意已定，凌若沒有再說什麼，倚著他溫暖的胸膛靜靜看煙花絢爛。要迎一個已經被廢為庶人且曾發過瘋的女子回府，絕不是一件簡單的事，府中必會激起一片反對之聲，她必須要讓胤禛堅定此念，不為任何人所動搖。

夜，靜謐無聲，唯星月之光倒映在湖水之中沉浮不定。

萬方樓內輕薄柔軟的綃金紗帳垂落一地，似如蟬翼，在燦若星輝的燭光下瑩然生輝，紗帳內春光旖旎，無限美好。

胤禛的脣如羽毛一般輕輕落在凌若身上，輕柔卻又透著極致的熱意，喘息漸漸粗重。面對這具身體，他依然與數年前的第一次那般，毫無抗拒力，心底的火在一瞬間被燃起。此刻的胤禛只有一個念頭，就是占有這具近乎完美的身子，讓她再一次完完全全屬於自己。

凌若緊緊摟著胤禛的背，任他用積蓄以久的熱意將自己帶到雲端，在微微發抖中感受著彼此交融的歡悅。數年離別，以為會感到陌生，可身子卻在他脣落的那一刻自動回應了他。

他，已經刻入她的身與骨，無可忘，亦無法忘……

第一百七十六章 各懷鬼胎

正如凌若所料，胤禛要回府的消息剛一傳開便在府中引發一場軒然大波。要知道，胤禛將要接回府的是一個已經被廢的女子，且還曾經發過瘋，這在普通富貴人家裡都是一件不可思議的事了，何況是身為親王的皇子——必是極其在意那人，才會這般無視世俗的眼光。

這令她們坐立難安、百般不願，尤其是那拉氏與佟佳氏，一個恨凌若入骨，不願她再出現在眼皮子底下；一個昔日百般算計，趕凌若出府，知道她若回來，第一個要對付的就是自己，自不願見此事發生。

佟佳氏閉目躺在軟榻上，任由侍女替自己捏著腳，精心描繪的黛眉緊緊皺起。她怎麼也想不明白，為何胤禛會不追究當年的事，難道他當真在乎鈕祜祿氏到無視一切的地步？

這個想法剛一出現在腦海中便被她否決了。她曾偷偷瞧見過面對納蘭湄兒時的胤禛，納蘭湄兒才是那個一言一行皆可牽動胤禛的人，否則自己也不能登上側福晉的高位。

既然不是，那……她的眼驟然睜開，其中有深切的恐懼。莫非胤禛得悉了當年落水的真相？

不！不可能！胤禛的性子她了解，眼中容不下一粒沙子，若知道她陷害鈕祜祿氏，不可能到現在都毫無反應；何況那件事她安排得天衣無縫，除了他們幾個，再沒人看到，沒有人證物證，胤禛不可能相信鈕祜祿氏的一面之詞。

那究竟是怎麼一回事？正自不解之際，下人進來稟報說那拉氏到了，她連忙撫衣起身，對扶著翡翠的手緩步進來的那拉氏甩帕行禮。隨即她親自扶了那拉氏至黃花梨製成的圈椅中坐下，又親自奉茶遞上，看那拉氏抿了一口後方才道：「前次妾身送去的明前碧螺春，嫡福晉喝了嗎？」

那拉氏點點頭，道：「喝過了。其實妳不必每次有什麼好東西都往我那裡送，尤其是這明前新茶，妳自己統共也不過得了幾兩，全送到我那裡去了，妳卻喝去歲留下的陳茶，這讓我怎麼過意得去。」

佟佳氏含了一抹謙卑的笑容，垂首道：「嫡福晉說哪裡的話，自入府以來，嫡福晉一直對妾身照顧有加，並未因妾身出身低微而有所別。妾身一直銘感於心，只是苦無報答的機會，只能借這些東西略表一二；再說能夠孝敬嫡福晉也是妾身的福分，只盼嫡福晉莫要讓妾身失了這福分。」

佟佳氏這番話令那拉氏聽著甚是動容，拉過她的手感慨道：「府中那麼多妹妹，就屬妳最貼心，從不恃寵生驕，難怪王爺將妳疼到了骨子裡。」

佟佳氏被她誇得面頰微紅，喃聲道：「妾身只是守著自己的本分罷了，哪有嫡福晉說得那般好。」

「恪守本分四個字說來容易，做來難。人吶，唉……」那拉氏不知想到什麼，搖搖頭，發出一聲輕嘆。在片刻的停頓後，她又看向佟佳氏，柔聲道：「王爺要讓鈕祜祿氏回府的事，妳知道了？」

佟佳氏神色一黯，低低道：「是，聽說了，也就是這兩日的事吧。」

「唉，也真是難為妳了。當年鈕祜祿氏意圖害妳，被廢黜禁錮別院，原以為這事就算過了，誰想到事隔三年之後，王爺會突然起了這念頭。王爺處事素來公正嚴明，不知為何這一次會……」她搖搖頭未再說下去，然言詞之間頗有幾分不贊同。

這番話令佟佳氏眼圈一紅，低低道：「聽說鈕祜祿氏這幾年在別院過得很苦，前段日子還因思念夭折的孩子發了瘋，好不容易才醫好。畢竟夫妻一場，王爺想必是於心不忍。」

「王爺固然是心善，可這樣卻是要將妳置於何地？」那拉氏撫著鬢後的芍藥絹花，徐徐道：「鈕祜祿氏罪行滔天，將她囚禁別院已是格外開恩，縱然發瘋也是她自己想不開，如何有再回王府的道理？咱們幾個也就算了，妳卻要日夜對著曾經加害自己的凶手。」

佟佳氏低頭絞著半透明的絹子不語，眼眸處有淺淺的水霧。「可這事王爺已經決定了，妾身……」

那拉氏深深地看了她一眼，語重心長地道：「話雖如此，但鈕祜祿氏畢竟還沒回府，一切尚有轉圜的餘地。妳素得王爺愛重，尋機會再好生勸勸吧。讓一個瘋婦回府，傳出去對咱們雍王府而言也不是什麼光彩的事！」

佟佳氏張了張嘴似乎想說什麼，但終還是嚥了下去，點頭道：「妾身知道了。」

在送那拉氏離開後，佟佳氏緩緩沉下臉，回身至椅中坐下，冷笑道：「明明是她自己不想讓鈕祜祿氏回府，卻讓我來勸王爺，算盤打得可真是好。」

畫眉在命人將喝過的茶盞撤下去後，繼續蹲下身替佟佳氏捏腳，帶著幾分恭維道：「任嫡福晉算盤打得再響，不是一樣瞞不過主子法眼。」她是在含香離開後調到佟佳氏身邊的，這幾年下來頗得佟佳氏看重，視作心腹。

佟佳氏頭疼地撫一撫額，手指碰到垂落在額間的紅翡滴珠，帶來輕微的涼意。「妳把她想得太簡單了，那拉氏才是府中最有手段的那個人。縱然我看得一清二楚，卻依舊不得不按著她的步子走。」陽謀遠比陰謀更可怕、更難對付。

「這是為什麼？」畫眉不解她話中的意思。既猜到了，為何不可避？

佟佳氏把身子往椅背上一仰，有些無奈地道：「因為誠如她所說，鈕祜祿氏回府，最在意的是我，即使不勸王爺，我也必然要向他問個明白，為何要讓曾經犯下滔天大錯的人回府。王爺並不是一個朝令夕改的人，不可能無緣無故許她回府，其中必有緣由。」

彼時，走在回含元居的路上，翡翠問那拉氏：「主子，您說佟福晉會當這隻出頭鳥嗎？」

那拉氏摘了一片剛抽出來的嫩葉在手，指甲剛一用力，汁水便從嫩葉中滲了出來。在鴉青色長睫覆蓋下的眼眸中，精光如針。「放心吧，她一定會，除非她心中沒鬼。」

第一百七十七章 試探

是夜，星光四散，佟佳氏來到書房，守在外頭的狗兒垂首行禮，任由她進去，並未阻攔半分。佟佳氏為官女子時便在書房伺候，被立為福晉後，胤禛亦許了她自由出入書房的權利。

胤禛正專心批著各地送上刑部的摺子，忽地面前多了一個雨過天青色瓷盞，隨著一雙優美如蘭的柔荑揭開盞蓋，一股紅棗銀耳的香甜氣息立時索繞在鼻尖，勾得人起了幾分食慾。

「妳怎麼過來了？」抬頭見是佟佳氏，胤禛放下手中的狼毫筆。

佟佳氏微微一笑，拿過胤禛手裡的摺子，將紅棗銀耳羹遞到他手中。「公事固然重要，可四爺也得顧著自己身子才好。廚房說，四爺從晌午回來到現在都沒吃過東西。」

「已經這麼晚了嗎？」被她這麼一打斷，一直專心於事的胤禛才發現外面已是一片暮色。他竟毫無所覺，連書房中何時掌的燈都不知道。

佟佳氏上前替他揉著有些僵硬的脖子，細聲道：「妾身已經讓廚房準備晚膳了，四爺先喝盅紅棗銀耳羹墊墊底。」

被她這麼一說，胤禛還真感覺有些餓了，低頭舀了一杓在嘴裡。銀耳羹火候燉得剛剛好，甜而不膩，香滑可口，很能引起食慾。待得將一盅都喝完後，胤禛拉下一直停留在自己脖子上的小手，輕聲道：「不早了，我讓狗兒送妳回去。」

「四爺還不休息嗎？」佟佳氏關切地問。

胤禛取過一份未看過的摺子道：「得先將這些事做完才能休息，否則積到明天豈不是更多。」

佟佳氏心疼地道：「四爺這樣經常熬夜，身子縱是再好也撐不了。妾身看四爺以前雖忙也不至於如此廢寢忘食，是否刑部的事最近多了許多？」

「事是一樣的，只是現在與以前不同了。」胤禛淡淡回了一句，至於有何不同卻沒有說。他雖許佟佳氏出入書房伺候，但朝堂上的事卻從不說與她聽，與凌若在時還是略有不同。

佟佳氏很乖巧地沒有再問。她能得胤禛如斯寵愛，並不是僅僅靠一張與納蘭湄兒相似的臉，知進退、懂分寸亦是很大一部分原因。

在她收拾碗盞的時候，胤禛忽地抬起頭盯著她在燭光下瑩然生姿的側臉，道：

「有事想與我說嗎？」

佟佳氏手上的動作一滯，搖搖頭道：「妾身無事。」她的回答引來胤禛一聲輕嘆。「是因為我想讓鈕祜祿氏回來的事？」

佟佳氏咬一咬唇，低聲道：「四爺這麼做自然有四爺的理由，妾身不敢過問。」話雖如此，眸中卻已盈盈落淚，滴在胤禛的手背上有灼熱的燙意。不待胤禛說話，她又道：「鈕祜祿氏雖曾害過妾身，但想來是一時糊塗，這些年在別院修佛參禪也算是贖了罪過，妾身不過是執著過於往。她若回來，妾身依然會如以前那般待如親姊。」

「難得妳能如此識大體。」胤禛拭去她臉上的淚痕道：「不過當年的事，興許是妳我錯怪她了。」

佟佳氏眸光驟然一縮，面上卻做出茫然之色。「妾身不明白四爺的意思。」敲門聲適時響起，卻是佟佳氏讓廚房準備的晚膳送來了。待狗兒進來將幾碟小菜並一碗米飯擺在書房一側的紫檀長几上後，胤禛方才牽過她的手坐下，道：「想來妳也知道鈕祜祿氏曾發瘋的事，在她瘋癲的那段日子我曾去看過她，儘管神智不清，她卻一直在說沒有推過妳下水，是妳自己失足摔落池中。我相信一個發瘋的人是不會懂得撒謊的。」

佟佳氏強忍著驚惶，手撫在胸口顫聲道：「四爺的意思是，妾身冤枉她？」神色哀慟，彷彿受了極大的委屈。

「怎會！」胤禛說著將她攬入懷中，撫著她微微起伏的秀背道：「只是我突然想到這一切是否是一場誤會。我曾問過徐太醫，他說人在極度害怕之下會短暫失去部分記憶。妳應該就是這樣，落水的恐懼令妳記憶出現空白，恰好鈕祜祿氏想來救妳時被妳拽了耳璫在手中，所以妳醒來後就想當然地以為是鈕祜祿氏推妳下水。至於含香，她是在妳落水後才到的，並不曾親眼所見。」

這番話在佟佳氏心裡掀起軒然大波。當年的真相是什麼，胤禛不清楚，她卻知道，一切皆是她為了陷害鈕祜祿氏而演的一場戲。如果鈕祜祿氏真的瘋了，應該說出實情才是，為何會說是自己失足落水呢？莫小看這幾個字的區別，意思卻是大相逕庭。既規避了胤禛所犯下的錯，又開脫自己的罪責，這絕不可能是一個瘋子所能辦到的事。

那麼只有一個可能——鈕祜祿氏根本就沒瘋！一切只是為了重回雍王府精心演出的戲罷了！鈕祜祿氏……那種山窮水盡的境況下，竟也讓她尋到了翻身的機會嗎？又或者連那場火都是她自己放的，如此心機真是令人刮目相看。

如此想著，她的心卻是漸漸鬆馳下來。只要胤禛不曾疑心她，一切便不要緊，盡可往後再慢慢想辦法對付。

她按捺下心中所思，愕然道：「竟還有這樣的事嗎？妾身一點兒也不知道，妾身只記得自己當時很慌亂、很害怕，又看到那耳璫，所以下意識地以為……」說到這裡，她緊緊握住胤禛湖藍滾銀邊的衣角，切切道：「對不起，王爺，是妾身害您誤會了姊姊，還連累她受這麼多苦，對不起，可是妾身當真不是故意的。」

「我明白。」胤禛安撫道：「過去的事就讓它過去吧，往後誰都不要提了。」

佟佳氏收了淚，小聲問：「既然事情已經水落石出，而且凌姊姊的病也已經好了，王爺準備什麼時候讓姊姊回府？妾身聽說別院那裡破舊不堪，根本不是人住的地方，姊姊在那裡多住一日就是多受一日的苦。」

待得知凌若現在住在圓明園時，佟佳氏臉上流露出羨慕之色。「四爺待凌姊姊真好。妾身聽說圓明園二十四景每一處皆是景色優美，令人流連忘返，猶如人間仙境。」

見她如此模樣，胤禛豈有不知其心思之理，笑笑道：「皇阿瑪既是賜了那園子給我，自然王府中的任何人都去得。妳什麼時候想去了盡可與高福說，讓他備馬車送妳過去。」

佟佳氏先是一喜，但隨即又搖起頭來，柔柔道：「不論去什麼樣的地方，都要有王爺在才好。妾身一人，縱是天上瑤池也瞧著無趣。」

睇視著那張與納蘭湄兒近乎相同的臉，胤禛心中一軟，握了她的手道：「好，等我有空了便陪妳去。」

佟佳氏連忙點頭，在服侍胤禛用過晚膳後，她跪安退下，胤禛則繼續埋守於堆積如山的公文奏摺中。

第一百七十八章

魚躍鳶飛

翌日，胤禛下朝回來，正要往圓明園去，一道從宮裡出來的胤祥嬉皮笑臉地湊了過來。「四哥，是不是去看小嫂子？」

胤禛睨了他一眼道：「你消息倒是靈通，這麼快就知道我將凌若接到圓明園去了。怎麼，你也想去嗎？」

胤祥搓手裝模作樣地道：「本是不想去的，不過看在四哥誠心相邀的分上，我就勉為其難走一遭吧，順便看看那園子修建得怎麼樣了。」圓明園是這兩年才開始修建的，始一建好就被康熙賜給了胤禛，旁人尚無機會一觀。

「還勉為其難？」胤禛被他說得哭笑不得，拍著他的後腦杓笑罵道：「不想去就別去，沒人逼你！」說罷撩袍，翻身上了早已等候在一旁的裂風，裂風長嘶一聲，載著胤禛就往前奔去，明媚的陽光灑落在他身後。

「四哥等等我。」見他真的不等自己就走，胤祥忙翻身上馬，用力一揮馬鞭追將上去。待追上胤禛後，他回頭揚眉笑道：「四哥，很久沒賽馬了，不如趁此機會來比一場，看誰先到圓明園。」

「好！」胤禛回了他一個字，隨後縱馬追奔。

尤其是在出了城門後，地廣人稀，一白一黑兩匹馬速度急升，猶如流星趕月。旁人只看到兩道影子掠過，根本看不清是什麼。

如此一路你追我逐，只用了半個時辰便趕到圓明園，最後是裂風小勝一籌，胤祥的黑珍珠以一息之差落敗。

魚躍鳶飛是圓明園二十四景之一，位居大北門內，為廡殿頂重簷方殿，下層四面各顯五間，上層各顯三間，前後帶水，八窗洞開，頗有一派村野田園景象；溪流透迤，魚躍其中，又有白鷺在水岸間漫行，生機盎然。

凌若站在青石鋪就的小橋上，正拿著一包魚食餵著溪中的魚兒。每每魚食撒下去，魚兒就會成群結隊地游過來爭搶食物。

魚兒是快樂的嗎？凌若不知道，因為她不是魚；但是她知道，在魚兒的世界裡肯定沒有勾心鬥角、權力傾軋。

墨玉蹲在橋底下，看到有魚游過來就伸手去撥弄陽光照射下微暖的溪水，驚得魚兒轉身游走；偶爾避之不及時，魚身會碰到她的手指，異常的觸感往往令魚兒驚惶失措，甩尾激起一連串的水花，在陽光下閃爍著晶瑩耀眼的光澤，猶如通透無瑕的晶石。

「小墨玉！」

墨玉在那邊笑眯了眼，不想身後突然傳來聲音，嚇得她差點摔下去，幸好手臂被人緊緊拉住。回頭看去，只見胤祥正一臉笑意地看著她。

「您……您……您……」不知是剛才被嚇的，還是因為看到胤祥驚的，墨玉撫著驚魂未定的胸口，半天說不出話來。

「怎麼，看到爺有那麼激動嗎？連話都不會好好說了。」胤祥習慣性地伸出手在她額上彈了一下，看到墨玉不悅地皺起眉，他頓時笑出聲，眉眼之間盡是重重笑意。不知為何，在逗弄墨玉時，總覺得特別開懷。

這樣明亮的笑容令墨玉心頭一亂，雙頰猶如火燒一般，她忙別過臉輕啐道：「十三爺這樣突然冒出來，奴婢想不激動也難。」如此說了一句，忽地想到什麼，忙問：「十三爺什麼時候從宗人府出來的？」

「也就前兩日的事吧。」胤祥漫不經心地回了一句，瞅著墨玉紅通通的臉頰，壓低聲道：「對了，妳還沒告訴爺，上次為什麼突然離開，還一副氣沖沖的樣子？爺好像沒惹妳吧？」

「哪有！」墨玉心中一慌，胡亂道：「奴婢是怕有人突然進來，會發現奴婢在裡面。」頓一頓，她又有些期待地問：「那雙靴子十三爺穿了嗎？」

「喏。」胤祥抬起腳在墨玉面前轉了一下道：「這不是正穿在腳上嗎？大小合適，底也軟和，小嫂子的手藝真是沒話說。」

墨玉心裡一陣無奈，那明明是她做的鞋。罷了，誰教自己當時騙他說是主子做的呢。她只得道：「那奴婢下次再求主子替十三爺做幾雙。」

那廂，凌若也看到了緩緩走上橋來的胤禛。燦燦春日的陽光漫天漫地灑落在一身朝服的他身上，明媚若金，令她不得不微眯了眼；脣角卻是笑意淺淺，極為自然地朝那個人伸出手。「四爺來了。」

執手相握，一如從前，又彷彿更勝從前……

「突然想妳了，所以來看看。」他伸手將來時所摘的一朵紫玉蘭插在凌若鬢邊。即便已經遷出別院，凌若依舊打扮得很素淨，一身淺藍色衣衫，在衣角處稀稀疏疏以銀線暗繡了幾朵小小的海棠花；髮間亦只別了幾支尋常押髮，不見一顆珍珠寶石。「如何，在這裡住得還好嗎？」

「一切都好。」凌若拍淨手裡的魚食，想要去撫鬢邊的紫玉蘭，卻因手上那股子腥氣而生生止住。

胤禛見狀，牽著她到橋的另一邊，掬了溪水替凌若將沾在掌中的魚食末子洗淨，隨後又拿出一直帶在身上的帕子拭乾水跡。

「這塊帕子……」凌若眸光一動，取過帕子展開細看，果然是自己繡了一半的那塊。邊上還有幾個福字未繡完，使得帕子周邊的花紋斷了一截。她記得這帕子與那些小衣一道扔在桌上。「四爺去過淨思居了？」

「嗯。」胤禛淡淡應了一聲，將帕子塞到凌若手裡，薄而有形的脣角微微彎起。

「既是一切都好，那就替我將這塊帕子繡好，總不能老讓我用沒繡好的帕子，上回已經被老十三笑過一回了。」

見他將自己的東西珍而重之地帶在身上，她心下感動，嘴上卻不依地道：「四爺要帕子還不是一句話的事，府裡不知多少女子巴巴著送上來呢，哪用得著希罕妾身這塊。」

「若兒這是在吃醋嗎？」看到她那副小女兒家的模樣，不知為何，胤禛心情一陣大好，連眼眸都染上一絲笑意。

「哪有！」凌若被他說得粉面微紅，輕啐道：「四爺身邊那麼多女子，若要吃醋，非得把妾身酸死不可。」

第一百七十九章　召見

「還說沒有，我都聞到好大一股醋味了。」

胤禛難得開玩笑，直把凌若弄得手足無措，又羞又急地跺腳道：「王爺再這樣戲弄妾身，妾身可就不理您了。」

胤禛霍然輕笑，明朗如晨光的笑意驅散了一直籠罩在臉上的冷漠，俊美無儔得令凌若不禁看得有些怔忡。論俊美，胤禛不輸胤禩分毫，只是不喜多言，又常板著一張臉，才令人難生親近之感。

其實看怔的又豈止是凌若一人，還有對面的胤祥。胤祥不記得自己已經有多久沒見到四哥這樣笑過了，果然只有在小嫂子面前，四哥才會露出真性情。

至於納蘭湄兒，因為太過重視，所以四哥即使有不開心、不高興的事，也會裝作若無其事，不讓她擔一絲難過痛苦。這樣的愛深則深矣，卻是太過沉重，若四哥真與納蘭湄兒在一起，註定要辛苦一世。

可惜這一點四哥並不明白，也許這就是所謂的「當局者迷，旁觀者清」；不過幸好小嫂子回到了四哥身邊，他相信，只要一路走下去，四哥終會有明白的一天。

紅塵萬丈，悲歡相伴，方是夫妻！

「好了，不逗妳了。」笑鬧過後，胤禛扳過已經滿臉通紅的凌若肩膀，道：「老十三特意來看妳，咱們過去吧。」

凌若答應一聲，將半溼的帕子收入袖中後，隨心情頗好的胤禛踏過青石鋪就的橋梁來到另一邊。

在墨玉的見禮中，胤祥微笑道：「小嫂子，一別三年，還好嗎？」

「既能站在這裡與十三爺相見，自然是好的。」她回以同樣的微笑。她與胤祥見的並不多，卻異常投緣，這聲「小嫂子」固然有玩笑在裡面，卻極是親切，彷彿她真是他唯一的嫂子。

胤祥睨了負手站在那裡的胤禛一眼道：「我早就說小嫂子不會害人，偏就是四哥不信，如何，現在被我說中了吧？」

胤禛拿這個十三弟最是沒辦法，何況此事確是他誤會了凌若，是以被胤祥這麼毫不留情地頂著，也只是摸摸鼻子作罷。

「以前的事多說無益，過去的就讓它過去吧。」凌若淡淡說著，心裡卻是暗自嘆了一口氣。論精明能幹，諸皇子之中，胤禛論第二，沒人敢認第一；可是再精明的人一旦被感情蒙蔽了雙眼，就會變成一個睜眼瞎子，很多事看不明白，抑或者是不願去看明白。

對納蘭湄兒的深情以及那份求之不得的痛楚，令胤禛將感情移到了與她極為相似的佟佳氏身上，並且對她深信不移，從而被慣會演戲的佟佳氏緊緊抓住這一點，設下落水之局陷害她。

在用過午膳後，胤祥坐在推窗即可見水的廡殿中，忽地來了興趣，命李衛尋來一根魚竿，自窗中將魚竿伸了出去，輕輕一甩，細若髮絲的魚線帶著繫有魚餌的魚鉤落入溪中。

胤祥性子灑脫，很少有安安靜靜的時候，可這一回卻是老老實實在屋中坐了一下午，期間釣上來好幾尾約莫有半斤重的青魚。每次魚鉤拉起時，最先露出笑意的不是胤祥，而是陪在一旁的墨玉。

一直到天色漸黑，胤祥才意猶未盡地收了魚竿，嚷著說明天還要繼續釣。胤禛曉得他自小就愛釣魚，也就隨他去了，讓人將月地雲居收拾出來供胤祥歇息過夜。

在三人一道用晚膳的時候，周庸突然進來說李德全來了。胤禛與胤祥對視一眼，皆有些詫異莫名。

李德全是皇阿瑪身邊的人，又是宮裡的首領大太監，怎麼會突然來這裡，難道是宮裡或皇阿瑪有什麼事？

兩人正思忖間，頭髮有些花白的李德全走了進來，滿面笑容地朝胤禛兄弟行了個禮。「老奴給四阿哥請安，給十三阿哥請安，二位阿哥吉祥！」

李德全在康熙身邊伺候已有近四十個年頭，正所謂伴君如伴虎，即使康熙是千古難得的明君，亦跳不脫這句話。李德全能夠四十年屹立不倒絕非易事；而他生存至今最重要的一個法門就是：不驕不躁。不論嬪妃還是諸皇子，失寵得寵，他皆一視同仁，從不做那跟紅頂白之事，而對康熙是絕對的忠誠。

胤禛抬手道：「李公公快快請起，不知李公公漏夜前來可是皇阿瑪有事要召我兄弟兩人入宮？」

李德全笑一笑道：「皇上下午已經移駕暢春園，隨駕的還有靜貴人、鄭貴人。皇上聽說娘子被解了禁足，暫居圓明園，特意讓奴才傳旨召娘子過去敘舊。多年不見，皇上對娘子甚為掛念；還有靜貴人，她也經常在皇上面前提及娘子。」

石秋瓷！聽到靜貴人這三個字，凌若瞳孔微縮，恨意在眼底浮現，然在旁人有所察覺前便已消失得無影無蹤，換了一臉感激之色。「難為皇上還有姊姊一直記掛於我，實在是受之有愧。」

李德全甩了拿在手裡的拂塵道：「既是如此，就請娘子隨老奴去一趟暢春園吧，皇上還等著呢。」

見凌若看過來，胤禛想了想道：「左右我也無事，乾脆陪妳一道過去吧。正好我也有些事要與皇阿瑪說。」

胤禛身為皇子，要入暢春園，李德全自不會阻攔。在走到園外後，發現停了兩頂小轎，分別是給凌若與李德全坐的。這暢春園與圓明園雖相距不遠，但李德全畢竟是五十多歲的人了，又是太監，體力不能與年輕力壯者相比，是以早幾年，康熙念他多年勤勤懇懇，特意賜了一頂轎子，許他出宮傳旨時在紫禁城以外的地方乘坐。

轎子只有兩頂，人卻有三個，李德全倒是識趣，請胤禛上轎，他自己隨轎走回暢春園就是了。

「不用，你坐著就是了，我騎馬過去。」拒絕了李德全的好意後，胤禛讓人將裂風牽出來，放緩速度跟著兩頂小轎往暢春園走去。

暢春園是皇家御園，又有「京師第一園」之稱，比之賜給胤禛的圓明園更顯大氣。雖此刻是夜間，但一路行來，燈光點點，與天上星辰連成一片，藉著絳紅燈光可以清晰看到苑內綠色低迷，紅英爛漫。土阜平坨，不尚奇峰怪石。且軒楹雅素，不事藻繪雕工。既有皇家的華貴之氣，又不失自然雅淡的江南特色。

第一百八十章　暢春園

李德全引了兩人一路經過大宮門、九經三事殿、二宮門，直至春暉堂，康熙就在裡面。正要進去，不想與剛從裡面出來的胤禩和胤䄉碰了個正著。

「四哥。」胤禩忙殷勤地喚了一聲，神色親切自然。倒是他旁邊的胤䄉頗有些不情願的樣子。

自出了上次那回子事之後，胤䄉與胤禛一直不太對盤，有時候見了面連招呼也不打，說是兄弟卻也與陌生人無異了。其實在天家，因為權力榮華，兄弟親情本就稀薄得可憐，如胤禛與胤祥者能得幾人！

胤禛點了點頭道：「想不到八弟與十弟也在這暢春園，何時過來的？」

他雖然神色淡然，但凌若能明顯感覺到胤禛握著自己的手一緊。面對胤禩，他始終不能做到真正的平靜。

「怎麼？就許你來給皇阿瑪請安，不許咱們來嗎？四哥管得可真寬。」胤䄉語氣極衝地回了一句。

胤禩聽了，皺眉低斥道：「胡說什麼，有你這麼跟四哥說話的嗎？還不快跟四哥道歉。」

胤䄉別了頭，悶聲不響，顯然並不想道這個歉。胤禛見狀，擺一擺手道：「不礙事，都是自家兄弟，何須見這個外。」

在他們說話的時候，凌若一直留心注意胤禩，發現他與三年前並無二致，依然風度翩翩、溫和有禮，如世間集眾多美好於一身的完美男子。曾經的廢黜、囚禁，乃至康熙當眾的貶斥，在他身上皆尋不到一絲痕跡，彷彿根本不曾發生過。

這樣的人，要不是視權力榮華如糞土，就是城府極深，而胤禩……無疑是後一種！

胤禩赧然一笑，目光掃過靜立一旁的凌若。他還記得這名貌美無瑕的女子，不過在此地看到她卻有些愕然。他清楚這位四哥，做事向來有條理，為人又嚴謹冷靜，怎得會貿然將一個女子帶到暢春園來？這樣可不合規矩。

那廂胤䄉也發現了凌若，雖然先後見過幾次，但他早就忘了凌若模樣，當即粗聲道：「這是哪裡來的女子，四哥將她帶來做什麼？我怎麼不知道皇阿瑪的暢春園可以任由閒雜人等出入了。」

李德全一直站在後面，只因他們兄弟幾人在那裡說話插不上嘴，是以沒有作聲。如今聽得胤䄉這麼說，他趕緊快步上前請安，之後又陪了笑對胤䄉道：「十阿哥誤會了，是皇上下旨命老奴去請娘子過來的，四阿哥他不過是陪娘子過來。」

娘子？胤禛與胤禩對視一眼。在本朝中並無娘子這一品級。胤禛記得胤祥大婚之時見過凌若，當時她是庶福晉，而今卻被稱為娘子，分明是被廢黜之身，如何會出現在這裡，而且還被皇阿瑪指名召見？

從第一眼相見，除了驚豔之外，胤禛一直覺得凌若有幾分眼熟，但一時半會兒又記不起在哪裡見過。

壓下心中的疑惑，胤禛溫然道：「既是如此，那我與十弟不多打擾了。」點一點頭，拉了胤䄉離去。

在踏出春暉堂後，胤䄉甩一甩袖子不高興地道：「本是來給皇阿瑪請安的，沒想到竟會遇到四哥，真是晦氣。」

胤禛掃了他一眼，擰眉道：「說過你多少次了，說話做事別那麼橫衝直撞，就是不聽。」見胤䄉強了頭想要說話，他雙目一瞪道：「一隻狗咬了你，難道你還要咬回來嗎？」

胤䄉先是一愣，待明白他話中的意思後，不悅之色立時一掃而光，眉飛色舞地翹了大拇指道：「還是八哥說得高明！對，咱們何必跟隻狗一般見識，沒得降低了自己的身分。」

「記住，像咱們這樣的身分，哪怕你心裡再不喜歡一個人，也不要形於面上，否則吃虧的是自己。」胤禛語重心長地道。幾個兄弟中，他最擔心生性魯莽草率的胤禩，喜怒形於色，最易吃虧。

胤禩這回倒是老實，點點頭道：「八哥，我記下了。」記固然是記下了，但能不能做到又是一回事。正所謂江山易改，本性難移，胤禩二十多年都這樣，哪是一時半刻能改變的。胤禩也曉得，是以他搖搖頭未再說什麼。

「只是八哥……」胤禩遲疑了一下又道：「咱們真要繼續放縱四哥這隻瘋狗再咬下去嗎？他可是太子身邊的人，對咱們很不利啊！」

聽到這句話，胤禩那張溫潤若美玉的臉龐浮出一絲冷笑。「你若以為他真忠心於太子就錯了。四哥這人，野心可大著呢。」見胤禩不解，胤禩一揚好看的眉毛道：「沒見著四哥這段日子經常窩在刑部坐堂嗎？聽聞他將積壓了好些年懸而未破的卷宗都翻出來，一宗一宗地看，有什麼疑惑或發現就圈註在卷宗上，然後發還給遞上來的各處縣府衙門，讓他們重新審理此案。對於直隸、奉天、江蘇、安徽四司之事，事無巨細皆親自過問。還有稽查南北二監的獄卒和罪犯，以及贓罰庫等等，皆一一過問。」

「他這不是存心給自己找不痛快嗎？」胤禩面露奇怪之色。掌一部之事本就已經是極累的活，能交給底下人的一般都盡量交下去，哪有什麼事都攬到自己身上的，那不是缺心眼嗎？

胤禩睨了一眼在夜空中閃閃發光的星辰，素來浮於臉上的笑意此刻竟有些掛不住。「你只看到這個，緣何不想想為何除卻三哥外就他一人封了親王，再想想為何獨他一人被賜了圓明園。老十，咱們都以為他只是太子身邊的一條狗，上不了大檯面，現在看來卻是錯了，他的心遠比任何人都要大。」

胤禩伸手於夜空緩緩握緊，似要將流連於指縫中的星辰握在掌中，然終是落空，什麼都沒有，什麼都是虛妄。

第一百八十一章 神仙玉女粉

經胤禩這麼一提，胤䄉方才恍然大悟，拍著大腿道：「我說怎麼最近皇阿瑪對他另眼相看，還常在咱們面前提起他，敢情是他在背後搞鬼啊！做出一副勤於政事的樣子，實際不過是想討皇阿瑪歡心罷了。真不是個好東西！」

「四哥這人，能力是有的，否則當初也不能在江南籌到兩百多萬兩銀子，只是性子有缺，刻薄涼淡，才會有冷面王之稱。」胤禩收回手，淡淡說了一句。

「八哥，那咱們該怎麼辦，可不能讓他搶了先機。」胤䄉緊張地道。他們這些皇子最終的目的只有一個，就是登上那個至高無上的寶座；即使自己坐不上，也要讓自己親近的人坐上。

胤䄉與胤禟最支持的當然是胤禩，無奈群臣聯名保奏那回，康熙親自駁了此事，甚至還將胤禩削爵關入宗人府，雖然現在放了出來，差事、爵位也分毫不差，但終歸是無人敢提了；何況現在康熙又復立了胤礽為太子，希望更是渺茫。

胤禩雖心裡不痛快，但對於眼前的情況還是看得一清二楚，安慰胤䄉：「不用擔心，四哥雖然此刻得皇阿瑪看中，但我還是那句話，四哥性子有缺，刻薄不近情面，滿朝文武對他皆有怨言。皇阿瑪是一代仁君，又怎會擇這樣一個人為儲君呢？再退一步講，現在還有太子在，四哥頂了天也不可能越過太子去。」

說到太子，胤䄉是一肚子怨言。論能力沒能力，論才幹更是差了八哥一大截，可就因為他是孝誠仁皇后的遺子，所以甫一滿週歲就是太子，哪怕被廢了，皇阿瑪念著孝誠仁皇后的情分又生生復立了，真是氣人。

「不過防還是要防著的，讓老十四多用點兒心，皇阿瑪素來喜歡他，只是因為我的事，讓皇阿瑪對他產生了芥蒂。」

那還是去歲群臣聯名奏保胤禩為太子的事。當時康熙責其妄蓄大志，企圖謀害胤礽，胤禵挺身而出，奏曰：「八阿哥無此心，臣等願保之！」

他的這句話令康熙越加憤怒，拔出旁邊守衛的佩刀欲誅胤禵，虧得五阿哥胤祺跪抱勸止，諸皇子又叩首懇求，方才怒氣稍減，但仍命諸皇子撻胤禵，打了他整整二十大板，行步艱難。

所以，即使不久前胤禵被封為固山貝子，他同康熙的關係依然緊張。

如今，胤禩失去了爭儲的資格，而胤禟、胤䄉又不足以擔此大任，那麼他們之中便剩下一個胤禵有可能。

至於太子……能廢一次便能廢第二次。觀太子復立後的這幾日，態度雖較往日裡誠懇了許多，但落在胤禩眼裡，卻分明能看出壓抑在深處的戾氣，他並不曾真正有悔過之心。再言之，皇阿瑪英明仁武，太子與之相比卻差得太多，如今念著情分復立為太子，但往後呢？當真要將大清江山交到碌碌無能的太子手中嗎？

皇阿瑪固然老了，卻還不曾糊塗，他必然要在自己百年之前找一個可保大清江山穩固繁華的人託付。現在復立太子，既是因為昔日的情分，也是想給他一個改過的機會，現在下結論尚且為時過早。

這些打算胤禩不曾明說，但胤禩隱隱也有些知道，當下一點頭。他正待要走，忽地想到一件事，忙收住腳步，壓低了他慣有的大嗓門道：「八哥，我聽說一件事情，與太子有關，但不知真假與否。」

待胤禩將他知道的事細細說出來後，胤禩先是一驚，又緩緩鬆開皺了許久的眉，笑意亦再次掛在臉上，撣一撣紫錦長袍道：「無風不起浪，我觀此事至少有七、八分可信。若是皇阿瑪知道了此事，二哥那剛剛坐上的太子之位只怕又要不穩了。」稍稍一頓，他又道：「只是這事不能由咱們去捅破，得換一個人來。」

康熙如今對他頗有成見，若由他將此事捅出來，縱然為真，康熙也會心存疑慮，認為他仍然覬覦儲君之位，故意陷害太子。至於胤禟和胤禩，早已被認為是胤禩一黨，撇不清關係。

那麼，應該找誰呢？

胤禩正苦心思索之際，遠處漫步來一位宮裝麗人，容色妍麗，氣韻非凡，一舉一動皆透著一份端莊雍容。胤禩認得此人，是康熙這些年來的新寵，承乾宮的靜貴人。

的人選。幾乎在看到她的一瞬間，糾結於心的煩思便解開了大半，她——便是那個最好

待其走到近前後，胤禩與胤䄉一道拱手欠身，道了聲吉祥。貴人一級雖然不入品流，但終歸是康熙身邊的人。

石秋瓷悅耳的聲音自重重珠翠中透出：「八阿哥與十阿哥不必多禮，你們一個是廉郡王，一個是敦郡王，我如何當得你們如此大禮。」

「貴人客氣了。」胤禩泰然一笑道：「論輩分，您是我們的庶母，行禮是應該的。不知前次我讓人送來的神仙玉女粉，靜貴人用過沒有？」

胤禩經常會拿些好東西來孝敬宮裡的娘娘主子，她們是康熙同床共枕的人，最親密不過，胤禩怎會不設法拉攏。宮中但凡得臉的娘娘主子，他皆有所孝敬。

說到神仙玉女粉，石秋瓷美目一亮，含笑點頭道：「說起這個，我還沒來得及謝謝八阿哥。其滋養容顏的功效極好，只是不甚經用，這半月下來，八阿哥讓人送來的那瓶已經去了一小半。」

神仙玉女粉相傳是唐朝女皇武則天所用的養顏聖品，正是這個令她至八十歲高齡時仍然保持著青春般的容貌，不顯衰老。《新唐書》上說她「雖春秋高，善自塗澤，雖左右不悟其衰」。

唐朝官府所編寫的藥典《新修本草》雖有此方，但不知為何並未有《新唐書》中的效果，僅僅可以使人皮膚潤滑一些罷了，久而久之，也就認為是託傳了。

後來胤禩意外得到一張神仙玉女粉的古方，與書中一對，才發現書中所記載的製法並不完整，使得神仙玉女粉功效大減。他按著古法將神仙玉女粉製出來後，先尋了一個廉郡王府中的女子試了一下，發現她在十餘天後皮膚開始滑潤柔嫩，而一個多月後更是紅潤光澤、嫵媚動人。

待確認這才是真正的神仙玉女粉後，他立刻著人製了好些送入宮中，以博眾娘娘主子喜歡。

第一百八十二章　大禮

「難得貴人喜歡，等回去後我這就讓人再送些過去。往後貴人若有所需，派人來吩咐一聲就是了。」

「這如何使得。」石秋瓷心中歡喜。自從用過神仙玉女粉後，她明顯感覺自己皮膚滑嫩了許多，有一回連康熙亦讚她膚若凝脂。即使是這一回胤禛不說，她也會去尋他要。神仙玉女粉的功效實在令她愛不釋手，在假意推辭一番後便答應了。

「貴人這是要去皇阿瑪那裡嗎？」胤禛順口問道。

石秋瓷點點頭道：「皇上召見了鈕祜祿氏，我與她自小一道長大，感情甚好，數年未見，甚是想念。既是在這暢春園內，說什麼也要見上一面。」

她移步離開，卻在經過胤禛身邊時聽到他帶了幾分魅惑的聲音——

「我有一份大禮想要送給貴人，不知貴人可有興趣？」

「大禮！」石秋瓷腳步一滯，精心描繪過的眉眼掠過胤禛俊美的面容，驚疑不解地道：「八阿哥此話何意？」

「能否借步說話。」他接下來要說的事關係重大，自不能在這裡說。見石秋瓷猶有疑色，他又道：「我保證此事對貴人有百利而無一害。」

見他說得這般神祕，石秋瓷低頭想一想，緩緩道：「我如今住在碧雲居，不知八阿哥、十阿哥有沒有興趣賞臉去坐坐？」

「貴人相邀，豈敢不允。」胤禩見她被自己說動了心，微微一笑，與朝自己擠眉弄眼的胤䄉一道隨折身而回的石秋瓷去了碧雲居。

他相信，那件事一定可以打動眼前這個看似溫雅的女子。她在貴人的位置上待了這麼些年，想必已經迫不及待地想往上挪一挪了。寄人籬下如何有自己做一宮之主來得痛快。

且說凌若在胤禛的相伴下進了春暉堂，康熙正坐在裡面閉目養神。聽得腳步聲，他睜開眼來，待看到凌若時，目光有一瞬間的迷離，旋即露出慈祥溫和的笑容道：「你們來了。」

「兒臣給皇阿瑪請安，皇阿瑪吉祥！」胤禛肅然拍袖伏倒於地。面對康熙時，他先是臣，隨後才是子。

「奴婢給皇上請安，皇上吉祥！」凌若亦跟在胤禛後面行禮。

數年不見，康熙的容貌比以前更顯清癯蒼老，用明黃髮帶束起的髮辮中亦多了許多白髮。想是這些年因為太子還有大阿哥之事，操心過度所致，畢竟已經是快六十的老人了，禁不起那樣的折騰。不過所幸精神瞧著尚可，目光也依然炯炯有神。

「都起來。」康熙擺擺手，盯著正直起身的胤禛道：「怎麼你也來了？」

「兒臣得知皇阿瑪來了暢春園，所以特意來請安。」胤禛忙垂目回答，之後又關切地道：「早上上朝時聽得皇阿瑪有幾聲咳嗽，不知眼下可有好些，是否有讓太醫瞧過？」

若非胤禛提起，連康熙自己都忘了上早朝時因喉嚨乾澀而咳過幾聲，當下擺擺手道：「不礙事，多年積下的老毛病，瞧了太醫也不管用。倒是你，聽說常在刑部待到很晚？」

胤禛默然低頭道：「皇阿瑪身為一國之君，要操心之事太多，經常至深夜都還在批閱奏摺。兒臣身為人子，愧不能為皇阿瑪分憂，唯有做好分內之事，令皇阿瑪少操一些心。」

「刑部的事你已經做得很好了。」康熙點點頭，言語間帶了一絲欣慰。「只是在量刑方面尚有些過嚴。要記著，上天有好生之德，若非大奸大惡之人，當留一線生機。如此，也算為自己積德修福。」他從不擔心這個兒子的能力，反倒是其性子，頗有些不足之處。

「兒臣謹記皇阿瑪教誨！」如此應了一句後，胤禛在康熙的示意下退出去，留下凌若一人在偌大的春暉堂中獨自面對康熙。

「妳的病都好了？」許久，康熙開口問道，語氣甚是溫和。

凌若一怔，康熙這話顯然是在問她之前發瘋的事，想不到連康熙也知道此事。她忙答：「託皇上洪福，奴婢已經沒事了。」

康熙微微一笑，招手讓她走到自己近前，仔細端詳著她像極了姨娘還有芳兒的容顏。適才睜開眼的時候，恍然有一種時空錯亂的感覺，以為她們還活著。

「妳之前的事朕都聽說了，那孩子很是可憐。」康熙嘆了一聲道：「原本朕想等她出生後親自賜名，不想上天卻是不肯給朕這個機會。」

聽到這裡，凌若不禁面有哀戚，聲音亦染上一絲哽咽：「是孩兒無福，未能得她皇爺爺賜名。」

「妳被廢黜禁足別院後，朕也頗為掛心，只是這畢竟是老四的家事，朕即使身為阿瑪也不便過多干涉。至於當年的事……」他頓一頓，沉沉道：「是老四處理得過於急躁了。不過妳既然回來了，也無謂計較對錯之事，該放下的還是要放下。朕最想看到的就是妳與老四和和睦睦，明白嗎？」康熙這番話既是勸誡也有敲打之意。他生於深宮、長於深宮，以八歲稚齡登基為帝，有何事不曾見過、聽過？對於後宮為爭寵奪愛而耍的諸多手段皆心中有數，只是大多時候只要嬪妃們做得不是太過分就不會去干涉。凡事皆講究一個平衡之道。

如今胤禛將她接回來，就意味當年佟佳氏的事另有內幕，真相如何，他不願多問。在每一個人心裡皆有一個真相，真假難分，問得多了，反而會讓自己辨不清、看不明；與其如此，倒不若隨心而行。他始終認為相由心生，鈕祜祿氏既然能長得像姨娘，必有其緣福在。一個能夠如此像姨娘與芳兒的人，想必不會是什麼大奸大惡之輩。

他唯一擔心的一點，就是鈕祜祿氏會因此事對老四生出怨懟之心。他身為阿瑪，自然不願看到這種情況。此番召見，既是想見一見鈕祜祿氏，也有心敲打她一番。不論胤禛如何待她，始終是她夫君，生死不可改，若心生怨懟，於她、於胤禛都不是好事。

第一百八十三章 和碩霽月郡君

既入了皇家，就註定不能安安穩穩過此一生，苦難折磨必將如影隨形。唯有經歷過這些，才能見到最絢爛的陽光。但是有很多人沒能踏過這條路，最終迷失在無盡黑暗中，太多的恨與怨只會毀了自己。

私心裡，康熙總盼著這個像極了姨娘的女子能夠比姨娘有福氣些，不要因恨怨難解而走上不歸路。唉，每每想起姨娘自盡於冷宮之中，他就忍不住一陣唏噓。他此生最遺憾的事就是不能盡孝雙親膝下，不論是皇阿瑪還是額娘，抑或者姨娘，都沒有給他這個機會。

凌若如何不明白康熙話中的意思。她對胤禛最開始確是恨怨難消，恨他間接害死他們的孩子；但這些時日相處下來，尤其是在假裝發瘋的那段日子，她漸漸有些釋然。很多事並非胤禛所願，他只是被某些人、某些事蒙蔽了雙眼。

她伏下身去，聲音柔緩地道：「奴婢明白，請皇上放心。」

「那就好。」康熙對她的回答很滿意，撫一撫身後束得極為整齊的辮子，輕聲道：「至於那個孩子……朕有意追封她為和碩郡君，賜號霽月，也算是朕這個皇爺爺為她盡一份心了。」

凌若一怔之後頓時喜極而泣。按皇家規矩，未週歲的子嗣若夭折，是不例序位、不賜封號的，僅只是記名於宗冊之上。

說得不好聽一些，便是皇家的孤魂野鬼。若有名字的，尚且好一些，否則連親人的祭拜都無法享受。每每想起自己那個苦命的孩兒，凌若就心中發堵。如今康熙破例賜孩兒這份旁人難以企及的哀榮，她豈能不激動。

在大清，唯有皇帝之女可被稱為固倫公主或和碩公主，其餘王公貴胄之女皆稱為格格；而格格又分五等，第一等是親王之女，稱為「和碩格格」。嫡妻所生為郡主，側室所生為郡君。

康熙給了那個不曾謀面的孫女最大的哀榮與尊寵，一個和碩郡君足夠她享盡皇家煙火，不再是無依無靠的孤魂野鬼。

凌若淚流滿面，額頭重重磕在光滑如鏡的金磚上，泣聲道：「謝皇上賜名！謝皇上垂憐，奴婢代孩兒謝皇上！」

霽月……孩兒，妳聽到了，這是妳皇爺爺親自所賜的封號，霽月……霽月……我的孩兒！

想到這裡，凌若哭得不能自已，只是不停地磕頭，除此之外她不知還能如何表達自己對康熙的感激之情。康熙有那麼多皇孫，卻獨獨賜名於一個剛出生就夭折的孫女，既是念其可憐也是有心慰自己，凌若如何能不感恩。

「起來吧。」康熙將她從地上拉起來，見她額頭磕得皮破血流，揚聲喚道：「李德全！」

一直守在外面的李德全聽到康熙叫他，連忙從旁邊的朱漆小門中走進來，躬身道：「奴才在。皇上有何吩咐？」

「去將那瓶治外傷的白玉生肌膏拿來。」康熙吩咐道。

李德全動作很快，不多時便已捧了一個精緻的小瓷瓶過來。

康熙接在手裡，瞇眼用細細的銀棒從中挑出一點兒蘊有清香的藥膏塗在凌若頭上。這藥膏甚是神奇，剛一塗上去，原本傷口處還在緩緩往外滲出的血便止住了，且開始有癒合的趨勢。

待仔細塗抹了幾層後，康熙將瓷瓶往李德全懷裡一扔，笑道：「虧得朕這雙眼還不曾花，否則還不知塗到哪裡去呢。」

李德全聞言陪笑道：「皇上春秋鼎盛，龍目銳利，豈會眼花。要花也是像奴才這種人，昨兒個還因為眼花不小心打破了一個瓷碗呢。」

康熙微微一笑，神色有些寥落。「自己的身子自己最清楚，畢竟是五十多快六十的人了，身子骨哪還能跟年輕時相提並論，眼花是遲早的事。人，終有老去的那一天吶。」

凌若聽出他話中的失落之意，曉得即便是這位註定要名垂千古的皇帝在感覺漸漸衰老的身體時，也對生老病死生出了懼怕之意。她當即寬慰道：「皇上是天子，是萬歲，萬壽無疆，豈有老去一說。」

「萬歲？」康熙失笑著擺擺手道：「活上一萬歲這不成了老妖怪了嗎？朕可從沒想過。何況天下哪有長生之人，看看當年的秦皇就知道了。人終有一死，天子也不例外。六十花甲、七十古稀、八十耄耋、一百期頤。」在說這些時，清明的眸中透出幾分熱意，不過也只是一瞬間罷了，很快便歸於平靜。他赧然道：「朕啊，能活到七十歲就心滿意足了。」

李德全聞言忙道：「皇上千萬不要這麼說，您福澤深厚，莫說七十，就是百歲也唾手可得，奴才可還指望著在您身邊多伺候些年呢。」

康熙笑笑沒有說話。能活多久他並未太過在意，皇帝始終是人間天子，求不得長生不死，只是擔心自己百年後，龐大的帝國究竟要交到誰手裡？

儘管復立了太子，可是他的心並沒有徹底安定下來，甚至有所迷茫。太子當真是自己所尋的繼任者嗎？他能擔得起這個重到無以復加的責任嗎？

每每想到這個，康熙都一陣默然。三十多年的父子，足以令他對胤礽的脾性有所了解。儘管胤礽相貌與自己年輕時很像，但性子卻是不太像。

遠處，風起於平地，在靜夜中將簷頭鐵馬吹得叮叮作響，將康熙自沉思中驚醒過來。他走到沉木長窗前，瞧了一眼外面的夜色，不知何時明月星辰被烏雲所遮，令外面漆黑如墨，絳紅宮燈的光亮在重重夜色中被逼得只能照見周圍一丈。

「要下雨了。」

康熙這句話剛落下，宮燈照見的地方便能看到平空而落的水滴，細細連成一片，落在環繞春暉堂的溪水中，漾出層層漣漪。耳邊則是雨水打在樹葉上的沙沙聲。

靜夜燭光下的雨景，瞧起來別有一番無言之美。

「很久沒聽妳吹簫了。」康熙如此說著，目光依然落在夜雨之中，不曾回頭。

「李德全，去取簫來。」

「嗻！」李德全輕應一聲離去，再回來時，手上已經捧了一管紫竹簫。

第一百八十四章　簫聲依依

凌若接在手中，略一思索便有了計較，置簫於脣下，一曲《平湖秋月》應聲而來。

《平湖秋月》又名《醉太平》，曲調清新明快、悠揚華美，以曲生景，繪出皎月清輝下幽靜迷人的杭州西湖。

雨依舊在下，細密連綿，然康熙的眼前所浮現的卻是皎月當空、碧波萬里之景，一切皆是那麼平和、靜謐。一直被國事、家事索繞不休的心在這一刻漸漸寧靜下來。

會吹簫的人很多，但能如凌若這般融情入簫者卻是極為少見，這也是康熙之所以喜歡聽她奏曲的原因。

待得一曲落下，李德全已是聽得如痴如醉，半晌才道：「不知為何，奴才雖然不懂琴簫之意，但聽著娘子吹簫就覺得渾身舒坦，精神百倍。」

凌若雙手將簫奉還，不好意思地道：「公公過譽了。」

「奴才說的無一句虛言，娘子吹得比宮中樂師還要好。」李德全一笑，臉上那些皺紋便顯得更深了，猶如一朵千瓣老菊。他陪在康熙身邊數十年，終也是老了，在把紫竹簫塞回絲絨布套時，眼花得好幾次塞到外面來。

已然回過身來的康熙將這一幕看在眼中，咳了幾聲道：「內庫裡有幾副西洋進貢的水晶片，明兒個你拿一副去打磨做成老花鏡，省得看東西這麼吃力。」

李德全連忙跪謝隆恩。康熙點頭，拿起放在一邊的茶潤了潤乾澀發癢的嗓子。原本以為喝幾口茶就會止住癢，哪想到這一次卻是難受得緊，已經流入喉嚨裡的茶來不及嚥下就全部噴了出來。康熙咳個不停，滿面通紅，連話都說不出，直把李德全和凌若兩人都嚇得不輕，忙不迭撫背拍胸，替他將氣順下去。

「咳！咳咳！」直咳了好一陣子後，康熙才緩過氣來，撫著有些發疼的胸口靠在椅背上，偶爾還是會咳上那麼幾聲。

凌若繼續替他撫背。李德全去重新倒了一盞茶來，在試過茶溫後，方小心翼翼地遞到康熙面前。「皇上，喝口茶，慢點兒。」

康熙神色委頓地就著他的手喝了幾口，長出一口氣，又歇息一陣子後，慘白的臉色方見些許血色。他苦笑著搖頭道：「真是老了，不中用。以前親征平定噶爾丹叛亂的時候，朕身上挨了好一箭，還在千軍萬馬中取了敵軍首將的首級，而今只是小小的咳嗽，卻令朕如此狼狽不堪，唉！」

其實真正令他傷懷的不是身子，而是子嗣。二十餘個兒子，同胞手足，卻為了一個太子之位你爭我奪，兄弟鬩牆，全然不顧手足之情，讓他這個做阿瑪的如何不傷心難過。

見他說得淒涼，李德全亦跟著掉眼淚，不知該如何安慰才好，只是用帕子仔細拭去康熙嘴邊的水漬。人吶，上了年紀後最怕的就是看著自己老去，皇帝亦不例外。

凌若眼圈一紅，嘴裡卻是道：「奴婢聽聞去歲在木蘭圍場狩獵時，皇上還親手射殺了一頭猛虎，哪裡有所老。至於說咳嗽，哪個人沒有三災六病的，皇上到如今才不過一個咳嗽，旁人如何想，奴婢不知，但奴婢卻已經羨慕得很。將來奴婢到了皇上這個年紀還能安安康康、身子健康，奴婢就心滿意足了。」

康熙深深看了她一眼，平靜道：「朕相信妳是有福之人。」

凌若低頭一笑，並未去深究康熙這句話，只是道：「奴婢知道一個治咳嗽的偏方很是有效，皇上要不要試試？」

「也好。」歇了這麼久，精神差不多恢復了，康熙坐直身子。積年老病雖說要不了命，但總纏在身上也心煩，尤其是季節交替時，更是易咳嗽，有時夜間還會被咳醒。

「那奴婢明日煎好給皇上送來。」話剛出口便感覺到不對，她今夜能入暢春園是因為康熙召見，如何還能日日入園，真當這裡是自家不成。當下低一低頭，不好意思地道：「奴婢等會兒將方子寫給李公公。」

「無妨。」康熙溫和地看了她一眼，對李德全道：「傳朕的旨意，允鈕祜祿氏出入暢春園，任何人不得阻攔！」

「奴才遵旨！」李德全聽得心驚不已。他是常伴聖駕的老人，數十年下來卻還是頭一回見康熙對一個女子優待到這等地步。不由得想，若當時鈕祜祿氏沒有被榮貴妃賜給四阿哥為格格，而是入了後宮，只怕如今後宮已是鈕祜祿氏一人天下。在同屆秀女還為一個貴人之位苦苦掙扎時，嬪妃對她而言已是觸手可及，甚至於妃、貴妃、皇貴妃也不無可能。

當凌若從春暉堂出來的時候，發現胤禛負手站在簷下看夜色中的雨景，神色是往日少有的淡然寧靜。聽到身後的腳步聲，他回過頭來，微微一笑，朝凌若伸出手，俊美的容顏在夜色燈光下透著溫潤與超然。這一刻，他似乎不是冷面王胤禛，而是多年前坤寧宮那個溫潤如玉的少年。

她唇角微微翹起，在漸深的笑意中伸手與他相執，一如數年前……

寧靜、淡然——始終只是表象罷了，回不到從前。她要踏上的，還有胤禛要踏上的，都將是一條不歸路……

「我聽到妳的簫聲了，《平湖秋月》啊，差一點我都以為自己身處杭州西湖。」胤禛沒有吝嗇他的讚美。

凌若側一側頭，帶著幾分神往。「妾身在書中看過西湖，聽說很美是嗎？」

胤禛握了她細膩柔滑的小手道：「我也只是在隨皇阿瑪南巡的時候去過幾次，確實不錯，圓明園還有暢春園的一些景都是依它而建。」

天下竟有如此美景嗎？可是於她終究是可望不可及了……

這個念頭剛在腦海中閃過，便聽得胤禛道：「將來若有機會，我帶妳一道去。」這話不經思索，甚至不曾在腦中打個轉便已經脫口而出，令胤禛自己亦有些愕然。何時他又有這樣的閒情逸致了？

那廂，凌若已是一片動容，眸中有水光隱現，忽地一笑，嫣紅的菱脣彎成一個極好看的弧度。另一隻手伸出小指，戲語道：「四爺貴人事忙，怕會忘了這隨口之話。不若我們學那孩童拉個勾，如此不論過了多久都不會忘了。」

這是胤禛第一次見到凌若孩子氣的一面，竟要他堂堂一個親王像黃口小兒那樣與她拉勾，真是讓人哭笑不得。

第一百八十五章　吳德

胤禛這樣想著，手指卻伸出去，與那根纖細的手指纏繞在一起，猶如相伴而生的樹與藤，永不分離。

他們說話的工夫，幾個機靈的小太監已經取了油紙傘還有蓑衣過來在一旁候著。凌若接過油紙傘，將蓑衣遞給胤禛，手伸了許久卻不見他來拿，側目望去，只見胤禛正瞧著迷濛的細雨出神，遂將繪了水墨江南的油紙傘打開，任傘柄的杏色流蘇在帶著水氣的夜風中飄蕩。「王爺想什麼如此出神？」

胤禛收回目光，帶著幾分眷戀。「記得以前，皇額娘最喜歡在夜裡下雨的時候抱著我看雨景，她說這樣會讓人心情寧靜平和，忘卻所有的煩惱。」

胤禛口中的皇額娘自是孝懿仁皇后，於胤禛來說，她是後宮之中唯一全心全意愛護自己的人，也是他最溫暖的一段回憶。

凌若略一思忖，朝胤禛凝眸一笑道：「左右圓明園離這裡並不太遠，不如妾身陪四爺走回去吧。說起來，妾身還沒與四爺走過這樣長的路呢。」

胤禛詫異，他原是有這個打算，但並沒打算帶凌若一道。印象中並沒有什麼女子願意走這麼長的路，而且還是在下雨的時候。

以前曾與湄兒一道走過，初時湄兒還覺得很開心，但隨著濺起的雨水打溼了她新換上的繡鞋，便開始噘起嘴，將傘一扔跑回屋中，說什麼也不肯走了。

淡淡的歡喜浮上心頭，他接過傘撐在兩人頭上，流蘇垂卻。兩人緩緩步入雨中，無言，卻有靜謐到極致的美好與柔情……

在將要踏出暢春園的時候，凌若回頭看了一眼，恰好看到春暉堂的燈光熄滅。想到那位握有天下至高權力的老者，凌若心有所動，輕輕道：「皇上身子不大好，四爺得空多來看看皇上吧。」

胤禛「嗯」了一聲沒有多說什麼，但凌若知道他聽進去了。從狗兒嘴裡，她知道胤禩被斥那回，納蘭湄兒一如她所料曾去過雍王府，具體說什麼狗兒沒聽到，卻看到納蘭湄兒走後，胤禛陰沉到極點的神情以及……手上的傷。

她相信經過那一次，內心驕傲如胤禛，絕不會再甘於沉寂。

納蘭湄兒，直到現在都不知道自己成了別人手中的一顆棋子。

這樣的女人，無知卻有福，而自己……並沒有那樣的福氣，只能在無邊的黑暗中掙扎，只為抓住那一點兒生的希望以及……胤禛稀薄的愛……

夜，在雨中過去。一早醒來，天色已經放晴，唯有溼漉漉的地提醒著人們昨夜曾經下過雨。

凌若如今歇在圓明園西處的萬方安和之中，建樓於水，與魚躍鳶飛不同，這裡不是小溪環繞，而是碧湖，唯有一條道與岸相連。白天站在萬方樓中，放眼望去，可見碧波蕩漾；夜時安枕於床榻間，則可聆聽湖水拍岸，魚躍其中的聲音。

在伺候胤禛更衣上朝後，凌若也無了睡意，乾脆去廚房看她昨日讓李衛他們準備的東西。到了那邊，發現自己所要的東西已經悉數擺在案臺上，當即挽了袖子將東西一一切好，然後放入紫砂鍋中隔水燉煮。

「主子，這些東西當真能治皇上的咳嗽嗎？」凌若放入紫砂鍋的東西，墨玉都認識，可就因為認識所以知道這些東西再尋常不過，怎會有如此奇效？

「妳瞧著就是。」凌若也不解釋，只笑著讓墨玉將火生起來。恰好此時李衛也到了，便讓他也幫著生火，凌若則取過一把廚房中用來搧火的蒲扇，掌握著火候。李衛原說有他們照看著就行了，然凌若知曉這個偏方旁的不要緊，唯獨一個火候是一定要掌握住的。以前阿瑪咳嗽不停時，額娘就是這樣在廚房守上一上午，就為了煎這方子。

李衛見勸不動凌若，唯有讓墨玉趕緊瞧瞧廚房中有什麼東西可用，做幾樣點心、膳粥，省得餓著主子。自己則在旁邊打下手，誰讓此刻時辰尚早，廚房的人尚未來。

兩人忙活一陣子後，做了一道紅豆膳粥配三色小點心以及一道新鮮炒起的山珍刺龍芽，倒也可口。待他們都吃得差不多後，方見廚房的人先後到來，見到凌若在均是愣了一下，隨即過來行禮，隨著叫了一聲娘子。

儘管沒有人跟他們說過凌若的身分，但多少也打聽到了一點兒，對這位以庶人之身獨享圓明園的女子充滿好奇。

最後走進來的是這廚房的管事，三旬左右的中年人，身材微發福，長了一對小眼睛，脣上還蓄著八字鬍，不時摸一下；身上則穿了一襲醬色長衫，走起路來一步三搖。這原本倒是沒什麼，無奈他雙腿長短不一，這一搖更是明顯，派頭沒見著，倒像是鴨子在學走路，難看至極。

他這樣瞧得墨玉一陣好笑，拿手肘捅了捅旁邊的李衛，小聲道：「咱們園子裡什麼時候來了這麼一位？」

李衛還沒來得及回答，那管事已看到了凌若，眼睛微微一眯。如此一來，原本就比綠豆大不了多少的眼睛只剩下一條縫了。

「奴才吳德給娘子請安。」吳德上來行了個禮，只是這身不躬、腿不彎，怎麼瞧著也不像個行禮的樣子，不過是應付了事。

墨玉正瞧得皺眉時，李衛的聲音適時傳了過來——

「他叫吳德，聽說是佟福晉家鄉的遠房親戚，來投奔佟福晉，恰好當時皇上賞了四爺這座園子，便安排他在這裡做個管事。」

「原來是佟福晉的人，難怪怎麼瞧怎麼不順眼。」墨玉恍然，看向吳德的目光不由得多了幾分厭惡。

換了以往，凌若也許不會去計較吳德不將自己放在眼裡的舉止，但是現在……呵，人善被人欺，馬善被人騎，惡人始終還需要惡人來磨，何況李衛的話她亦有聽入耳中。

她和顏悅色地道：「以前不曾見過吳管事，可是剛入園子？」

見凌若不敢對自己有所指責，吳德越發得意。「娘子說的是，奴才剛來不久，蒙佟福晉關照，在園子中謀了個管事的差事。」言下之意就是告訴凌若，他吳德是佟佳氏的人。

凌若撥著耳下的米珠墜子，微微一笑。「既是初來，難道吳管事你不懂規矩了。」

「規矩？什麼規矩？」吳德被她說得一愣，不解其意。

凌若揚一揚臉，笑意漸漸冷了下來。「小衛子，教教吳管事見到主子時該怎麼行禮。」

第一百八十六章　教訓

李衛答應一聲走過去，在吳德還來不及反應的時候朝著他的膝彎子狠狠踢了一下。雙膝最薄弱的地方被他這麼一擊，沒有防備的吳德哪站得住，立時身不由己地跪了下去，耳邊是李衛閒閒的聲音——

「吳管事，記住了，這才是奴才該向主子行的禮。像你剛才那般，也就是主子寬宏大量不與你計較，還特意教你怎麼行禮。往後可是要記牢了，莫要再忘了，否則可就不是這麼簡單便能了事的。」

莫名其妙被人踢跪在地，吳德氣得臉頰上的肥肉不住抖動。自入這圓明園後，他一直仗著佟佳氏這棵大樹作威作福，從未受過氣，如今卻栽了這麼大一個跟頭，當即氣呼呼地站起來冷笑道：「主子？她算是什麼主子，不過是一個被廢了的庶人罷了。別人不知道，我吳德心裡一清二楚，叫聲娘子已經是客氣了，還擺什麼主子的威風！」

「休得放肆！」李衛怒喝一聲，豎眉道：「憑你一個奴才也敢如此對我家主子說話，活得不耐煩了嗎？」

「我有什麼不敢。」吳德把頭一抬，大聲道，打從心底看不起鈕祜祿氏。一個廢人有何資格囂張，他身後的人可是如今雍王府中最得勢的佟福晉，得罪便得罪了，還能把他怎麼著？

靜靜聽了半晌，凌若將用來撥柴火的木棒一扔，拍拍手站起來，看著吳德淡然道：「你認為我沒資格教訓你？」

「不敢，只是奴才是廚房的人，不勞娘子費心。」口裡說不敢，言語卻無絲毫敬意。他掃了尚燉在水中的紫砂鍋一眼道：「娘子若無事的話就請回吧，奴才們還得做事呢，可不像娘子那麼悠閒。」

凌若不置可否地點點頭，正當吳德以為她害怕了的時候，耳邊驟然傳來冷凝到極點的聲音——

「來人，將這個以下犯上的奴才捆了！」

吳德一驚，忙喝道：「妳敢！」話音剛落，臉上便重重挨了一下，正是李衛動的手。

李衛壓根不理會氣得大叫的吳德，轉頭對面面相覷的下人道：「你們還不動手，沒聽得娘子的話嗎？」

「奴才……奴才不敢……」在李衛的喝聲下，其中一個人小聲地回了一句。吳德是怎麼當上這個管事的，他們都心裡清楚，眼下若聽憑凌若吩咐去捉捆了他，無疑是得罪了吳德，難保他不會事後算帳。

見沒人敢動手，先前心生懼意的吳德立時放下心來。總算這群東西還有些眼力勁，知道風吹哪邊，否則定教他們吃不了兜著走。

凌若也不在意，漫步來到正嘟嘟不斷冒著泡的鐵鍋前，用厚棉套裹了手，將其從水中取出，放入一早準備好的提盒中，口中道：「小衛子，去叫周庸過來，他若不在，便直接給我請十三爺過來。他是四爺的親弟弟，好歹也算這園子的半個主子。」

周庸原是一道與狗兒隨侍在胤禛身邊的，只是如今園子剛賜下來，再加上凌若也在這裡，有許多事要處理，所以便將周庸留下來，名義上是這園子裡的大管事。

凌若的聲音不帶絲毫火氣，彷彿在說無關緊要的事，然聽在吳德耳中卻讓他一陣心驚肉跳。該死，他怎麼把這兩位給忘了。在其他下人面前，他或許還可以逞逞威風，但周庸那是什麼人？王爺的親信！同是奴才，也有高低貴賤之分；何況還有一個十三爺。

吳德越想心裡越打鼓，不過面上依舊不甘示弱，嘴皮子逞強道：「就算他們來了，我也沒錯，妳一個廢人無權處置我！」

凌若笑笑地就著墨玉端來的凳子坐了，什麼也沒說。然越是這樣，吳德心裡越沒底，眼睛不時瞟向門口，希望來的是周庸，這樣他看在佟福晉的面上興許會幫著自己說話。

約過了一盞茶的工夫，兩道人影急急而來，其中一個正是周庸。他走得比李衛還要快，剛一進來就朝坐在那裡的凌若打了個千兒。「奴才周庸給娘子請安，娘子吉祥。」

周庸可不是吳德那種不開眼的傢伙，真正的風吹向哪裡他看得比誰都清楚。從鈕祜祿氏踏進這座園子的那一天起，他就知道這位曾經的庶福晉將再次崛起，無人可以擋其腳步。何況昨夜狗兒還告訴他，康熙許其隨時出入暢春園，並追封數年前死去的那個嬰兒為和碩霽月郡君。

見到周庸這般恭敬有加的態度，原本還心存僥倖的吳德，頓時一陣傻眼。他怎麼也想不通為何周庸要對一個庶人如此客氣，即便王爺將其接來園子裡又如何，不是一直沒復其位嗎？由此可見，鈕祜祿氏在四爺心裡也不過爾爾。

「起來吧。」對周庸，凌若自是客客氣氣，指一指吳德道：「這園子裡的事是你在管，如今這個奴才出言不遜，口口聲聲指稱我沒資格管教他。我本想叫人將他捆了由你處置，但是無人動手，不得已之下只得讓你來一趟，瞧瞧該怎麼是好呢？」

「這……」周庸面露為難之色。一個吳德自然算不得什麼事，哪怕死了也只不過是丟到亂葬崗的小事，可是吳德身後的人卻不得不令他重視。也許佟佳氏並不是太過在意吳德，但他若在此處置了吳德，那麼就是與佟佳氏站在對立方向。那可是府中最得寵的福晉啊！

此事……當真是棘手！而鈕祜祿氏擺明了是要看他的態度，否則也不會特意把他叫過來。

周庸正想著該如何回話時，吳德卻哭喪著臉道：「大管事，奴才冤枉啊。奴才什麼也沒說，是娘子不知是否瞧奴才不順眼，奴才一來就說要教訓奴才。剛才李衛還打了奴才一個耳刮子，您瞧這臉還腫著呢。」

見他在那裡顛倒黑白，墨玉柳眉一抬，刺言道：「吳管事當著這麼多人的面顛倒黑白，我都替你臊得慌，事實根本就是你目中無人。主子讓李衛教你一個奴才該行的禮，你不虛心相受，反而出言頂撞，所以才會惹得主子動氣。」

被她當面戳穿，吳德頗有些掛不住臉，反駁道：「娘子已經被廢，無名無位，我都已經請過安了還待怎樣！」

第一百八十七章　立威

聽到這裡，周庸已經大致明白。必是那吳德對鈕祜祿氏不敬在先，所以引出這場風波；本不是什麼大事，但既已擺到檯面上，必要說出個子丑寅卯來。想到這裡，他不著痕跡地瞧了面無表情的凌若一眼，暗自揣測她將自己叫來的用意。與狗兒不同，他與鈕祜祿氏接觸不多，不過也曉得這位娘子以前在府裡時素來與人為善，即便有所不敬也一笑置之，並不曾有得勢不饒人之時，怎的這回就揪住不放了呢？莫非……她想要藉此立威？

越想越覺得有這個可能；而且吳德是佟佳氏的人，當年鈕祜祿氏因何被廢他心裡明白。唉，這兩邊都得罪不起，他這個奴才夾在中間真是左右為難。

等了一陣子不見他說話，凌若撫著裙間的流蘇，淡然道：「如何，周大管事想好了嗎？」

這一聲「周大管事」叫得周庸膽顫心驚，聽出了隱在這份淡然下的不滿，曉得自己要趕緊有個決斷才行。他腦子轉得飛快，自己今日想要兩邊都討好是不可能了，罷了，那就賭一把吧！

周庸咬一咬牙，轉身朝著吳德完好的那半邊臉頰就是一大耳刮子，直把吳德抽得找不著北。他今兒個也不知道是倒了什麼楣，先後被兩個人打，之前還算好，只是臉腫了，這次直接張嘴吐出一口帶著斷牙的血來。

「周……周大管事您……」吳德回過神來，滿臉不敢置信，捂著臉含糊不清地想說什麼，卻被周庸不留情地又一巴掌打斷話。

「你這奴才好大的膽子，居然敢頂撞娘子，當真活得不耐煩了！」周庸不由分說地喝斥著，不等吳德抬出佟佳氏這尊大佛，便對一直站在旁邊的眾人道：「還不快把這不開眼的奴才給我綁了吊到外面的樹上去。讓他在上面好生反省，沒我的命令，哪個都不許放他下來。」

周庸的話可比剛才淩若的話好使多了，幾乎是剛一落下，就出來數個身強力壯的下人，一哄而上將大叫不止的吳德按倒在地，取來麻繩將他緊緊捆得跟個大粽子一般。以往在廚房裡乃至園子中，吳德仗著佟佳氏的名頭沒有少作威作福，底下人只是敢怒不敢言罷了，如今見得他落難皆是幸災樂禍，無一人幫著說話。

那幾人在將他捆住以後也不讓他站起來，拉著領子就往外拖。廚房外種了一排木棉花樹，極是高大。此時正是木棉花開之時，一朵朵比女子手掌還大的橙紅色花朵簇生在頂端，中間是綿密的黃色花蕊。隨著春風拂過，不時有木棉花從樹端落下，花瓣聚而不散，在一路旋轉中落到地上。樹下落英繽紛，雖花落數日亦不見褪色，不見委靡，久久綻放在塵世喧囂中。

隔在廚房與木棉花樹中間的是一條六稜石子小路，皮肉在尖銳石子上劃過的痛楚令吳德殺豬似地大叫起來：「我是佟福晉的人！你不能這麼對我！」

周庸什麼也沒說，只是示意人將他吊上去。既然已經得罪了，便再無什麼情面可講。木棉花樹高達數丈，數人合力方才將吳德吊了起來。生平第一次無著無落地在空中吊著的感覺令吳德驚恐不已，聲嘶力竭地叫著放他下來。

周庸根本不曾瞧他，只恭謹地對起身走到外面的凌若道：「娘子，如此處置可還滿意？」

凌若側目看了他一眼，忽地嫣然一笑，猶如百花齊放。「你是四爺身邊的人，做事自然穩當妥貼，我如何會不滿意。」說著，她接過墨玉提在手裡的食盒道：「不早了，我該去暢春園了。」

暢春園那是什麼地方，當今皇帝避喧聽政的皇家御園，戒備森嚴，即便是眾大臣也要奉旨才得已入內；而今不見召命、不見上諭，鈕祜祿氏卻說要去暢春園，這意味著什麼，不用人說周庸也知道。這一刻，周庸慶幸自己做了一個英明的決定。也許如今的鈕祜祿氏有所不及，但將來誰也說不準，畢竟四爺親自將她從別院接了出來，畢竟皇上對她另眼相看……

想到這裡，周庸的態度立刻又殷勤許多。「娘子，要不要奴才替您準備轎子，這裡離暢春園尚有一里多路呢。」

凌若沒有拒絕他的好意，點點頭道：「那就有勞了。」

待周庸離去後，凌若在經過吳德時腳步一滯，停下來仰頭看著大喊大叫的吳德。春光晴好，揮落一地明媚燦爛。

她笑，然眼眸中無一絲笑意，唯有數九寒天才有的冰霜冷意……

在與那雙眼相對時，吳德不由自主地打了一個寒顫，聲音漸漸小了下去。明明是一個弱小的女子，為何他卻生出一種無力感？

直至凌若離去後，吳德依然心有餘悸。

當初在最落魄的情況下，凌若都可以將毛氏兄弟玩弄於股掌之中，何況如今。若連區區一個吳德都對付不了，她又如何有資格回雍王府去奪回失去的東西！

一切，才剛剛開始……

有了昨夜康熙傳下的話，凌若在暢春園一路無阻，待到春暉堂後，得知康熙尚未下朝。守在此處的是李德全的徒弟四喜，曾在宮中有過一面之緣。

康熙雖不在紫禁城內，但還是每日上朝，並未有所懈怠。

四喜捧了茶與四色點心給凌若，細聲道：「娘子稍候，皇上下了朝便會過來。」說完這些他便自去忙了。

凌若在等了一會兒後不見康熙過來，唯恐紫砂鍋中的湯水冷卻，若是重新再熱，效果就要差上許多，便讓在春暉堂伺候的人尋來一盆剛燒開的熱水，將整個紫砂鍋浸在裡面。

如此又等了半個時辰後，方見一身明黃色龍袍的康熙大步走進來，凌若忙起身見禮。歇了一夜，康熙的臉色好了許多，不像昨夜那麼灰暗。

「妳來得倒早。」康熙心情似不錯，笑著在椅中坐下後，指了浸在銅盆中的紫砂鍋道：「這裡面就是妳說可以治朕積年陳病的靈丹？」

「可不敢稱靈丹，不過是一小偏方罷了。」凌若含了一絲笑意揭開蓋子，用銀勺子仔細舀了，將其盛在一個琺瑯彩繪瓷碗中，遞給淨了手的康熙。紫砂本就有保暖的功效，再加上又浸在沸水之中，雖已過了許久，依然略有些燙手。

第一百八十八章　靖雪

康熙接在手中喝了一口，神色有些怪異地盯著碗中顏色透明的湯水道：「朕怎麼嘗到了蘿蔔的味道？」見凌若笑而不語，他訝然道：「看樣子還真有蘿蔔。雖說蘿蔔是個好東西，可朕怎麼不知道蘿蔔還有止咳的功效？」

「只一個蘿蔔自然不行，奴婢在裡面還加了梨、桔皮、生薑、冰糖。皇上莫小瞧這幾樣東西，合在一起便是一個極有效的止咳方子。奴婢阿瑪往日裡只要一咳嗽便喝這湯，喝上幾次就好了。」

「哦？真有這等奇效？」聽了凌若的解釋，康熙頗有幾分好奇，在將碗中的湯喝淨後，也不知是真有效果還是心態使然，感覺難受了好幾日的喉嚨舒服許多。

往日裡批上一個時辰的摺子，他總要咳上好幾回，有時咳得厲害時不得不停下手裡的動作，可今日卻只咳了一、兩聲。

高興的李德全連聲對凌若道：「娘子的法子真是神了。自入春後，老奴還是頭一回見皇上咳得這麼少。想不到這幾樣平日裡隨處可見的東西加在一起後會有這般神效，真是讓老奴開了眼界。」

「這湯本身並不複雜，只是難在火候。」見自己拿來的東西有效，凌若亦是滿心高興。「既然這湯對皇上有用，那奴婢往後每日送來。要連著喝效果才好。」

「不用如此麻煩，妳將煎的法子告訴園子裡的御廚，讓他們去弄就是了。」康熙拿筆沾了朱砂道，繼續在摺子上批閱。

「能有機會孝敬皇上是奴婢的福氣，何來麻煩之說，還望皇上繼續賜奴婢這份福氣。」凌若笑意淺淺地說著。

她的話似乎令康熙有些愕然，停下手裡的動作，笑道：「妳這話說得倒與靖雪一樣。她隔三差五便做了點心給朕送來，朕讓她不要做了，左右吃的也不多還麻煩，她卻說這是她的福氣，讓朕不要將這福氣收回。」

靖雪……這個名字令凌若心中一動。在別院時曾數次見過對方，雖不曾交談，卻對這位恬靜溫和的公主頗有好感，尤其是在看出她喜歡容遠後，這份好感越加深切。

一直以來，她都對容遠有所愧疚，時刻盼著他能早一些將自己放下，去尋一個真正屬於他的女子攜手一生。

而靖雪無疑是這樣一個美好的女子，身為公主卻不見絲毫驕縱，知書識禮又溫雅親切。最重要的是她在面對容遠時，那種不言於外卻無處不在的情意，若得這樣的女子在身邊，假以時日，容遠一定能放下自己。

只是靖雪的身分卻是有些麻煩，身為帝女，婚姻怕是不得自由。雖說康熙是千古難得的聖明皇帝，可畢竟太醫與公主的身分相差太遠，假如真有那一天，康熙會應允嗎？

想到此處，凌若帶了幾分試探道：「奴婢聽聞皇上許了敦恪公主出宮的權利？」

「不是聽聞，妳怕是已經見過靖雪了吧？」康熙將一本剛批好的摺子放到一邊，淡然道：「靖雪這丫頭不知因何喜歡上了醫術，經常待在太醫院中；恰好當時老四入宮讓徐太醫去治妳的瘋病，靖雪知道後央著朕讓她出宮，朕拗不過她便答應了，那幾回都是去了妳所在的別院。」

雖然康熙臉上並無不悅之色，但凌若依然跪下，面有惶恐地道：「奴婢雖曾有幸見過敦恪公主，但並不知曉其真正身分，至多只是有所懷疑。」

「起來吧，朕並沒有怪罪妳的意思。」說到這裡，康熙忽地皺眉朝正直起身的凌若道：「往後無事不要動不動便跪，朕不喜歡。」

這話說得卻是有些奇怪了。身為皇帝，受天下萬民跪拜乃是理所當然之事，怎還有不喜之理？不過凌若也不敢細問，於漫不經心間問：「敦恪公主天姿國色，溫惠賢良，不知何人如此有幸能娶到公主殿下？」

「朕屬意張廷玉的兒子張英，他也是今屆的士子。朕見過他，長得一表人才，學識也好，與他父親一般。明年今時他若能得中三甲，朕便將靖雪下嫁於他張家。」

康熙的這番話聽得凌若心中一沉，萬料不到康熙早早已為靖雪擇好了夫婿。張廷玉是保和殿大學士，官拜吏部尚書，他的兒子白不會遜色到哪裡去。

皇上可曾問過敦恪公主願意嗎？這句話直至凌若踏出春暉堂都沒有問出口。聖心已定，縱是靖雪不願意又能如何，聖意始終是不容違背的……

何況容遠根本不曾有過要娶靖雪的念頭，又如何去求得聖意更改……終是她想多了。只是，靖雪若不是容遠的良配，誰又是呢？

凌若輕嘆一聲，正要與墨玉離開，卻在轉身時瞥見一個纖弱的身影，就站在離春暉堂不遠處的一個小湖邊。倒映著碧澄天空的湖面上似漂著什麼東西，待走近了才發現是一艘艘用紙疊成的小船，慢慢地向遠處飄去。

這個時候，背影的主人亦轉過身來，赫然就是剛才說到的那個人——敦恪公主。

驚訝之餘，凌若倒還記得行禮。「奴婢鈕祜祿氏給敦恪公主請安，公主吉祥。」

「不必多禮。」靖雪的聲音依然好聽，她認出了凌若，遂問：「妳的病都好了嗎？」

「多謝公主關心，奴婢已經沒有大礙。」抬頭的剎那，凌若看到有清淚滑落靖雪姣好的臉龐，可再細看時卻已然沒有。許是春光太好，令她看花了眼吧。

「那便好，否則徐太醫便不能安心。」靖雪的聲音既透著欣慰，亦有旁人不解的落寞。

「公主在放船嗎？」在靖雪身邊還有很多未放的紙船，一艘艘皆是用上好的花箋折成，極是精緻，透著淡淡餘光。

「是啊。」靖雪應了一句，彎腰將一艘小船放入湖中，看它隨湖水慢慢行去。「宮中的嬤嬤說，放船可以將人心中的煩惱盡皆帶走。」

凌若尚是第一次聽到這個說法，拾了一艘小船在手中，正想要放入水中，驀然在紙船的折角看到一個小小的「遠」字，瞬間明白了靖雪所謂的煩惱是什麼，想要放走的又是什麼。

世間最難放下的不是恨，而是愛。紅塵之中，多少痴兒怨女為情所困，終其一生皆跳不出自己畫就的地牢……

第一百八十九章　春天

「若真能放下，又何須藉助這些小船，一切皆只是自欺欺人罷了。」說到此處，凌若將手中的紙船遞到靖雪面前，那個「遠」字在春日下無所遁形。「公主是喜歡徐太醫的對嗎？」

沒有吃驚，沒有異色，有的只是淡淡的、卻任再好春光都化不去的哀傷。她回眸，想笑卻笑不出，唯有從脣齒間迸出的聲音響徹在彼此耳邊。

「喜歡又如何，他在意的始終只有鈕祜祿凌若一人。」

「妳……」深藏在心的祕密被人一言點破，凌若悚然變色。

不等她說什麼，靖雪已經幽幽道：「放心，我不會將這個祕密告訴任何人。」

不知為何，她有一種令人信服的力量，令凌若驚惶的心漸漸安定下來。「妳如何知曉？」這一問，等於承認了靖雪的話。若靖雪有心誆她，已然中計，然心裡卻下意識地認為靖雪不是那種人。這種感覺很奇妙，凌若尚是頭一回這般沒來由地信任一個人。

靖雪默然一笑，手撫著隱隱作痛的胸口道：「妳瘋的那些日子，我跟隨徐太醫去別院為妳治病，雖然他掩飾得很好，但依然被我發現他待妳的不同。那種專注深切的目光，以往我從未在他眼中見過。」

「公主聰慧絕倫非常人可及。」僅憑一個目光便看穿，除了聰慧絕倫四個字，凌若想不出其他。

「聰慧嗎？有時候看得太透澈並不是一好事，我倒寧願自己蠢笨一點兒，如此活著也會開心些。」靖雪接過她遞來的紙船，緩緩將折起的地方打開。這是一張淺如桃花粉色的花箋，上面只有一個小小的「遠」字。她手指緩緩撫過，目光輕柔如許。春光落在她的側臉上，透著一種晶瑩的剔透，一如這個女子的心。

「還記得我第一次見到他的時候，也是這樣的天，晴好無比，碧澄澄的瞧不到一絲雲。他在太醫院的門口搗藥，陽光拂落他一身明媚。妳知道嗎？那一刻我覺得好溫暖，這種溫暖我在宮中從未感受到過，令人不由自主地想要靠近。所以我藉口喜愛醫術，經常出入太醫院，甚至求皇阿瑪讓我出宮，為的便是多見他幾眼，多了解他一些。然而看到的越多，卻越不開心。」在說到這裡時，明亮的目光漸漸黯淡下來，像是一盞在風中飄搖不定的燭火。

「我可以叫妳凌若嗎？」她突然這樣問。

「自然可以。」凌若連忙回答，旋即又問：「徐太醫與公主說了許多嗎？」

靖雪搖搖頭，鬢邊是從髮髻上垂落的紫金鏤花流蘇。「他並不經常與我說話，確切來說，只有我問他事情的時候才會說上幾句，黃耆、白朮、天麻；傷寒、痢疾……藥材與病理便成了我與他的全部話題。那時我並不曾想過太多，只是喜歡與這樣一個溫暖的人說話罷了，可是日子久了……我開始分不清只是純粹在意那份溫暖，還是在意他的人，直至我看到他急匆匆隨四哥派來的人出宮。相識那麼久，我尚是頭一次看到他如此失態的樣子。那時我很不解，直至在別院中看到妳，看到他看妳時的目光……」

她側目，眸中不知何時染上一層令人心酸的濛濛水意。「我知道，即便妳一輩子瘋癲，他也會留在妳身邊。只可惜，妳是四哥的女人，生死廢庶，皆脫不了這個身分。」

凌若默默看著她。這是一個什麼樣的女子啊，世間一切事物在她眼前都似化成了晶瑩透明的水晶，無所遁形。然世事往往看得越清楚就越痛苦，正如她所說，寧可愚笨一些。

因為……很多時候，愚笨亦是一種難得的福氣。

「我與徐太醫確實自幼相識，也曾有過許定終身之約，但那都是過去的事，從我被指給四爺的那一天起，與他就再無關係，他的婚娶亦與我無關，公主實不必為此傷懷。」話說到這分上，已沒必要再隱瞞。

靖雪靜靜地望著被風帶起陣陣漣漪的湖面，那些已經漂遠的小船被風吹得又折了回來。手鬆開，紙被拂過湖面的風所帶走，在半空中盤旋飛舞。「妳瞧這張紙，折過了就是折過了，不論怎麼去想辦法撫平都會有痕跡在，人生亦復如是，他的心裡永遠會有妳存在，誰都取代不了。何況……」紅脣彎起，勾勒出一道苦澀的弧度。「身在天家，嫁娶又如何能自由，一切不過是我一廂情願罷了。」

聽她這話似乎知道了什麼，果然，她接下去道：「皇阿瑪曾與我提過張相的兒子，妳知道這意味著什麼嗎？意味著皇阿瑪想將我指給他為妻。」

紙船已經漂回到靖雪腳下，成群結隊地停在那裡。哀思始終是放不走，繼續糾纏在眉間心中。

一隻色澤豔麗的蝴蝶自遠處掠過湖面而來，扇著翅膀在凌若與靖雪身邊繞了一個圈後飛走，不知要去向哪裡，不知會停在哪朵花上。

靖雪的目光一路追隨蝴蝶遠去，無盡的渴望在眼中。「妳瞧，這個春天多麼美好，真想打造一個籠子將春天牢牢鎖住，可最終，鎖住的只能是自己。」

凌若不知該說什麼，在這樣一個聰慧的女子面前，任何安慰都是無用的。因為她已經看透了一切的一切，太明白自己將要走的是一條什麼路。

直至回到圓明園，凌若依然感覺有塊大石壓在胸口，令她透不過氣來。人生本就無奈，生在天家更是可憐，貴不可及的外表下是重重束縛。縱然是一國之君的康熙，只怕也有許許多多的身不由己，何況靖雪。

之後，凌若曾尋機會與容遠談過，無奈他始終無意於此，被逼急了更說自己早已下定決心終身不娶。

而靖雪，於他來說更像是一個被迫背上的包袱；想來靖雪也是明白這一點的，所以從不曾逼迫於他。

神女有心，襄王無夢，一切終是無緣……

又或者，他們的緣分並不屬於這一世。

第一百九十章　告狀

且說吳德在樹上整整被吊了一天一夜，解下來後整個人都癱了。待恢復了些許力氣後，他連滾帶爬地跑到廚房，不顧旁人嫌惡的眼神，抓起剛蒸出來的饅頭就往嘴裡送，不想被燙破了皮，連忙「呸呸」吐了出來。見那些人還站在原地，頓時沒好氣地罵道：「愣著幹什麼，還不快倒杯茶來給我。」

有年輕小廝不滿他的呼喝，想要說話，卻被年紀大些的拉住。周庸可以不在乎吳德，他們卻不行。沒必要因為小事而將吳德得罪了，始終他都是佟福晉的人。

吳德就著端來的水，大口大口咬著饅頭。他都一天一夜沒吃東西了，餓得前胸貼後背，饅頭在碰到斷牙處時更是一陣鑽心的痛。進了這園子後他還沒吃過這麼大的虧，哼！鈕祜祿氏、周庸，都給他等著，此仇不報，他就不叫吳德！

在填飽肚子稍事歇息後，吳德乘了馬車即刻趕往雍王府。到了蘭馨館，因佟佳氏正在午睡，畫眉讓他在外面等著。

進了這蘭馨館，吳德可不敢有絲毫放肆。他清楚自己眼下的一切都是誰給予的，所以畫眉讓他等就等，比狗還要聽話。

此時，春光正好，陽光照在身上暖洋洋的，吳德本就被吊了一日一夜不曾闔眼，如今被這麼一晒頓時睏意上湧，眼皮直黏在一起，見沒人理會乾脆就倚著柱子打起了盹。直到他被人拿腳踢醒，睜眼一看，只見畫眉正站在自己面前，他趕緊擦了一把流出嘴角的口水，站起身陪笑道：「畫眉姑娘，是不是福晉醒了？」

他剛湊近，畫眉立時皺了好看的雙眉後退數步，掩鼻嫌惡道：「你身上什麼味道，臭死了，離我遠些！」

吳德連忙抬起手聞了一下，果然有一股發餿的味道，連忙訕訕地退開數步，又問：「畫眉姑娘，可是福晉叫我進去？」

「嗯，進去後說話仔細些，別忘了自己的身分。」扔下這句，畫眉轉身就往屋裡走，連多看一眼都嫌煩。誰教這吳德本身長得就不好看，再加上捱了兩巴掌，至今嘴還有些腫，更是不招人待見。

吳德看出畫眉對自己的厭惡，只是人在屋簷下不得不低頭，不僅不能表露出任何不滿，還得陪笑臉，真叫一個窩囊。

他進去的時候，佟佳氏正坐在窗下徐徐喝著燕窩。蘭馨館所用的皆是上等血燕，鮮紅透亮，光潔如玉，瞧不見一絲雜質，看得吳德不住吞口水。這段日子他仗著圓明園廚房管事的身分，沒少從中剋扣燕窩等名貴食材，但都是白燕或金絲燕，何曾有過血燕。

其實這倒不是胤禛不肯，只是圓明園初賜，一時間也不用到太多東西，之前內務府送來的血燕，皆被他拿來蘭馨館。這庫房中並不曾有，高福自然不可能無中生有地送到圓明園去。

「奴才給福晉請安！福晉吉祥！」待得佟佳氏一盅燕窩喝完後，吳德方諂媚地上前請了個安，為怕身上的味道沖著佟佳氏，沒敢離得太近。

「你怎麼來了，可是有事要稟？」佟佳氏拿絹子拭了拭嘴，抬起眼來。待瞧見吳德那張紅腫的臉，眉頭微微一皺，道：「誰打你了？」

吳德就等著她問這句話，眼淚啪答啪答地往下落，伏在地上哭訴道：「福晉，嗚……奴才差點就回不來見您了！您可一定要替奴才作主啊！」

見他盡說沒用的，佟佳氏不耐煩地道：「快說，到底是怎麼一回事，我不是讓你在園子裡看著鈕祜祿氏，怎麼弄成這副德行？」

吳德抬起袖子抹了把淚，恨恨道：「就是鈕祜祿氏。昨兒個一早，奴才去廚房的時候看到她已經在了，不等奴才說什麼，她就叫人踢著奴才跪下行禮。她不過是一個廢了的庶人，卻還擺主子的架子，奴才氣不過，又想著她曾經害過主子，便回了幾句。哪知鈕祜祿氏不只打了奴才一巴掌，還讓人將奴才捆了綁在木棉花樹上整整一天一夜，嗚……」

「她讓人把你綁上樹？那些人都聽她的了嗎？」佟佳氏撫著髻上的滴珠鳳釵，

皺眉問道。這才是讓她在意的地方。

「那倒不是。」吳德撫著尚有餘痛的臉頰道：「那些人起先不敢動手，後來周庸來了，他命那些人將奴才綁起來，還打了奴才一巴掌，牙都掉了。」見佟佳氏不語，他又煽風點火道：「奴才挨些打不要緊，可他這樣做卻是分明不將主子您放在眼中，可惡至極！」

周庸……佟佳氏低頭略一思忖道：「除了把你捆在樹上之外，他還說過什麼？」

吳德想了想搖頭道：「那倒沒有。」

他話剛落下，就聽得佟佳氏道：「那就行了，這事我知道了，你回去吧。」

吳德聽得目瞪口呆，怎麼等了半天等來的是這話，難道她不準備追究了嗎？那自己這番罪不是白受了嗎？心急之下脫口道：「表妹，妳準備就這麼放過他們？」

佟佳氏眸光驟然凌厲如箭，冷冷掃向吳德。「你叫我什麼？」

她的目光令吳德渾身發涼，立時意識到自己說錯了話，趕緊跪下來忍痛左右開弓往自己臉上打，一邊惶恐地道：「奴才該死！奴才該死！求福晉恕罪！」

佟佳氏面無表情地看著沒有她說話不敢停下手的吳德，良久方道：「罷了，往後若再犯，可不是幾個耳刮子可以抵消的。」

吳德原是佟佳氏老家的遠房親戚，勉強算得上是表兄妹，知曉她在雍王府得勢後便來京投奔。佟佳氏原不想管，但阿瑪顧念親戚一場，讓她想辦法幫一把。恰好當時胤禛將鈕祜祿氏從別院中接了出來，住到圓明園中，便將吳德安排到圓明園，讓他替自己監視鈕祜祿氏的動向；只是這「表妹」二字，卻是斷斷不許他叫了。

自從成為胤禛女人的那一天起，她就下定決心要與以往低賤的身分劃清界線，她要佟佳氏一門因她而榮耀！所以，吳德這樣低賤的親戚是絕不許認的。

見佟佳氏恕了自己的無心之失，吳德在心中暗暗鬆了口氣；不過他這張臉算是毀了，徹底腫得跟個豬頭一般。

第一百九十一章 出事

「只是，主子……」見佟佳氏目光掃過來，吳德趕緊垂了眼道：「周庸當眾這樣羞辱奴才，奴才哪還有臉回去？就算回去了，也是丟主子的臉！」到了此刻，他依然不甘，試圖激怒佟佳氏，讓她出手對付周庸乃至鈕祜祿氏。

他那點兒心思如何瞞得過佟佳氏，冷笑一聲，彈一彈以鮮紅蔻丹繪成櫻花圖案的指甲。春日透過窗子照在那雙手上，異常的妖豔。「是你的臉面重要，還是我的事重要？」

這句話問得吳德不敢吱聲，伏在地上靜靜聽佟佳氏繼續道：「周庸雖然懲治了你，但並沒有撤了你的差事，所以你依然是圓明園廚房的管事，沒有人可以說三道四。回去，替我盯著鈕祜祿氏！或者離開京城，你自己選擇。」

見識過京城的繁華，吳德哪還肯回那貧苦的地方去，當即忙不迭地應承道：「奴才願為主子粉身碎骨、肝腦塗地！」

「記住自己說過的話，退下吧。」

待吳德小心翼翼地退下後，畫眉對面色陰沉的佟佳氏道：「主子，看來周庸是準備投靠鈕祜祿氏了。」

「那倒不至於。」佟佳氏長長出了一口氣，聞得屋中充斥著一股連插在雙耳花瓶中的玉蘭花都掩不住的汗酸味，頓時蹙了精緻的雙眉，推開手邊的長窗，讓風透進來驅散這味。

「周庸始終是四爺的人，當著鈕祜祿氏的面不好太過得罪；而且在吳德這件事上，他也留了一絲餘地沒有做絕，否則吳德如何還能頂著管事的名頭回去。我只是擔心四爺的態度，他對鈕祜祿氏……」她頓一頓，不甚肯定地道：「彷彿與以前不太相同了。」

吳德的事雖然胤禛不曾出面，但從周庸身上勉強可以看出幾分胤禛的態度。胤禛若對鈕祜祿氏不曾重視，周庸絕不會因為她的一句話而做到這個地步。

鈕祜祿氏，還真是讓她死灰復燃，不過也無所謂了。她可以除鈕祜祿氏一次，就可以除第二次！手撫上柔膩的臉頰，心中的不安瞬間消失。只要這張臉還在，她就永遠不會輸。

鈕祜祿氏，下一次，我要妳永不翻身！

過得幾日，凌若在送湯水給康熙的時候，遇到了石秋瓷。她依舊是那麼美麗，不，應該說比以前更美麗，珠圍翠繞間氣度端莊、儀態萬方。

見到凌若，石秋瓷未語先淚，快步過來緊緊握住凌若冰涼的手。「妹妹，終於見到妳了，我以為這輩子都見不得妳了。聽說妳瘋了，我不知有多擔心。快，讓我看看是不是真的全好了？」拉開些許距離，仔細端詳著凌若。

凌若微微一笑，反握了她同樣冰涼的手。「姊姊放心，我已經沒事了。」

「那就好！」石秋瓷長出了一口氣，撫了凌若垂落頸間的細銀耳墜，心疼地道：「瘦成這樣，必是受了許多苦。唉，幾次想要去看妳，無奈身不由己，出不了宮門。」

「我知道姊姊的心就夠了，倒是姊姊這些年在宮中還好嗎？」凌若伸手拭去石秋瓷掛在臉下的淚，笑意一直掛在眉眼之間，彷彿真的不勝歡喜；然唯她自己知道，這樣的笑不過是一張戴在臉上的面具罷了。哭笑喜怒皆由工筆畫就，與心無關。

她如是，石秋瓷何嘗不如是，大家都是虛偽的……

這一刻，她忽地無比想念那個淡如茶、慧如蘭的女子，她就像是深宮裡的一朵清蓮，出淤泥而不染。

石秋瓷並未察覺凌若的心思，親切地拉了她一道坐下。「身在宮中，左右都是差不多的，哪有好與不好。總算這些年皇上待我不錯，常帶我來這暢春園散散心，不必日日看那四面紅牆。」說到這裡，她嘆了一聲，緊了緊握住凌若的手，道：「我唯一遺憾的就是妳不能在我身邊，否則妳我姊妹同在這宮中，相互扶持該有多好！都怪那個榮貴妃私心報復，將妳指給四阿哥為格格，實在可恨至極！」

凌若忍著心底的厭膩，嫣然笑道：「也許這就是我的命吧，姊姊無須替我不平。還有啊，不論我去到哪裡，這顆心都與姊姊在一起，這輩子妳都是我的好姊姊！」

石秋瓷聽著大為感動，拉著她又絮絮說了一陣子，直至日頭西斜，方才戀戀不捨地放開她的手，回了碧雲居。

直至石秋瓷走得不見人影，墨玉方撫著胳膊，一臉寒意地道：「若非主子事先說過，打死奴婢都想不到靜貴人是這樣一個心機深沉的人，真虛偽。」看著靜貴人剛才對主子的那份親熱勁，再想到她曾跑到太子妃面前告密，害得主子被榮貴妃抓了把柄，發落到四阿哥府為格格，墨玉真是起了一身的雞皮疙瘩。

「虛偽的豈止她一個。」凌若淡然接了一句後轉身離去，不願多提。

夜間，胤禛來看她，提及回府之事。凌若住進圓明園有好些天了，也該是時候回去了；而且唯有在回府之後，他才能給凌若一個名位。凌若沒有異議，只說等康熙咳嗽好了之後再回府。

對此，胤禛自然不會反對，攬著凌若一道睡下。在睡至半夜時，突然被一陣急促的敲門聲驚醒。

「什麼事？」胤禛躺在床上喝問道，卻也沒任何不悅。如今守在門外的不是狗兒就是周庸，這兩人都是打小跟在他身邊的，曉得分寸，若無急事絕不會這樣敲門驚動自己。

果然，門外傳來狗兒焦急的聲音：「四爺！喜公公來了，說暢春園出事了。」

這句話驚走了胤禛最後一絲睡意，連忙披衣起身出去。被一道驚醒的凌若隱約聽得幾句「太子」、「宮闈」之類的話，具體卻是聽不明白。

隔了一會兒，胤禛走進來，藉著燭光可以看到他臉色極是難看。瞥見凌若盯著他瞧，他一言不發地將擱在衣架上的衣服取下來穿戴整齊。

「四爺要出去嗎？」凌若坐起身，憂心地問道。

胤禛回過頭，擠出一絲極為難看的笑容道：「暢春園出了點兒事，我得去瞧瞧人，不知何時才能回來，妳自己睡吧。」

在胤禛行色匆匆地離開後，聽到動靜的墨玉走了過來，瞧見只有凌若一人在，訝然道：「王爺人呢？」

凌若隨手取過一件衣裳披在略有些涼意的身上，掩嘴打了個哈欠道：「暢春園怕是出了了不得的大事，所以連夜來請四爺入園。多半與太子有關。」

第一百九十二章 淫亂宮廷

凌若的睡眠向來不太好，如今被這麼一吵醒，雖睏得很卻再也睡不著了，一直睜眼到天明，而胤禛一直沒回來過。

白天凌若在去暢春園送湯藥的時候，意外被守在門口的侍衛攔住，說是奉了皇帝的命令，今日任何人不得出入暢春園，包括凌若在內。

在離開前，凌若注意到一向只有四個侍衛的大宮門，今日突然多了一倍，足有八個，而且一個個都神情嚴肅，時刻警惕四周的風吹草動。

暢春園究竟出了什麼大事？又如何牽扯到太子？

這個疑問一直到睡時依然盤旋在凌若腦海裡。在迷迷糊糊睡去後，不知過了多久，手突然摸到錦被以外的東西，嚇得她立刻清醒過來。藉著透過窗紗照進屋中的月光，她愕然發現身邊多了一個黑影，就躺在自己身邊。

就在凌若被嚇得魂不附體時，那個黑影出聲了：「是我。」

「四爺？」已經到嘴邊的尖叫因這個聲音而生生止住，凌若披衣下床，點亮了銅燭臺上的蠟燭。

當橘紅的燭光驅散籠罩在屋中的黑暗時，凌若才瞧清了胤禛此刻的樣子。他神色極是疲憊，眼底透著深重的青黑色，下巴是發青的鬍碴，而她僅僅只是一日不見他罷了。

「四爺！」凌若心疼地握住他的手。「究竟出什麼事了？為何暢春園會戒嚴不許人出入？」

「暢春園……」胤禛苦澀地搖搖頭，那件事他到現在想起來都覺得荒唐至極。他伸手將凌若柔軟的身子抱在懷裡，下巴抵在她的頸窩中低低道：「太子……被人發現與鄭貴人私通，淫亂宮闈！」

饒是凌若已經想過很多種可能，聽到這句話時依然為之色變。淫亂宮闈——這在歷朝歷代都是了不得的大事，何況還是與太子有關。儘管鄭貴人與太子沒有任何血緣關係，但在名義上始終是太子的長輩，兩人私通等於是亂倫！

「這事皇上知道了？」

其實答案已經昭然若揭，四喜是李德全的徒弟，他來傳召，分明是奉了康熙的命令；再退一步說，若無康熙的命令，暢春園如何會戒備到如此地步。只是凌若總存了一絲希望，不願那位對她極好的老者受到這般深的傷害。

「這件事是皇阿瑪親眼所見。」胤禛的聲音透著難以掩飾的疲憊。「當日皇阿瑪原本翻了靜貴人的牌子，然靜貴人眼見月色極好，所以邀皇阿瑪同去鄭貴人所在的梧桐館，不曾想卻正好撞破太子與鄭貴人苟且。」

雖然胤禛沒說什麼，但凌若可想而知，康熙當時必然氣怒難捺。「那皇上還好嗎？」

「妳說呢？」胤禛抬起頭苦笑。「皇阿瑪再健朗也是年近六十的人了，如何受得住這種淫亂宮闈的打擊，聽李公公說，皇阿瑪當場就急怒攻心地閉過氣去。等我到的時候，皇阿瑪躺在床上，御醫圍了一圈，好不容易才將皇阿瑪救醒。」

「進暢春園的只有四爺一人嗎？」凌若從中聽出蹊蹺。照胤禛的話，似乎只有他一人知道此事。按理出了這麼大事，不可能不通知其他阿哥，譬如胤祉、胤祺等人。

「還有十三弟。」胤禛盯著燭臺上搖曳的朦朧燭光，沉沉道：「皇阿瑪暈過去之前，讓李德全召諸皇子來暢春園謹見；但此事關係重大，一旦傳揚出去，二哥好不容易復立的太子之位就會再次被廢。即便皇阿瑪念在父子之情容他，可是百官不容，諸兄弟不容。為了江山社稷，皇阿瑪必然要再次廢他以平眾怒。」

「何況胤禩一直覬覦太子之位，雖皇阿瑪曾當眾言他為辛者庫賤婢所生，不得立為儲君，可我觀胤禩奪位之心從不曾根除，且他身邊還圍著老九、老十、老十四；一旦太子被廢，他們三個卻是有機會的。這一點，二哥心裡也明白，所以他逼迫李德全不得傳我與十三弟以外的人。」

這一次，胤禛沒有再稱胤礽為太子爺，想來他心裡對胤礽也是不齒的。他與胤祥這些年來一直扶持的竟是這樣一個人，實在令人失望。

凌若默然不語。皇上有皇子近二十人，除卻少數幾人外，一個個皆能力不凡，如此一來，不免或多或少盯著皇儲之位；且說句不中聽的話，以二阿哥胤礽的能力、心胸實不足以服眾。

「皇上醒來後怎麼說？」良久，凌若問出這句話。

「皇阿瑪還能說什麼，畢竟是親生兒子，又是孝誠仁皇后留在世間的唯一骨血。當時是氣急了，回過頭來一想，到底不忍心啊！」在說這句話時，胤禛話中有一絲不易察覺的失望。

對太子的忠心早在這些年的不斷失望中耗盡了，再加上湄兒那番不分因由的質問，令他下定決心要爭皇儲之位。論出身，他胤禛不輸於任何人；論能力，眾皇子之中除卻胤禩不相伯仲之外，並不輸於任何一人，沒理由要一直屈居人下。

儘管康熙廢太子後要群臣舉薦皇儲人選時，他上的密摺是復立胤礽，但那不過是因為他推測到康熙的心意，曉得這位九五至尊心裡還是屬意胤礽；而且論百官人緣，他遠不及經營多年的胤禩，不可能如胤禩那樣得到大小官員的支持。

果不其然，他猜對了，康熙復立胤礽，而他也因舉薦有功而被冊為親王，賜圓明園。

在舉薦的前一天他去看過胤礽，雖然胤礽對自己此前的所作所為顯得很後悔，但是他看出胤礽掩藏在後悔背後的真正心意，是不甘與仇恨。他相信胤礽被復立太子之後絕對不會如之前所說的那般痛改前非，反而會變本加厲；如此下去，胤礽必然會再次犯錯，康熙能容他一次，卻不見得能容他無數次，自己所要等的機會遲早會來。

他要向湄兒證明，他胤禛才是得天地庇佑之人，才是她應嫁的夫婿；至於胤禩，什麼都不是！

「皇阿瑪已經連夜起駕回了紫禁城。」他是在送康熙回紫禁城後來了園子，不知為何，這樣不平靜的時候，他第一個想到的是凌若。儘管到的時候，凌若已經睡了，可是睡在她身邊依然有一種寧心的感覺。

第一百九十三章 回府

「這樣連夜奔波，皇上的身體吃得消嗎？」凌若擔心地問。

胤禛搖搖頭，無奈地道：「我與十三弟都曾勸過皇阿瑪，無奈他誰的話都不肯聽，執意要回紫禁城。我瞧皇阿瑪的面色極是不好，本想留在宮中陪他，可是皇阿瑪不願，只得叮嚀李公公多注意一些，一有什麼不對立刻派人來通知我。至於太子……」他閉目道：「皇阿瑪在回宮之後就將他禁在東宮，不許離開半步；鄭貴人則被廢除名位，打入辛者庫為奴。」

「太子……會受處置嗎？」凌若小心地問道。

「不曉得。」胤禛的瞳仁在夜色中黑得深不可測，縱然燭光熒熒亦照不見分毫。「不過瞧皇阿瑪的意思，似乎有意大事化小，不再多加追究。畢竟此事有失皇家體面，實不宜傳揚出去。」說完這句，他閉上眼睛，撫著凌若略有些涼意的香肩，低聲道：「既然皇阿瑪已經不在暢春園了，明兒個等我上朝回來，妳隨我回府吧。至於這園子，妳想什麼時候來都行。」
「嗯。」凌若順從地答應一聲，偎著胤禛柔聲道：「很晚了，妾身陪四爺睡吧。」
胤禛點頭，除下外衣後摟著凌若睡下。他實在是太累了，從昨夜到現在一直不曾闔過眼，很快便有輕微的鼾聲響起。
至於凌若，卻是再也提不起睡意，時而想著太子與鄭貴人私通的事，時而想著明日回府的事，直至東方泛起了魚肚白。即使是累極了，但多年養成的習慣依然令得胤禛在五更前醒來，喚了早早捧了朝服候在外面的狗兒進來伺候。他穿戴整齊後，接過凌若絞乾的面巾抹了把臉，振一振精神，道：「趁著這工夫妳將東西收一收，除了必要的那些，其餘的不要帶，回府後重新置辦就是了。」
「嗯，妾身知道，四爺趕緊去吧。」送了胤禛出去，凌若坐在銅鏡前端詳著素顏的自己，手緩緩撫上臉頰。終於……終於到這一天了嗎？
她想得出了神，連李衛與墨玉進來都不知曉，直至他們跪在自己跟前，面帶喜色地磕頭道：「恭喜主子，終於如願以償！」
這三年，他們是陪凌若一步步走過來的，其中各種艱難辛酸唯有自己知曉；而主子更是一直忍著喪女之痛，如今終於熬到了頭。
「如願以償？」凌若回過神來嗤笑一聲，那張姣好的臉龐流露出濃濃的諷刺。「這話還早著呢，留待以後再說。我這一回去，不知有多少人要食不知味了。」她睨一眼外頭陰陰的天空道：「起來替我梳洗。既然要回府，自然不能失儀於人前。」

墨玉清脆地答應一聲，凌若那頭濃密的長髮在她巧手下很快的盤結成髻。一對鏨金鑲紅寶石簪子穩穩戴在髮間，垂下細細幾縷流蘇，鬢後則是一朵淺紅色絹花。步搖則因為胤禛至今尚不曾開口復其名位，不宜佩戴，只以絳紅流蘇代之。

之後墨玉取來一襲玫瑰紫繡花雲錦旗裝，是這些日子胤禛命人特意做的。待得一切收拾停當後，出現在鏡中的已是一位眉目如畫、姿貌端華的女子。沒有刻意的嫵媚，然一顰一笑皆勾人心弦，令人一見之下移不開雙目。

雖已過去整五年，然這張臉依然如初進府時美麗，歲月不曾在上面留下任何痕跡；然凌若自己知道，她早已不再是從前的她，一切皆在不知不覺中改變。

墨玉藉著凌若剛才拭臉的水洗去沾在手間的脂胭後，道：「主子，王爺既然都要接您回府了，為何一直不復您的名位，莫非王爺並無這個打算？」若真這樣，主子縱然回府也名不正、言不順。

「不會的。」凌若搖頭，流蘇細細打在一絲不亂的髮間。「四爺不過再等一個合適的機會。」

李衛微微一笑接上話來。「還有什麼機會比當著闔府上下的面，復主子名位更合適呢！」

凌若笑而不語，站在小窗前靜靜看著天色越來越陰，直至細雨飄揚。

原以為胤禛上完朝再趕到園子至少要晌午，然不過辰時便見胤禛回來，她不由得迎上去奇怪地道：「今日早朝散得很早嗎？」

胤禛摘下頂戴花翎交給跟他進來的狗兒，道：「我與眾大臣等在乾清宮的時候，李公公來傳皇阿瑪口諭，說罷朝一日，明日再議。我與十三弟本想去探望一番，無奈皇阿瑪誰都不見。」

康熙素來勤政愛民，即便如今年事漸高，也少有罷朝之時。如今無緣無故罷朝，再加上太子也沒有出現在朝堂上，眾大臣皆在私底下議論，揣測宮中是否出了什麼事或者是龍體有恙。凌若是清楚個中原委的，卻也不知該說什麼是好，只得輕嘆一聲，握了胤禛的手安慰：「四爺放心，皇上不會有事的。」

直到這個時候，胤禛方才注意到凌若今日的打扮。瞧慣了素顏的凌若，乍看她盛妝，頗有些驚豔之感，不過卻要如此才符合他待會兒要給凌若的名位。

脣印上凌若眉心的那一點金色花鈿，他反握了她柔軟的手，不容置疑地道：「走吧，咱們回府！」

馬車早已備在園外，正是胤禛往日乘坐的那輛代表皇子身分的金頂珠帷馬車，這一回凌若沒有拒絕，深吸一口氣任胤禛將自己拉上馬車。

從這一刻起，她不會再退讓半步！

車輪骨碌碌地一路滾過溼溼的地面，最終停在雍王府門前。凌若掀起車簾，望見春雨中華美莊嚴的雍王府，不由得出一種彷彿隔世的感覺。幸好……幸好不是真的隔世，今生她已回來，回來奪回應得的一切。此生此世，再沒有人可以讓她踏出這裡。

第一百九十四章　故人

在門口守衛的跪迎中，凌若與胤禛踏進了雍王府大門，尚未站定便看到那拉氏領了眾人站在正堂滴水簷下。

看到胤禛他們進來，她面上一喜，不顧正在下的春雨，迎上前施了一個端端正正的大禮。「妾身見過王爺！」待得起身後，笑容滿面地打量了凌若一眼，道：「一別經年，妹妹依然如此明豔動人。聽得王爺說要接妹妹回來時，我不知道有多歡喜，這些年真是委屈妹妹了。聽說妹妹之前還因憂思過度發了瘋，如何，眼下可都好了？」

先是將她趕至形同廢墟的別院，之後又千方百計給她下瘋藥，那拉氏所做的一切皆是為了不讓她再回到這裡，而今卻說歡喜。呵，人果然是最虛偽的動物。

凌若心下冷笑，面上卻是不勝歡喜之色，屈膝道：「多謝嫡福晉關心，妾身的病已經痊癒；能再見到嫡福晉，妾身也是歡喜得不得了，還以為這一世都見不到。」

如此說著，淚潸然而下。

那拉氏見狀，忙取了帕子替她拭去眼淚，哽咽道：「這樣歡喜的日子可不該哭。」

話雖如此，她自己眼中卻是淚意盎然，彷彿激動、彷彿高興，令人動容。然彼此都知道，這不過是一場戲罷了，當不得真。

應付過那拉氏後，幾人穿過院子走到簷下。佟佳氏亦在，見凌若過來，她越過眾人緊緊抓住凌若略帶涼意的手，淚如雨下，嚶嚶泣道：「姊姊，對不起，都是我害了妳，對不起！我當真不是故意的。那個時候我很怕，怕得想不起事來，醒來後看到手裡抓著妳的耳璫就……姊姊妳原諒我好不好？」

她惶惶地看著凌若，那雙眼猶如小鹿一般，單純得彷彿能讓人一眼瞧到底。見凌若不說話，她似乎不知如何是好，低一低頭突然跪在地上，哀哀道：「姊姊，我知道妳恨我，是我的誤會間接害妳失去了孩子。這條命是我這個做妹妹的欠妳的，不論姊姊要殺要剮，妹妹都無一句怨言，只求姊姊能原諒！」

佟佳氏如今是側福晉，又身繫萬千寵愛，與之相對，凌若僅是一個無名無分的庶人，這一跪可是將所有人都驚著了。

凌若被她握住的雙手是冰冷的，在一片溼冷中，她扶起佟佳氏，和顏悅色地道：「什麼要殺要剮的，妹妹莫不是把我當劊子手嗎？快起來。」見佟佳氏執意不肯起身，遂嘆了口氣道：「昔日我確實很恨妳，認為是妳害死了孩兒。」

凌若的話令胤禛雙眉微微一皺，但很快的便隨著她後面的話漸漸鬆開。

只聽得凌若道：「但是在別院這些年，尤其是那一場瘋後，很多事都想明白了。孩兒之死非妳我所願，一切皆只是誤會罷了，若執意糾結這些，只能令自己、令王爺、令妹妹都難過，這又何必呢！何況皇上已經下了聖旨，追封孩兒為和碩霽月郡君，也算是慰了孩兒在天之靈。人終是要向前看，過去的就讓它過去吧。往後，妳依然是我的好妹妹，一輩子都是，除非妳自己不願意！」

佟佳氏眼皮一跳，旋即喜極而泣。「姊姊妳當真不怪我嗎？」

「是，快起來吧。」凌若的聲音一如開始那般溫和。「妳可是府裡的側福晉，這樣跪著成什麼樣子？」

佟佳氏抹了把淚，羞澀地笑道：「若沒有那場誤會，這側福晉之位本該是姊姊的，我跪姊姊也是理所當然的事。」

凌若笑笑沒有接話，而是將目光轉向了眾人，站在那裡的有宋氏、戴佳氏、成格格，還有幾個她不認識的豔麗女子，正好奇地打量自己，想是這幾年新入府的。當她目光落在不住抹淚的溫如言與瓜爾佳氏身上時，露出會心一笑。儘管來了這麼多人，但唯有這兩人是真心盼著自己回來，餘下的，皆不過是登臺的戲子。

就在凌若要收回目光時，忽地瞥見溫如言身邊站了一個有些年紀的女子，瞧那打扮應是府中的下人。在她手上抱著一個粉妝玉琢的小女孩，那年歲應不過一歲餘些。一身鵝黃撒花小衣，底下是一雙珠玉粉色的小鞋，頭上則紮了兩個小揪揪，當中各簪了一顆珍珠。小女孩瞧見胤禛顯得很高興，朝他伸出兩條小胳膊「啊啊」叫著，似乎是想要他抱。

「王爺，這是？」凌若心裡隱隱生出歡喜的期盼，只不敢肯定。

胤禛抱過小女孩，撫著她嫩如花瓣的小臉，笑道：「忘了與妳說，如言在去年生了個女兒，算起來剛剛一歲。」

「她是姊姊的孩子？」凌若臉上有掩飾不住的歡喜。她知道姊姊一直想要一個孩子，終於如願以償了，這也是她回府後聽到的第一個好消息。

「是，她叫涵煙。」溫如言拭著眼角的淚道。

「涵煙。」凌若輕輕地喚著，想要去握那隻柔軟如初生柳枝的小手，卻見涵煙衝自己咧開正在長牙的小嘴笑著。那般的天真可愛，令人忍不住想抱抱她、親親她。

「素言呢？」胤禛在人群中巡視一圈，不見年氏身影。

那拉氏忙回道：「妹妹即將臨盆，行動不便，再加上雨天溼滑，妾身便沒讓她來。」見胤禛點頭，她忽地欠下身去，溫婉和煦的聲音在環珮叮噹間響起：「既然妹妹已經回來了，那麼，妾身斗膽，請王爺復妹妹庶福晉之位！」

佟佳氏一怔，隨即便明白了那拉氏此舉之意，忙附和：「是啊，既然當年的事都是誤會，理當復姊姊之位，求王爺恩准！」

胤禛猶豫，他本屬意晉凌若側福晉之位，以補償她這些年所受的苦。雖說府中已有兩位側福晉，但特賜並非不可；然眼下被那拉氏她們這麼一提，卻不好再說出口。往下再一想，他也覺得將被廢為庶人的凌若帶回府裡已屬破例。雖說是誤會在先，又失了孩子，但終歸不能成為晉封的理由，而且府中眾人難免心生不滿，這對凌若來說不見得是件好事。

那厢，凌若已是受寵若驚地推辭：「妾身能重回雍王府陪伴在王爺身邊已經心滿意足，不敢再有復位之想。」

權衡利弊，胤禛心下有了決定，點頭道：「也好，就依妳們所言，即日起復鈕祜祿氏庶福晉之位，依舊賜居淨思居。」見凌若猶有不安，拍手道：「這是妳應得的，莫要多想。」

那拉氏的眸底掠過一絲鬆懈，輕笑道：「妹妹一路奔波，想是累了，淨思居那邊我已經吩咐人打掃乾淨，不如先去歇著吧。等晚上，咱們再一道為妹妹接風。」

隨著那拉氏的這句話，眾人接連散去。她們本就不是真心而來，如今能回去自然求之不得。胤禛本欲陪凌若回淨思居，不想周庸來說有刑部官員求見，只得先行離去，晚些來去看她。

最後只剩下瓜爾佳氏與溫如言尚站在那裡。凌若抱過涵煙，含淚笑道：「二位姊姊可有興趣去我淨思居坐坐？」

「求之不得。」溫如言一笑，又看向瓜爾佳氏。「妹妹呢？」

瓜爾佳氏攏一攏鬢邊的珠花，在隱約的淚意間輕笑道：「許久不去，倒還真有些想念了，咱們就一道走一趟吧。」

熹妃傳
第一部第三冊

作　　者／解語
執 行 長／陳君平
榮譽發行人／黃鎮隆
協　　理／洪琇菁
總 編 輯／呂尚燁
執行編輯／陳昭燕
美術監製／沙雲佩
美術編輯／陳又荻
國際版權／黃令歡、梁名儀
企劃宣傳／洪國瑋
文字校對／朱瑩倫
內文排版／謝青秀

國家圖書館出版品預行編目資料

熹妃傳．第一部 / 解語作．-- 1 版．-- 臺北市：城邦文化事業股份有限公司尖端出版：英屬蓋曼群島商家庭傳媒股份有限公司城邦分公司尖端出版發行，2022.09-
冊；　公分
978-626-338-378-4（第 3 冊：平裝）

857.7　　　111011988

出版／城邦文化事業股份有限公司　尖端出版
台北市 104 中山區民生東路二段 141 號 10 樓
電話：（02）2500-7600　傳真：（02）2500-2683
讀者服務信箱：7novels@mail2.spp.com.tw
發行／英屬蓋曼群島商家庭傳媒股份有限公司城邦分公司　尖端出版
台北市 104 中山區民生東路二段 141 號 10 樓
電話：（02）2500-7600　傳真：（02）2500-1979
劃撥專線：（03）312-4212
戶名：英屬蓋曼群島商家庭傳媒（股）公司城邦分公司
劃撥帳號：50003021
※ 劃撥金額未滿 500 元，請加付掛號郵資 50 元
法律顧問／王子文律師　元禾法律事務所　台北市羅斯福路三段 37 號 15 樓

台灣地區總經銷／中彰投以北（含宜花東）　楨彥有限公司
電話：（02）8919-3369　傳真：（02）8914-5524
雲嘉以南　威信圖書有限公司
（嘉義公司）電話：（05）233-3852　傳真：（05）233-3863
（高雄公司）電話：（07）373-0079　傳真：（07）373-0087
馬新地區總經銷／城邦（馬新）出版集團 Cite（M）Sdn Bhd
電話：603-9057-8822　傳真：603-9057-6622
E-mail：cite@cite.com.my
香港地區總經銷／城邦（香港）出版集團 Cite（H.K.）Publishing Group Limited
電話：852-2508-6231　傳真：852-2578-9337
E-mail：hkcite@biznetvigator.com

版　次／ 2022 年 9 月 1 版 1 刷　Printed in Taiwan